Bo Balderson

Der Mord in Harpsund

Bo Balderson

Der Mord in Harpsund

Aus dem Schwedischen
von
Dagmar Mißfeldt

Typographische
Werkstatt
& Verlag
Stegemann

Impressum

Titel der schwedischen Originalausgabe:
Harpsundsmordet

Published by agreement with Bengt Nordin Agency, Sweden,
and Agentur Literatur, Berlin
Satz: Typographische Werkstatt & Verlag Stegemann
Druck und Bindung:
Clausen & Bosse, Leck
ISBN 3-9808037-3-2

Personen

Der Staatsminister	politische Unschuld mit fünfzehn Kindern
Adolf Lindberg	achtzig Jahre alt – auf den Tag genau – Fabrikdirektor
Mommy Lindberg	seine Schwester, früher das Kindermädchen des Staatsministers
Ejnar Lindberg	sein Sohn, Bankdirektor, fett
Olivia Lindberg	Frau seines Sohnes, katzenhaft
General Ygdecrantz	schmächtig, Gutsbesitzer mit dünner Stimme
Botschafter Petersén	sehr adrett, in Dialekten bewanderter Diplomat
Apotheker Karlander	grobknochiger Bridgespieler
Therese Carlsson-Doolck	Kriminalschriftstellerin in sackartigen Kleidern
Lotta	siebzehnjährige Haushaltshilfe
Vilhelm Persson	Kolumnist, Studienrat, Schwager des Staatsministers

Weitere Mitwirkende sind die Staats- und der Außenminister, andere Regierungsmitglieder, Generalsekretär U. Thant, der staatseigene Hund, der Dackel Pelleman, die Katze Missan und – nicht zu vergessen – all die kleinen Kinder des Staatsministers.

Die Tür, die sich mit einem leichten Knarren öffnete.

Die Dunkelheit im Zimmer, die Gardinen, zum Schutz vor dem grellen Licht am Sommermorgen dicht zugezogen.

Die flackernden Flammen der Kerzen, die unsere Schatten – grotesk verzerrt – an die Decke und die Wand warfen.

Die Worte zu Flüstern gedämpft, das Klirren von Porzellan, der Duft von Blumen …

Ich erinnere mich sehr gut an alles.

Und an das Lied, das zaghaft und unsicher begann:

»Hoch soll er leben,
hoch soll er leben,
dreimal hoch …«

Der alte Mann lag in seinem Bett, wie es Geburtstagskinder eben tun. Still und blaß – schließlich war er schon recht betagt.

Etwas zu still und etwas zu blaß?

Das Lied erklang von neuem, lauter, kräftiger jetzt, wie eine Beschwörungsformel.

»Er lebe hoch,
er lebe hoch,
er lebe dreimal hoch!«

Doch der alte Mann in seinem Bett hörte uns nicht und sah uns nicht. Lange hatte er gelebt, genau achtzig Jahre, jetzt jedoch war er tot, und kein Lied der Welt konnte ihn wieder zum Leben erwecken.

Jemand schrie, schrill, unmenschlich, und in dem Schrei schwang die geballte alte, ewige Furcht vor dem Tod, der uns alle erwartet.

Zögernd wurde der Kreis um das einsame Bett geschlossen.

Zehn Menschen, die gerade eben noch – voll Aufrichtigkeit oder Heuchelei oder Gleichgültigkeit – den alten Mann hatten hochleben lassen.

Zehn Menschen.

Unter ihnen ein Mörder.

1

»Hier ist es doch gemütlich!« stellte der Staatsminister fest und öffnete das Hotelfenster, das zu einem gewaltigen Brandgiebel hinausging. Wo der Putz abgebröckelt war, leuchteten die Ziegel rot. Es sah aus, als hätte die Wand ein Ekzem gehabt.

Ich betrachtete den mickerigen Schreibtisch, die Studie eines unbekannten Meisters über das Martyrium des heiligen Sebastian, an die schmutziggraue Tapete geklatscht wie eine zerquetschte Laus, und den Schrank, in dem bei näherer Untersuchung dürre Drahtbügel und der Mief mehrerer Generationen von Hotelgästen hingen. Unter mir knackte das Bett wie ein schwer beladener Möbelwagen, und ich dachte mir, ebensogut hätte der Staatsminister eine Grabkammer gemütlich nennen können.

»Ich habe auch die umliegenden Zimmer reserviert. Und das hier drüber. Sie stehen die ganze Woche leer. Dann bist du nachts ungestört. Es wird vollkommen ruhig sein.«

Ich kam mir noch mehr wie in einer Grabkammer vor. Ich rutschte nervös auf dem Bett hin und her, das mit einem melancholischen Knirschen antwortete.

Der Staatsminister blätterte in seinem Reiseprospekt.

»In den Tagen, die ich in Harpsund bin, kannst du unendlich viele Dinge hier in der Stadt unternehmen. Die Kirche ist aus dem späten 15. Jahrhundert. Das müßte doch etwas für dich sein.«

Es klang, als glaubte er, wir seien ungefähr gleichen Alters.

»Sie hat einige Krypten von historischer Bedeutung«, fuhr

er mit Nachdruck fort. »Und im angrenzenden Parkfriedhof gibt es zwei, nein, drei interessante Gruften!«

Ich seufzte. Mir schien die Gesellschaft eine Tendenz zum Morbiden zu entwickeln. Und noch dazu am Ende eines langen, anstrengenden Tages.

Am Vormittag hatte mich der Staatsminister – der blonde Regierungsvertreter und Vater von fünfzehn Kindern – in die Bastugatan heraufgebracht, anschließend waren wir hinaus zum Eigenheim in Spånga gefahren, wo wichtige Unterlagen liegengeblieben waren. (Früher bewohnte der Staatsminister eine burgartige Villa in Djursholm; die er jedoch kurz nach seiner unerwarteten Beförderung zu räumen gezwungen war. »Ein sozialdemokratischer Staatsminister kann sich einiges erlauben«, hatte der Ministerpräsident bei einem Gespräch unter vier Augen betont. »Ja, wenn ich es recht bedenke, muß ich gestehen, er kann sich im Grunde alles erlauben. Aber in Djursholm wohnen, das geht zu weit. Da ist ganz eindeutig die Grenze. Du darfst umziehen. Nach Spånga vielleicht. Ja, Spånga ist ausgezeichnet. Camilla, Palme, Sträng und Geijer wohnen schon da draußen, du bist also nicht allein. Abends kannst du dann ja immer Schwarzer Peter mit Geijer spielen.«)

Nachdem die Unterlagen gefunden waren und das langwierige wie aufwendige Abschiednehmen von der Gemahlin des Staatsministers – meiner kleinen Schwester – und den zu Hause weilenden Kindern erledigt war, fiel dem Staatsminister ein, daß er in der Staatskanzlei vorbeischauen müsse, um eine Abordnung aus dem nördlichen Norrland zu empfangen, und so verließen wir das Politiker-Ghetto und fuhren gemeinsam zurück in die Innenstadt.

Der Staatsminister parkte den Wagen – ganz bestimmt gegen alle Verkehrsvorschriften – vor der säulenbewehrten Treppe zum Regierungsgebäude und eilte hinauf in sein Kabinett, überließ mich im Auto ständig neuen Überlegungen dessen, wie es einem Menschen mit so seltsamen Begabungen gelungen war, sich so lange in der Regierung zu halten. (Daß seine Berufung darauf beruhte, daß er zu große Galoschen trug, darüber habe ich die geschichtlich interessierte Leserschaft bereits in meiner früheren Arbeit »Der Staatsminister und der Tod« aufklären können.)

Mehrere Versuche, ihn zu entlassen, dürften inzwischen angestrengt worden sein; den letzten hatte man erst kürzlich unternommen – während einer Auslandsreise des Ministerpräsidenten. Ein Kreis führender Rotgardisten war damals zusammengetreten, und man war sich schnell einig gewesen, daß jetzt etwas geschehen mußte. Doch hatte man es für angebracht erachtet – vermutlich um zukünftiger Mythenbildung entgegenzuwirken – zunächst den wahren Wohnsitz des Staatsministers zu klären, eine Frage, die unter seinen Kollegen offenbar Gegenstand vielseitiger Spekulationen gewesen war.

Sie hatten ihn darum, einer nach dem anderen, zu klärenden Gesprächen zu sich gerufen. Aus diesen Unterredungen war der Staatsminister erfrischt und mit klarem Blick hervorgegangen wie ein Kind, das vom morgendlichen Spielen nach Hause zurückkehrte. Die Inquisitoren jedoch waren blaß, verblüfft und mit weit auseinandergehenden Meinungen von dannen gezogen.

Der Industrieminister hatte die Ansicht vertreten, seine alten Bedenken, der Staatsminister sei ein Rechter, hätten sich bestätigt. Der Verteidigungsminister hatte behauptet, er habe eindeutig linksextremistische Neigungen offenbart, während der Bildungsminister rein gar nichts auszusetzen gefunden und auf die Volkspartei getippt hatte. (Ein vierter Minister, der sich im Vorfeld damit gebrüstet hatte, er gedenke schlicht und einfach zu fragen: »Bist du Sozi oder nicht?«, hatte zugeben müssen, daß er im entscheidenden Augenblick nicht den Mumm dazu gehabt hatte. »Ich meine, man fragt doch auch den Bischof nicht, ob er an Gott glaubt!«)

Der Außenminister hatte indessen berichten können, er habe ihm eine Breitseite vor den Bug verpaßt und den Staatsminister frei von der Leber weg gefragt, mit welcher Partei er denn sympathisiere, er jedoch habe die Antwort erhalten: »Ja, was gibt es denn für Parteien?« – »Ich zählte dann«, war der Außenminister fortgefahren, »alle auf, einschließlich der Christdemokratischen Partei und der Allianz für Sittlichkeit und Fortschritt. Als ich damit fertig war, starrte er mich lange an und fragte dann, warum ich die Bauernpartei nicht erwähnt hätte. Er habe, so sagte er, sich doch schon immer der Bauernpartei verbunden gefühlt. Ihm gefiel die Einstellung der Partei zu vielen der kontroversen, aktuellen Fragestellungen und er sympathisiere mit ihrer politischen Ideologie.«

Hier soll eine längere Zeit des Schweigens entstanden sein, während der die Minister sich vermutlich ins Gedächtnis zurückzurufen versuchten, welche politische Ideologie die Bauernpartei vertrat, eine Tätigkeit, die ein gewisses Maß an Konzentration erfordern kann und vorzugsweise unter Schweigen ausgeübt werden sollte. Diese wurde von dem jungen, energischen Staatssekretär unterbrochen, der, außerstande, sich länger zu beherrschen, schrie, ein Sympathisant der Bauernpartei als Innenminister sei untragbar und vor allem ein Bauernparteiler, der praktisch die gesamte Industrie besaß, und daß alles in allem ein Skandal und der reinste Hohn und Spott gegenüber den heiligsten Idealen der Bewegung sei: der allgemeinen Zusatzrente, der Investment-Bank und des Mutterschaftsgeldes, und was würde außerdem der Jugendverband dazu sagen? Der Außenminister hatte in etwas scharfem Ton geantwortet, daß ihn der Jugendverband einen Dreck interessiere und ein Bauernparteiler in der Regierung ganz und gar keinen Skandal bedeute, er selbst habe Zeiten erlebt, da ihr vier davon angehört hätten, wenn auch Hedlund meist nur als passives, korrespondierendes Mitglied fungiert hatte. Darauf hatte der junge, energische Staatssekretär, weiß im Gesicht, entgegnet, daß er, der Außenminister, wohl deshalb so schnell Witterung bekommen habe und nicht nur der Bauernparteiler, sondern »alle alten Knacker« ausgeschaltet werden müßten.

Der Bildungsminister hatte nun eine längere, vermittelnde Rede des Inhalts gehalten, daß man sich trotz allem nicht ohne weiteres eines Staatsministers entledigen könne, den die Führungsspitze der Bewegung rein intuitiv gewählt hatte. Am Ende der Ausführungen jedoch hatte der Staatssekretär nur gesagt: »Oh, verdammt, war es Intuition? Ich habe immer geglaubt, Erlander habe ihn wegen des Geldes genommen.«

Anschließend war man zur Diskussion der Frage übergegangen, wo man den Staatsminister unterbringen solle, sofern man denn den Staatsminister zu bewegen vermochte, sich von seinem Amt zu verabschieden. Der Unterrichtsminister hatte vorgeschlagen, man könne ihn doch jederzeit in irgendeinem Land zum Botschafter machen, in Ceylon zum Beispiel. Doch der Außenminister hatte Protest eingelegt: »Wir können nicht erst tonnenweise Anti-Baby-Pillen hinschicken und dann einen Botschafter mit fünfzehn Kindern. Das wäre keine überzeugende und konsequente Außenpolitik.«

Der Finanzminister, der sich lange in Schweigen gehüllt hatte, griff an dieser Stelle in die Debatte ein und entgegnete, einzig von Bedeutung sei, daß sich dem Staatsminister nicht die Gelegenheit bieten werde, die direkte Führung seines Industrie-Imperiums selbst in die Hand zu nehmen. Das werde nämlich, und das sei seine feste Überzeugung, schnell das günstige Konjunkturbild verändern und sich langfristig genauso negativ auf unsere Wirtschaft auswirken wie eine umfassende Sozialisierung.

Der Industrieminister hatte hier ein Gesicht gemacht, als sei er von einer Nadel gestochen worden.

»Ich muß doch ganz entschieden darauf bestehen«, war der Finanzminister fortgefahren, »daß er auch in Zukunft unter staatlicher Regie beschäftigt bleiben wird, und das am besten in der Regierung, wo wir ihn ständig im Auge behalten können.«

»Wenn wir Camilla nicht hätten, dann könnte er jederzeit Familienminister werden«, hatte der Außenminister entgegnet. »Familie hat er schließlich. Wie viele Kinder hat er eigentlich?«

Der Industrieminister hatte zur Antwort gegeben, er habe bei ihrer letzten Begegnung fünfzehn Kinder gezählt, könne aber nicht beschwören, daß die Zahl noch ganz aktuell sei.

»Ja, mein Gott, und was für eine Familie er hat!« hatte der Bildungsminister ausgerufen. »Es ist nicht in Worte zu fassen. Ich war diese Woche zum Abendessen bei ihm, und alle fünfzehn Kinder saßen mit am Tisch. Na ja, sitzen ist vielleicht etwas zuviel gesagt. Glaubt mir, schon oft habe ich Jugendlichen gegenüber gestanden, aber so etwas habe ich noch nie erlebt. Er hat nicht einmal eine Miene verzogen, als ein langhaariger Bengel nach dem Essen Tarzan gespielt hat und mit dem Kronleuchter durch den Fußboden gebrochen und in den Keller abgestürzt ist. ›Wie dunkel es geworden ist!‹ hat er bloß gesagt.«

»Der Mann muß Nerven wie Drahtseile haben«, hatte der Außenminister gemurmelt.

»Nerven wie Drahtseile!« erklang das Echo des Finanzministers. »Da haben wir doch die Lösung! Wir ernennen ihn zum Justizminister. Da kann er die Polizei und den Staatsschutz leiten. Ansonsten braucht er meistens nur Pornographie zu lesen und Gefangene zu begnadigen. Das ist kein sonderlich zentraler Posten. Er hat übrigens gute Meriten, seit er den Mord in den Schären aufgeklärt hat.«

Und so wurde es gemacht.

Nach ein paar Wochen wurde der Staatsminister mit allen Ehrbezeigungen in sein neues Ministerium eingeführt, begleitet von devoten Fanfaren der eigenen Presse und gedämpften Entsetzensschreien der Zeitungen auf seiten der Opposition. Einer der Pioniere der Bewegung erklärte, er habe keinem glanzvolleren Staatsbegräbnis beigewohnt, seit Branting zur letzten Ruhe geleitet wurde, doch der Ministerpräsident hatte im Fernsehen verkündet: »Gegenwärtig ist er vielleicht nicht so ganz ... so ganz firm in der Justiz; aber warten Sie erst einmal ab, innerhalb von 14 Tagen hat er sich zu einem Justizminister gemausert.«

Der Staatsminister hatte nun wieder neben mir Platz genommen und sich in seinem komplizierten System aus Sicherheitsgurten festgezurrt und etwas gemurmelt wie, daß er offensichtlich am Vortag die Abordnung aus dem nördlichen Norrland hätte empfangen sollen; in der Staatskanzlei habe er jedenfalls lediglich eine Abordnung aus dem südlichen Norrland angetroffen, die seines Glaubens erst in einer Woche hätte ankommen sollen. Ich gab der Hoffnung Ausdruck, daß nun endlich die Reise nach Ädelsta losgehen könne, und der Staatsminister bestätigte auch, daß dem so sei, doch ordnete er sich nahezu unverzüglich in die falsche Spur ein. Ein, zwei Runden sausten wir dann um die zentralen Bezirke der Innenstadt, während ich mir den Kopf zerbrach, wer wohl der rechte Mann sei, um dem Polizeiminister den Führerschein zu entziehen. Bei der dritten Runde begannen die Leute, das riesige Auto zu erkennen, und machten sich gegenseitig auf die Karosse aufmerksam, und beim Gustav Adolfs Torg rief eine Gruppe von krausbärtigen, militanten Linken: »So ist der Kapitalismus ...« Erst an einer roten Ampel gelang es dem Staatsminister, sich zur angepeilten Abflußrinne durchzuschlängeln, und danach flossen wir mit dem anderen Unrat aus der Stadt hinaus.

Der Staatsminister, der sich jetzt vollkommen befreit von lästigen Fahrspuren wähnte, lenkte den Wagen immer wieder seltsam diagonal hinüber auf die andere Fahrbahnseite, und das alles, während er mit ausholenden Gesten über das merkwürdige Leben in der Welt der Politik berichtete. Die Fahrer, denen es glückte, sich an uns vorbeizumanövrieren, waren rot im Gesicht – einige auch weiß – und drohten uns mit der Faust. Doch der Staatsminister winkte ihnen zu und referierte dann über die spontane Freundlichkeit der anderen Verkehrsteilnehmer und das Gentleman-Verhalten auf der Straße, das alle Autofahrer einte.

Es ging auf den späten Nachmittag zu, als wir in Ädelsta eintrudelten, in der sörmländischen Idylle, wo ich Landluft schnuppern sollte, während der Staatsminister und seine Kumpane in nur ein paar lächerlichen Meilen Entfernung anläßlich einer Tagung in Harpsund weilten, auf der sie die Gesellschaft umstrukturierten.

Nun saßen wir also in dem Hotelzimmer, ich seufzend auf dem Bett und der Staatsminister im Fenstersturz die makaberen Sehenswürdigkeiten des Ortes verlesend.

Der Staatsminister vernahm den Seufzer und schaute auf.

»Aber wenn du lieber bei uns in Harpsund sitzen willst, läßt sich das selbstverständlich einrichten. Du könntest als Experte fungieren. Für Schulfragen. Mitunter haben wir beide Flügel voller Experten. Sie bekommen eine Aufwandsentschädigung und haben das Ruderboot zur freien Verfügung.«

Ich streckte mich ein wenig.

»Ja, ich habe immerhin alles in allem mehr als dreißig Jahre Erfahrung als aktiver Lehrer.«

Der Staatsminister sah mich nachdenklich an.

»Erfahrung? Erfahrung ... na ja, das ist zwar nicht schlecht, aber ... ja, du hast nicht zufällig, ähäm, eine ... *Vision* oder so etwas? Von der Schule der Zukunft, frei von jedem hinderlichen Zwang? Das würde sich wirklich besser machen ...«

Ich verneinte, eine Vision hatte ich nicht zu bieten und mir wurde klar, daß die Zukunft mich eingeholt hatte. Ich beschloß, mich an den Friedhof zu halten. Dort konnte ich zwischen den Gruften wandeln wie ein Toter unter Toten. Frei von Visionen, menschlicher Gemeinschaft und Aufwandsentschädigungen.

Im Eßzimmer des Hotels aß ich zu vorgerückter Stunde – apropos tote Gegenstände – etwas gekochten Dorsch naturell; meine Gedärme waren wie gewöhnlich nach einer Autofahrt mit dem Staatsminister so sehr durchgerüttelt, daß ich das Gefühl hatte, selbst wenige Löffel Eisoße seien eine unzulässige Ausschweifung.

Wir kehrten ins Zimmer zurück, wo der Staatsminister in seinen Betrachtungen über die Gräber des Ortes fortfuhr, während ich die Bekanntschaft mit dem heiligen Sebastian erneuerte.

»Ädelsta!« rief der Staatsminister plötzlich aus wie ein zweiter Archimedes in der Badewanne. »Ädelsta! Aber hier wohnt doch Mommy, meine alte Amme. Ich muß sie besuchen. Komm, wir machen uns gleich auf den Weg!«

Ich kann nicht behaupten, alte Ammen – sei es nun die des Staatsministers oder anderer Leute – übten eine größere Anziehungskraft auf mich aus, aber in diesem Augenblick beschlich mich das Gefühl, ich sollte mich an diesem Abend lieber mit dem Waschen von Leichen befassen als im Hotelzimmer zu bleiben.

So standen wir dann wenige Minuten später auf dem Bürgersteig.

Ich hätte wissen müssen, was dabei herauskommen würde.

Der Staatsminister hatte natürlich weder Adresse noch Namen – Mommy konnte schließlich ebensogut der Name einer Katze sein wie der einer Amme –, und ich kann versichern, daß es außerordentlich beklemmend ist, durch eine Kleinstadt zu wandern im Schlepptau des obersten Wächters des Rechtswesens des Landes, der ohne Unterschied die Entgegenkommenden nach seiner alten Amme befragte.

Am Ende, als er sich erinnerte, daß sie Lindberg hieß und mit ihrem Bruder zusammen wohnte, biß ein Passant an. Ein älterer, vornehmer Herr deutete mit anmutigen Bewegungen seines Spazierstockes den Weg, der unserer war.

»Ein großes, gelbes Haus mit weißen Fensterrahmen, Sie können es gar nicht verfehlen«, schloß er, und ich bedankte mich und dachte, daß er da aber den Staatsminister schlecht kannte.

Wir steuerten bezeichnete Richtung an. Ädelsta erwies sich als eine der Kleinstädte, in denen die Storgatan, die Hauptstraße, sich selbst in den Schwanz beißt und die Seitenstraßen in launischen Mustern frei verstreut lagen.

»Sie ist bei uns gewesen, bis ich in die Schule gekommen bin, dann ist sie ausgezogen, um ihrem Bruder den Haushalt zu führen, nachdem er Witwer geworden war«, erzählte der Staatsminister mit ungewohnten Seufzern der Nostalgie – wenn es denn nicht von der Steigung der Straße kam. »Die Hefewecken, die sie samstags immer gebacken hat, ich habe noch den Duft in der Nase! Sie ist ein paar Mal zu Besuch gekommen, und wir haben uns kleine Briefe geschrieben, aber dann fand ich wohl, ich sei zu groß für so etwas, wie Jungen eben so sind. Ich habe wirklich jahrelang nicht mehr an sie gedacht, bis meine alte Tante letztes Weihnachtsfest gesagt hat: ›Wenn du ohnehin in Harpsund bist, dann kannst du doch auch mal Mommy in Ädelsta besuchen.‹ Hier muß es sein!«

Es war tatsächlich ein großes, auffälliges Haus, eher ein Anwesen, und es schien mir des für die Bewohner etwas besorgniserregenden Typs zu sein, der jederzeit von fanatischen

Wahrern des kulturellen Erbes ins Stockholmer Freilichtmuseum Skansen verfrachtet werden konnte. Mansardendach mit altem, geädertem Schiefer; die mit breiten Balken beplankten Wände und gedrechselten Fensterrahmen ergaben eine stattliche Fassade, die durch verschnörkelte Latten verlängert wurde, hinter denen Laubmassen einen schattigen Garten verhießen.

Der Staatsminister steuerte sogleich auf die aus Eichenbohlen gezimmerte Haustür zu, geschnitzt und ehrwürdig wie der Deckel eines Sarges, und ich spürte die übliche Unruhe, die mich befällt, wenn ich ihm auf unangemeldete Visiten in gutbürgerliche Stuben folge, wo er schnell als Störfaktor oder wenigstens als unruhestiftendes Element empfunden werden mußte. (Ich erinnere mich an eine aristokratische Tante, der offensichtlich ein erheblicher Teil der politischen Umwälzungen der letzten Jahrzehnte entgangen war. Sie befaßte sich eingehend mit der Tätigkeit des Staatsministers. »Ich finde, in letzter Zeit liest man in der Zeitung so seltsame Dinge über dich. Und warum sieht man dich so häufig mit diesem Erlander zusammen? Willst du dir nicht endlich einmal eine ordentliche Arbeit suchen? Ja, du mußt mir verzeihen, daß ich es laut ausspreche, aber manchmal kommt es mir so vor, als wärst du in schlechte Gesellschaft geraten und Sozialist geworden. Deinen Eltern hätte es gar nicht gefallen. Nein, es hätte ihnen wirklich ganz und gar nicht gefallen.«)

Doch der Staatsminister, der Sehnsucht nach seiner Mommy hatte, pochte an und hämmerte mit dem Türklopfer, ohne einen Gedanken daran zu verschwenden, daß er einem steuerschweren Grundstückseigentümer und seinen dienstbaren Geistern wie der Gehörnte höchstpersönlich vorkommen konnte.

Die Haustür wurde geöffnet, und eine zierliche Dame stand in stummer Verwunderung auf der Schwelle. Doch dann war alles ein einziges Rufen und Umarmen.

Es war die Dame, die schließlich den Clinch auflöste.

»Aber mein Junge, laß dich richtig anschauen! Wie groß du geworden bist! Und auch so elegant! Mein Junge, du bist immer noch der alte, ich habe dich gleich wiedererkannt, obwohl es bestimmt schon an die dreißig Jahre her sein muß. Ja, ich habe dich natürlich in der Zeitung gesehen, aber das ist ja nie dasselbe. Aber wir wollen doch nicht hier draußen herumstehen!«

Und so verschwanden der Staatsminister und die alte Frau durch die Haustür, die wieder ins Schloß fiel, und ich stand, wo ich war, und kam mir vor wie ein Hautlappen, der nach einer gelungenen Operation überflüssig geworden war.

2

Nach einigen endlosen Sekunden jedoch öffnete sich die Tür abermals, und der Staatsminister zog mich ins Haus.

»Das ist mein Schwager, Studienrat Persson. Er ist Lehrer«, ergänzte er überdeutlich und laut, so wie es jüngere Leute gern in Gegenwart von überlebenden Exemplaren der älteren Generation tun, bei denen man von vornherein davon ausgehen kann, daß sie Gehör und Begriffsvermögen nahezu vollständig eingebüßt haben.

»Wie angenehm, Herr Studienrat Persson, Sie kennenzulernen! Willkommen in meinem Hause und willkommen in Ädelsta darf ich Sie wohl auch heißen!«

Sie war in der Tat eine ganz und gar wunderbare, kleine Dame, diese Mommy.

Dünn und zerbrechlich, bleiche Wangen und silbergraues Haar, so stand sie vor mir wie die Urgroßmutter aus einem Märchen. Die feste Stimme und die funkelnden, blauen Augen vermittelten dem urteilsfähigen Beobachter unmißverständlich, daß Senilität die Kommunikation hier nicht behindern würde. Um den schrumpeligen Hals ruhte ein entzückendes, krauseartiges Gebilde, und auf den knöchellangen Rock fiel die Bluse in einer Wolke aus Rüschchen und Plüschchen.

Eben so weit in meinen Beobachtungen gediehen, wurde ich von einem schwanzwedelnden, dackelähnlichen Tier überfallen, das an mir hochzuklettern versuchte, ohne Zweifel in der Hoffnung, nackte, faltige Gesichtshaut abschlecken zu können.

»Aber Pelleman, daß du dich nicht schämst! Ist ja gut, jetzt aber runter mit dir!«

Mommy hatte eingegriffen und den Hund zur Ordnung gerufen, mußte sich jedoch sogleich eines neuen kläffenden Männchens annehmen.

»Mommy! Ist John gekommen? Aber was macht ihr denn bloß da draußen? Wir haben doch schon die Karten ausgegeben!«

»Oh, oh, mein Bruder Adolf glaubt bestimmt, der Apotheker ist da, der vierte Mann beim Bridge«, seufzte Mommy und scheuchte uns mit der unmißverständlichen Handbewegung eines Kindermädchens auf die verärgerte Altmännerstimme zu, deren Besitzer sich jetzt offenbar selbst aufgemacht hatte, um herauszufinden, was sich in seinem Flur abspielte.

»Aber warum ...?«

Die Ähnlichkeit der Geschwister war unschwer zu erkennen.

Der feingliedrige Körperbau, weiter gekrümmt im eisernen Griff der Jahre, der verschrumpelte, kleine, vogelartige Hals, die feste Stimme – alles verriet den gemeinsamen Ursprung. Jedoch Bruder Adolfs funkelnde Augen hinter dem Zwicker waren nicht blau, sondern pfefferkornbraun und nicht sanft, sondern scharf wie das Gewürz selbst.

»Wie belieben?« fragte er und mir war, als hörte ich jemanden diese Worte zum ersten Mal außerhalb der Theaterbühne sagen.

»Das ist mein Bruder, Fabrikdirektor Adolf Lindberg. Darf ich vorstellen, Studienrat Persson aus Stockholm.«

Der alte Mann starrte mich an, nicht besonders erfreut; er sah eher aus, als frage er sich, ob nun auch die Lehrerschaft angefangen habe, bettelnd von Tür zu Tür zu ziehen.

»Und dies hier ist«, fuhr Mommy mit einer Miene fort, die verriet, daß sie das Beste bis zum Schluß aufgespart hatte, »dies hier ist der Junge, von dem ich schon so viel erzählt habe und aus dem ein großer Staatsminister geworden ist!«

Der scharfe Blick des alten Mannes war bedeutend milder geworden. Er schaute richtig freundlich aus, und ich erkannte, daß er zur Gattung der Kriecher gehörte und daß ich mir ganz unnötig Sorgen gemacht hatte. Vergessen waren offensichtlich sämtliche ein Unternehmen hemmenden Maßnahmen und Steuern und vergessen war das jahrzehntelange Gejammer über die Nivellierung, die Ausplünderung und den Raubbau an den Kräften, die den Wohlstand unserer Gesellschaft garantierten. Begleitet von entzückten Glucksern und allerlei großzügigen Angeboten, schickte er sich an, den Gleichmacher und Aussauger von Staatsminister in die gute Stube zu komplimentieren.

»Wenn der Herr Staatsminister sich hier herein begeben wollen ... Es ist mir eine große Ehre ... Nein, hier entlang, wenn ich bitten darf ... Kann ich Ihnen etwas anbieten? Eine Zigarre vielleicht? Doch bestimmt ein Glas Sherry? Wie belieben? Orangensaft? Mommy, Mommy, wo stehen die Saftflaschen? Aber schnell doch, der Herr Staatsminister möchte unseren Orangensaft probieren! Wenn ich doch nur gewußt hätte ... Nein, in keinster Weise, ich versichere es Ihnen! Wir haben uns nur in kleiner Runde zum Kartenspielen versammelt wie an jedem Samstagabend ... Darf ich Ihnen meinen guten Freund vorstellen, General der Ingenieurstruppen Ygdecrantz – Herr Staatsminister und Leiter des Justizministeriums! Aber die Herren sind sich bestimmt schon bei dem einen oder anderen Kriegsgericht begegnet ... ich meine ... einem Gerichtsprozeß ...«

Der alte Mann zog sich aus der Bredouille, indem er auch mich schnell aufforderte, die generalische, etwas feuchte Hand zu schütteln.

General Ygdecrantz machte nicht den Eindruck eines

Generals – nicht wenn man eine uniformierte, schneidige, wettergegerbte Erscheinung erwartete.

Was ich erblickte, war ein schmächtiger, schmalschultriger Zivilist mit einer Haut so weiß wie die eines Adelsfräuleins aus dem 17. Jahrhundert und einem scheuen Zug um die Augen, der bei einem inspizierten Fähnrich oder einem betrügerischen Buchhalter natürlicher gewesen wäre, der unerwartet dem spitznasigen Wirtschaftsprüfer gegenübersteht. Ich gab ihm die Hand und dachte bei mir, ihm war vermutlich in letzter Zeit eine Laus über die Leber gelaufen.

»Seit ich vor zwei Jahren in Pension gegangen bin, wohne ich das ganze Jahr über auf meinem väterlichen Gut, fünf Meilen südlich von Ädelsta. Ich hoffe, Sie werden Zeit finden, mich dort zu besuchen«, entgegnete der General mit dünner Stimme.

Der Fabrikdirektor trippelte weiter auf einen Herrn in den Fünfzigern zu, der sich von seinem Platz am Spieltisch erhoben hatte.

»Und das hier ist mein besonders guter Freund Botschafter Petersén, vorübergehend auf Heimaturlaub von seinem Posten in Pretoria.«

Wenn schon der General nicht den Anstand gehabt hatte, wie ein Militär auszusehen, dann schaute zumindest der Botschafter aus wie ein Diplomat und benahm sich auch dementsprechend. Mit wohlgesetzten Worten begrüßte er uns; er versicherte, als seien wir alte Schulfreunde, daß wir immer gern gesehene Gäste bei ihm und in seinem Hause seien. Und es wurde verbindlich hierhin gelächelt und sich leicht dorthin verneigt. Ausladende Gesten lenkten die Aufmerksamkeit auf das wogende, kohlrabenschwarze Haar, und die Augenlider waren halb geschlossen wie die einer Katze, die in der Sonne döste, und verbargen mit dem anderen Zubehör kunstvoll, was für ein Mensch und wildes Tier in der Tiefe schlummern mochte.

Nachdem der Gastgeber das obligatorische Vorstellungszeremoniell absolviert hatte, konnte er dem Staatsminister von neuem seine ungeteilte Aufmerksamkeit zukommen lassen.

»Es ist wirklich bedauerlich, daß mein Sohn noch nicht hier ist, ich erwarte ihn erst morgen früh. Er ist sehr beschäftigt, und mein achtzigster Geburtstag ist schließlich erst morgen. Aber der Herr Staatsminister ist ihm sicher schon in Stockholm begegnet, er ist Bankdirektor und seit dem letzten Winter Chef der Provinzbank. Bankdirektor Ejnar Lindberg. Ja, ich dachte es mir! (Der Staatsminister hatte sich geräuspert und geschluckt und wenn man wollte, konnte man das alles positiv auslegen.) Er besitzt einen sehr scharfen Verstand und hat auch außerordentlich schnell Karriere gemacht, der Junge ist kaum fünfundvierzig. Ich weiß noch, wie er schon in der Schule ...«

Der Fabrikdirektor zog an dieser Stelle den Staatsminister zur Seite, einem alternden Löwenmännchen gleich, das sich mit seinem erlesenen Antilopenfilet vom Rudel absondert, und mich überließ man vor dem offenen Kamin mir selbst. Botschafter Petersén, sicherlich seit seinen Tagen als Attaché geübt darin, einsame Gäste aufzuspüren und ihnen zu Hilfe zu eilen, gesellte sich geschmeidig zu mir.

»Sind Sie schon einmal in Swahililand gewesen?« begann er mit einem untrüglichen Gespür dafür, was sich unverzüglich zu einem zentralen Gesprächsthema entwickeln konnte: Botschafter Petersén und seine Verdienste in fernen Ländern. Er nahm sich auch nicht die Zeit, meine ohnehin vorhersehbare Antwort abzuwarten, ehe er fortfuhr.

»Ich war dort Mitte der sechziger Jahre unser Gesandter. Wie Ihnen bekannt sein dürfte, drohte dort zu dem Zeitpunkt ein blutiger Stammeskrieg auszubrechen.«

Ich überlegte, ob es als korrekt betrachtet werden konnte, den kausalen Zusammenhang zwischen diesen beiden Ereignissen in Frage zu stellen, doch noch ehe ich mich zu einer Entscheidung durchgerungen hatte, vertraute er mir an, er sei der einzige Schwede und vermutlich der einzige Nordeuropäer, der fließend Swahili sprach und zudem vier andere der gutturalen Bergdialekte verstand. Ich beglückwünschte ihn, und mit einer unendlich anmutigen Handbewegung führte er einige undiplomatisch widerspenstige Haarsträhnen über dem einen Ohr wieder dem Protokoll zu.

Mommy bot diverse Getränke auf einem Tablett an. Als ich mich hinunterbeugte und nach dem Glas Mineralwasser griff, flüsterte sie: »Wenn mein Bruder Sie fragen sollte, dann sagen Sie, daß die Forstaktien Ihrer Meinung nach bald wieder steigen. Er hat sich in der letzten Zeit darüber Sorgen gemacht. Ja, ich habe meinen Jungen auch darum gebeten. Aber jetzt kommt bestimmt der Apotheker!«

Jemand schlug draußen mit dem Klopfer an die Tür, als gelte es, einen Toten aufzuwecken, was selbst für einen Apotheker zugegebenermaßen ein hochgestecktes Ziel war.

Mommy eilte davon, und schnell drang eine Stimme zu uns herein, auch diese wie klingend Erz.

»Ich muß wirklich um Entschuldigung bitten, daß ich so spät komme! Aber der Doktor hat gerade, als ich losgehen wollte, per Telefon förmlich einen Hagel an Rezepten aufgegeben, mitten in der Sommerhitze scheint sich eine Grippewelle anzubahnen. Förmlich ein Hagel, ich sage es Ihnen. Adolf ist sicher schon ungeduldig? Tja, Beherrschung war noch nie seine Stärke.«

Der hochgewachsene Mann in mittleren Jahren, der Knickerbocker trug, füllte für einen Augenblick den Türrahmen aus und nahm gleichermaßen das ganze Zimmer ein. Der Fabrikdirektor stellte ihn vor als »mein Freund, der Apotheker Karlander«. Ich erinnerte mich, daß der Botschafter als »mein besonders guter Freund« und der pensionierte General als »mein guter Freund« tituliert wurden, und ich dachte mir, daß in diesem Hause Freundschaft mit seltsamer Genauigkeit einer sozialen Stufenleiter folgte. Meine Hand wurde ergriffen und vollkommen von einer muskulösen, haarigen Masse umschlossen, als sei sie eine kleine, wehrlose Pille, die zur Nacht einzunehmen war. Wir unterhielten uns eine Minute, ich erinnere mich jedoch nicht des Inhalts unseres Gesprächs, da meine Gedanken hauptsächlich mit seinen ungewöhnlich spitzen Schneidezähnen beschäftigt waren.

Unter nicht enden wollenden, entschuldigenden Verbeugungen gegen den Staatsminister begann der Gastgeber sodann, seine jetzt vollzählig versammelte Bridge-Runde zusammenzutreiben – der Spieltrieb war offenbar genauso stark entwickelt wie das Bedürfnis, sich mit Titeln zu umgeben. Doch der freigestellte Staatsminister gesellte sich mit glücklicher Miene zu Mommy aufs Sofa. Ich selbst sank in einen weinroten Fauteuil, nachdem ich eine fette Katze fortgescheucht hatte, die sich unter einem gelben, vorwurfsvollen Blick trollte.

In der Bridge-Runde herrschte offensichtlich eiserne Disziplin, da sogar der Botschafter schwieg und allein ein leises Brummeln zu hören war sowie die ein oder andere wohlartikulierte Zurechtweisung des Gastgebers gegenüber dem weniger folgsamen Apotheker. Doch als die erste Partie beendet war, entwickelte der alte Mann abermals einiges an geselliger Aktivität.

»Aber Mommy, meine Liebe, wo hast du nur deinen Kopf, bekommen wir denn heute abend gar keinen Tee? Oh, Entschuldigung, ich habe nicht gesehen, daß der Herr Staatsminister sich mit meiner Schwester unterhält! Nein, kommt nicht in Frage, daß der Herr Staatsminister jetzt geht, ohne Tee. Aber es ist in der Tat bedauerlich, daß der Herr Staatsminister meinen Sohn nicht kennenlernt ...«

Die Karten waren von neuem gemischt und verteilt worden, der Fabrikdirektor jedoch sprach über seinen Sohn, den

Bankdirektor, und da mußte offensichtlich die Rücksicht auf das Spiel weichen. Er verbreitete sich über seine Verdienste, hielt sich bei Meilensteinen seiner Karriere auf und schilderte bis ins kleinste Detail Bekanntschaften und Verbindungen innerhalb der tonangebenden Kreise.

Der General war verärgert, das fiel mir sofort auf.

Anfangs schnitt er nur etwas ungeduldige Grimassen vor sich hin und trommelte leicht mit den Fingern auf der Tischplatte, doch bald begann er, Blickkontakt mit seinen Spielkameraden zu suchen. Er starrte sie vielsagend an, verdrehte die Augen und führte sich überhaupt wie ein gelangweilter Schuljunge auf, zur Stille zwar gezwungen, jedoch nicht ganz von einem gestrengen Lehrer unterworfen.

Doch dann schaute der Fabrikdirektor auf, mitten in einer sinnlosen und ausschweifenden Schilderung, wie dem Sohn der Orden des Weißen Löwen dritter Klasse von der Hand des Präsidenten der Republik verliehen wurde. Der General bot gerade dem Botschafter eine seitliche Grimasse dar, die deutlicher als alle Worte sagte: »Mein Gott, wie lange will er sich dabei noch aufhalten?«

Dem alten Mann blieb der Mund offen stehen, er glotzte, bekam die Situation spitz und schoß hoch, blaurot im Gesicht angelaufen und schrie: »Wie belieben? Wie belieben?«

Dann fielen die Wörter, die ich in einen solchen Kreis nicht für möglich gehalten hätte: »Ja, stellt euch vor, ich spreche von ihm! Und das tue ich, weil er ein Thema *ist,* über das man sprechen kann! Er sitzt zufällig nicht in einer Anstalt wie deine Mißgeburt von Sohn!«

Auch der General hatte sich auf die Hinterbeine gestellt. Er beugte sich über den Tisch zum Fabrikdirektor hinüber, und ich sah, wie ihm die Hände zitterten.

Keine Ahnung, was ich für eine Reaktion von ihm erwartete. Ich glaube, ich hätte ihn verstanden und eine Entschuldigung gefunden, ganz gleich, was er getan hätte – dem Alten eine aufs Maul geben, ihm ins Gesicht spucken oder ganz einfach aus dem Zimmer und dem Haus gehen.

Doch er tat nichts dergleichen.

Er stammelte unverständliches Zeug, sank auf den Stuhl zurück, nahm seine Karten wieder zur Hand und schickte mit belegter Stimme einen Appell an die Herzen.

Der Fabrikdirektor setzte sich ebenfalls. Er fröstelte, mahlte mit den Kiefern und brummelte ein wenig vor sich hin, doch schnell war er wieder beim Spiel, und es folgte eine peinlich genaue Schilderung des sich anschließenden Mittagessens in der Botschaft, nachdem der Orden dem Sohn an die Brust geheftet worden war.

Der General schaute stur auf seine Karten hinunter.

»Wie stark es regnet!«

Mommy hatte sich aus dem Sofa erhoben, stand jetzt hinter ihrem Bruder und strich ihm sanft über die Schultern, als wolle sie ihn besänftigen.

Es regnete tatsächlich, es peitschte geradezu gegen die bleiverglasten Sprossenfenster. Ich bereute meine Unvorsichtigkeit bitterlich, an diesem lauen Sommerabend ohne Mantel aus dem Haus gegangen zu sein.

»Jetzt weiß ich aber, was wir machen!«

Der Fabrikdirektor sprang mit erstaunlicher Spannkraft auf und schoß ans Fenster.

»Der Herr Staatsminister übernachtet hier, ja, der Herr Studienrat selbstverständlich auch. Dann müssen Sie nicht in dieses furchtbare Wetter hinausgehen, werden meinen Sohn kennenlernen und können morgen früh bei der Geburtstagsaufwartung dabeisein. Es ist übrigens schon abgemacht, daß der Botschafter und der General hier nächtigen, sie haben einen beträchtlichen Weg zu ihren Gütern und wollen morgen früh um sechs die Gesangseinlage nicht verpassen. Nein, es macht nicht die geringste Mühe, wir haben so viele Gästezimmer da oben bereitstehen. Nicht wahr, Mommy, meine

Liebe, ist Lotta dir nicht heute behilflich gewesen? Ja, das Mädchen war kurz bei mir im Zimmer, hat gezwitschert und Unordnung angerichtet.«

Der alte Mann war zurückgesprungen und packte seine Schwester jetzt zärtlich am Ohr.

»Jetzt setzt du den Tee auf und dann gehe ich das Hotel anrufen und lasse das Gepäck der Herren herüberschicken. Und morgen ißt der Herr Staatsminister hier mit meinem Sohn zu Mittag, hoffe ich. Die Herren werden viel miteinander zu besprechen haben, sie bewegen sich ja beide sozusagen im Zentrum der Macht!«

Mommy jedoch schien nicht richtig zufrieden zu sein. Sie murmelte etwas davon, daß wir es bestimmt sehr viel bequemer in unserem Hotel hätten, doch der alte Mann wiederholte, daß in dem Mauseloch kein Schwein wohnen könne, und ich war geneigt, ihm recht zu geben. Der heilige Sebastian konnte es und womöglich auch der Staatsminister, aber ganz gewiß kein Schwein und ich schon gar nicht.

Und so wurde es gemacht. Kurz nach zehn Uhr entschuldigte ich mich mit der ermüdenden Reise, und Mommy führte mich die knarrende Treppe hinauf in ein nettes Zimmer unter dem Dach mit einer Tapete in großem Blumenmuster und gediegenen, altmodischen Möbeln.

Ich richtete mich für die Nacht ein und der Schlaf kam.

Doch mit dem Schlaf kamen auch die Träume, unerreichbar zwar für die Erinnerung, aber angsteinflößend und böse für den Schlafenden ...

Ich erwachte und dachte, der Regen, der gegen die Fenster trommelte, habe mein Unterbewußtsein gequält und mich schließlich geweckt; es sitzt seit der Kindheit in mir, daß ich mit der Angst aufwache, ich hätte nach dem Spielen bei Tag da draußen etwas vergessen.

Ich schlummerte abermals ein, doch wachte wieder auf

und beschloß aufzustehen, um auf die Toilette zu gehen. Ich ließ das Licht im Flur aus, um die ringsum Schlafenden nicht zu beunruhigen, und die Sommernacht war auch nicht so dunkel, daß ich nicht gefunden hätte, wonach ich suchte. Wo war doch jetzt gleich noch der Waschraum? Bei der Treppe, lag er nicht dort?

Ich machte mich auf, und der Teppich schluckte jedes Geräusch der Schritte.

Doch durch die Dunkelheit drang eine tiefe, gepreßte Stimme an mein Ohr, kaum mehr als ein Flüstern, genauso unverständlich, unbestimmbar wie der Traum gerade eben …

»… es geht nicht anders … drinnen bei dem verdammten alten Knacker … Angst, mehr Angst denn je in meinem Leben … muß jetzt schlafen, morgen ist ein anstrengender Tag …«

Auf dem Rückweg stand ich für einen Augenblick still im Flur, noch immer vom grellen Licht im Waschraum geblendet, noch immer etwas benommen, wie man eben ist, wenn man zu früh aufwacht und alle Müdigkeit einem noch in Körper und Geist steckt.

Jetzt aber waren keine Stimmen mehr zu hören.

Ich stolperte auf den Lichtkegel zu, der sich dort bildete, wo meine Tür auf den Flur hinausging.

Ich schloß die Tür, lag in meinem Bett und horchte hinaus in die Dunkelheit.

Böse Träume, böse Worte …

In was für ein Haus war ich nur geraten?

3

Die Uhr zeigte kurz nach sechs; es regnete nicht mehr, aber am Fußende stand der Staatsminister und schrie, die Torte habe achtzig Kerzen: »Stell dir vor, achtzig Kerzen!«

Ich brummelte etwas davon, es wäre seltsamer gewesen, wenn sie sieben oder siebzig gehabt hätte, rappelte mich hoch und scheuchte den kindlich erregten Schwager aus dem Zimmer. Ich spielte mit dem Gedanken, mir nur den Morgenmantel überzuziehen und mich wieder ins Bett zu legen, nachdem ich die Aufwartung bei meinem achtzigjährigen Gastgeber hinter mich gebracht hätte. Aber ich widerstand der Versuchung. Auf dem Lande oder in dessen Grenzbereichen, wozu man Ädelsta zählen konnte, würde ein derartiger Aufzug bestimmt als nachlässig oder womöglich sogar unanständig angesehen werden.

Auf der Treppe traf ich auf eine unbekannte Dame, die mit hoher Stimme mitteilte, sie sei auf dem Weg zur Toilette. Im selben Atemzug kam ein etwas unvermitteltes: »Therese Carlsson, Schriftstellerin«.

In früheren Zeiten pflegte ich bei meinen spärlichen Begegnungen mit Schriftstellern etwas in der Form zu murmeln wie, daß ich mit Interesse ihre Werke gelesen hätte. Damit habe ich aufgehört. Es werden heutzutage schließlich so viele eigenartige Bücher geschrieben. Was für einen Eindruck würde es machen, wenn ein ältlicher Pädagoge – womöglich noch vor seiner Klasse – behauptete, er habe mit Freude und Interesse von einer Veröffentlichung Kenntnis genommen, die sich bei näherer Betrachtung beispielsweise als Studie über Gruppensex erwies?

Therese Carlsson war eine große, stattliche Frau von bestimmt gut sechzig Jahren. Das Haar hing ihr weiß und schlaff um ein Gesicht, das zu breit war, um es pferdeförmig nennen zu können, aber zu lang, um direkt anziehend zu sein, und wo die Haare endeten, begann etwas von der Form eines Sackes und, soweit ich es auf der dunklen Treppe erkennen konnte, auch von der Farbe eines solchen.

»Ich muß ...«, fuhr sie in ihrer Unterhaltung fort.

Ganz offensichtlich galt ihr Interesse an Toiletten nicht dem Abstrakten, Architektonischen, sondern hatte etwas Zwingendes und Dringendes.

Ich sammelte mich, murmelte: »Studienrat Persson, lassen Sie sich von mir nicht aufhalten!« Und die Frau stieg die Treppe mit langen Schritten und einer kraftvollen, dankbaren Geste weiter empor. Ich selbst ließ mich vom Geländer abwärts führen, während ich darüber nachsann, ob ich mich in meinem Eifer, geschwind zu Hilfe zu eilen, möglicherweise unpassend ausgedrückt hatte.

Unten in der Küche, zwischen blank gescheuerten Kupferkesseln und großzügigen Marmorbänken, fand ich die Gesellschaft, in unterschiedlichste Formen von Festtagsgewändern gehüllt.

Dem Botschafter, hier im Jackett, gelang es, auch in diesem Ambiente und zu dieser frühen Morgenstunde auszusehen wie ein Doyen auf dem Weg zum Neujahrsempfang eines Staatsoberhaupts. Im stillen war ich dankbar für meine Willensstärke, daß ich auf den Morgenmantel verzichtet hatte, und knöpfte die Jacke auf, um alle Welt sehen zu lassen, daß ich Weste trug.

Der beleibte Apotheker, der die Knickerbocker gegen einen dunklen Anzug getauscht hatte, machte in gedämpfter, verschwörerischer Stimme Konversation mit dem schmächtigen General, dem es noch nicht einmal in seiner Paradeuniform glückte, besonders farbenprächtig oder kriegerisch auszusehen.

Mommy stand am Herd und wachte über die Kaffeekanne und murmelte und brummelte, es sei eine Sünde und Schande, daß man einem Achtzigährigen mit Lied und Torte aufwartete, als sei er ein Kleinkind.

Die Person aber, die das Geburtstagstablett richtete und die notwendigen Anweisungen erteilte, war eine auffallende Dame von etwa 35 Jahren. Das rabenschwarze Haar und die leicht olivfarbene Haut verliehen ihr fast das Aussehen einer Inderin. Sie war gut zu hören und zu sehen von dort, wo sie am Tisch in der Zimmermitte stand, leicht über die mit Kerzen übersäte, riesige Torte gebeugt.

»Mein Schwiegervater wird von dieser Torte begeistert sein, da bin ich mir ganz sicher. Wenn ich mich jetzt bloß nicht verzählt habe, daß es auch wirklich achtzig Kerzen sind! Aber ach, wie ist das Tablett schwer! Wer trägt es, es muß jemand Kräftiges sein ... Herr Apotheker Karlander, Sie schaffen es bestimmt. Für die Blumen ist aber kein Platz mehr, die muß Ejnar nehmen. Ja, selbstverständlich trägt der Sohn den Geburtstagsblumenstrauß! Das schafft er gerade noch, das weiß ich!«

Man hätte es als Scherz abtun können, als kleine Neckerei unter Eheleuten, dem war aber nicht so. Es war dem kurzen, gemeinen Lachen anzuhören und an dem vielsagenden, aber nicht sonderlich liebevollen Blick abzulesen, der aus den mandelförmigen Augen hinüber zum Kühlschrank spritzte.

Von dort kam ein Lachen zur Antwort, angestrengt und laut, wie nur ein Junge im Stimmbruch lachen kann, wenn er versucht, etwas männlicher und selbstsicherer zu klingen, als er ist.

Es war zwar kein Junge, der dort stand, aber das Lachen erfüllte vielleicht doch einen Zweck.

Denn an dem Mann, in dem ich den Gatten der ordnenden Hand und den Sohn des Fabrikdirektors Adolf Lindberg zu erkennen glaubte, fand sich ansonsten nicht viel, das auf Virilität und Stärke schließen ließ. Was er vom Vater hatte, das war die Körpergröße, und in der Hinsicht war nicht viel zu holen gewesen. Er selbst hatte durch Fett einen eigenen Beitrag geleistet – dies mit Vorbehalt meiner Unkenntnis dessen gesagt, was die Mutter von diesem Gut mit ins Nest gebracht haben mochte. Denn fett war er, der Sohn des Fabrikdirektors, ordentlich fett, geradezu schlachtreif, tierisch fett, und er hatte so viel Speck an ein so kurzes Skelett gehängt, daß es nicht schön aussah, und das war ihm selbstverständlich bewußt und darum hatte er dieses Lachen, dachte ich mir. Das Gesicht, für sich genommen, war nicht gerade appetitlich. Die Nase zeigte nach oben, und über der Stirn und den Augen zeichnete sich eine zusammengedrückte, entschieden verkniffene Linie ab, die möglicherweise von einem dicken Brillengestell hätte verborgen werden können. Doch auf der Nase saß keine Sehhilfe und über der Stirn verloren sich nur einige schüttere, grau-zottelige Haarsträhnen, gleich getrocknetem Seegras auf einem halbverrottetem, aus dem Wasser ragenden Pfahl.

Ich begrüßte die Anwesenden und begann mit geringer Hoffnung auf baldigen Fortschritt zu versuchen, im Hause meine Stellung als Schwager des inzwischen erwachsenen Kindes zu erkunden, dem Tante Mommy vor längst vergangenen Zeiten gegen Bezahlung einmal einen Klaps auf den Hintern verpaßt hatte. Es gestaltete sich jedoch überraschend einfach, und aus all dem Fett heraus wurde ich von zwei braunen, scharfen Augen – den Augen des Vaters – betrachtet. Wie zwei Rosinen in einer Hefewecke, konnte ich gerade noch denken, ehe seine Frau sich daran machte, uns zur Prozession aufzustellen.

»Aber wo bleibt denn Therese Carlsson?« flüsterte der

General, gewohnt, nicht durch unnötige Lautstärke oder Säbelgerassel vorzeitig die Lage der Truppe im Feld zu verraten. In dem Augenblick hörte man, wie die hochgewachsene Schriftstellerin die Treppe hinuntertrampelte, einem verspäteten Infanterie-Regiment auf dem Weg zum Appellplatz nicht ganz unähnlich. Sie wurde von gezischten Vorwürfen und leisen Verwünschungen empfangen, ins Glied gestellt, ganz nach hinten wie ein Anker, und so zogen wir aus der Küche, durch den Flur und das Wohnzimmer ins Eßzimmer, wo wir vor der großen, dunklen Tür Aufstellung nahmen.

Mir war es schon in der Küche aufgefallen und hier war es noch deutlicher spürbar.

Etwas war nicht so, wie es sein sollte, etwas stimmte hier ganz und gar nicht. Ich erinnerte mich im Lauf der Jahre an so viele morgendliche Aufwartungen, und alle waren begleitet von Gekicher, Scherzen und Vorfreude. Hier fehlte dergleichen, bloß erdrückendes Schweigen und eine Anspannung von Grund auf, die nicht die richtige war.

Lag es an mir, dem Fremdling im Hause, und dem Umfeld, die Mißstimmung aufkommen ließen, dachte ich, oder beruhte alles vielleicht darauf, daß wir alt waren oder keine Kinder dabeihatten? Alter auf dem Weg zu einem finsteren Stelldichein mit dem Greisentum?

Doch etwas anderes und Schlimmeres war die Ursache …

Die Tür wurde mit einem leichten Knarren geöffnet.

Die Dunkelheit.

Das Lied.

Der Schrei.

»Zieh doch jemand die Vorhänge zurück! Macht Licht hier drinnen!«

Sogar der Apotheker war offensichtlich durcheinander, seine Hände waren von einem gewaltigen Tablett gebunden. General Ygdecrantz machte ein paar verzagte Schritte, Mommy aber war schon am Fenster schräg hinter dem Kopfende des Bettes.

Der alte Mann lag auf dem Rücken. Die Decke reichte nur knapp über die Brust, und die Falten des Nachthemdes waren vollkommen regungslos. Die durchscheinend weißen Hände ruhten auf dem Überschlaglaken, nicht gefaltet, jedoch einander zugewandt, als seien sie nahe daran gewesen, sich zu vereinigen. Der Kopf war zur Seite gefallen, und die Augen waren geschlossen. Doch der Mund stand offen, wie erstarrt zu einem Schrei oder geweitet im letzten, krampfhaften Versuch des Körpers, Sauerstoff zu atmen ...

Und dann sah ich, daß er sich übergeben haben mußte. Es hing um den Mund, am Kinn etwas Zähflüssiges, Mehlartiges, Blutvermischtes.

Auf dem Nachttisch standen ein Glas Wasser und ein kleines Arzneigläschen. Dort lag ebenfalls ein Buch, doch da dessen Umschlag fehlte und sein Rücken mir nicht zugewandt war, konnte ich den Titel nicht erkennen.

»Ist er ... ist er tot?« stieß Frau Lindberg hervor, unerwartet, gellend, und ich dachte, sie mußte es gewesen sein, die eben im Halbdunkel geschrien hatte.

Der Apotheker, der sein Tablett auf dem Fußboden zur Notlandung gebracht hatte, saß auf der Bettkante, und seine Hände tasteten über den dünnen Körper. Die riesige Hand blieb schließlich auf dem Hals des Greises liegen. Ein Druck bloß und er zerbricht die Halswirbel wie ein Streichholz, schoß es mir durch den Kopf.

»Ja, jetzt ist er für immer tot.« Der Apotheker erhob sich langsam. »Und er ist es schon eine ganze Weile. Aber wir müssen einen Arzt bestellen. Ejnar, kannst du einen anrufen ...?«

Die in all dem Fett versunkenen Äuglein blitzten zwar auf, er aber rührte sich nicht, antwortete nicht. Er sah unverwandt auf die kleine, dünne Gestalt in dem Bett, die – widersinnig, nahezu grotesk – der Ursprung seines irdischen Lebens war.

Doch dann entfernte sich Mommy mit wenigen, schnellen Schritten vom Fenster und sank neben dem Bett auf die Knie. Sie strich über die Hand ihres alten Bruders, unaufhörlich, wie um ihm die Wärme des Lebens wiederzugeben, und sie weinte still, untröstlich. »Liebster kleiner Adolf«, hörte ich sie flüstern, »liebster kleiner Adolf«. Ihr Kopf ruhte an seinem Arm.

Als sie sich endlich erhob, schwankte sie leicht, schob jedoch die stützende Hand fort, die ihr der Neffe angeboten hatte. Sie drehte sich zu ihm um, und ich sah ihr direkt ins Gesicht. Die Tränen waren nicht fort und auch nicht der Schmerz und der Verlust, die sich dahinter verbargen.

Aber jetzt lag auch Wut darin, Zorn und – für eine flüchtige, böse Sekunde – Haß.

Dann stolperte sie aus der Tür.

Doch sie sollte das Zimmer nicht allein verlassen.

Ihr hinterher lief ein junges Mädchen. Sie mußte hinter uns gestanden haben, vielleicht versteckt zwischen den dunklen Schränken, und jetzt schoß sie hervor wie ein aufgescheuchtes Tier.

Sie hatte einen Pferdeschwanz, trug Jeans, und in der Hand hielt sie einen kleinen Strauß weißer Blumen.

Und wenn ich recht gesehen hatte, dann weinte auch sie.

4

Doktor Tomander, ein sympathischer, grauhaariger Mann, traf nur wenige Minuten später unter liebenswürdigem Räuspern ein, untersuchte seinen Patienten ein letztes Mal und verschwand unter zunehmend nervöserem Räuspern, nachdem er konstatiert hatte, daß es sich hier vermutlich um einen Fall für die Polizei handelte.

»Ist im Verlauf der vergangenen Nacht gestorben, möchte ich vermuten. Seltsam, sehr seltsam, ich habe immer geglaubt, er würde neunzig werden. Sonst immer gesund wie ein Fisch, ährrm, im Wasser. Habe ihn dreißig Jahre lang als Patienten gehabt, habe ihn erst letzten Donnerstag gründlich untersucht. Kern-, ährrm, gesund. Leichter, zarter Körperbau, wunderbarer Blutdruck, prima Herz. Das Arzneiglas? Ja, seit vielen Jahren hat er die Angewohnheit, zur Nacht zwei Kapseln Schlafmittel zu nehmen. Ganz, ährrm, ungefährliche Angewohnheit in seinem Alter. Gewohnheitsmensch von Natur aus. Die Todesursache, ährrm?«

Doktor Tomander hatte sich vorgebeugt und schnupperte oberhalb des verfärbten, fleckigen Halsbündchens.

»Zwiebel, ährrm, es riecht nach Zwiebel ... Hat er gestern Hackbraten oder etwas anderes mit Zwiebel gegessen? Nein, ährrm? Und das hier ist Blut? Nein, er ist bestimmt im Schlaf gestorben, an Erbrochenem erstickt, ganz sicher. Möglich, daß ihm etwas, ährrm, Unbekömmliches verabreicht wurde, etwas, ährrm, sehr Unbekömmliches. Möchte fast Arsen vermuten ...«

Dann hielten Kommissar Svensson und alle seine Mitarbeiter Einzug ins Haus.

Ich selbst hatte mich hinauf aufs Zimmer verzogen, doch der Staatsminister blieb noch unten. Nach einer Stunde kam er indessen hereingestürmt und setzte vor Aufregung glühend zu einem verworrenen Vortrag an.

»Der Gerichtsmediziner sagt auch, es kann eine Arsenvergiftung sein! Aber um sicher zu gehen, müssen sie natürlich die Leiche obduzieren. Sie schneiden ihn auf und untersuchen den Inhalt von Magen und Darm und ...«

Ich hatte ihn mit einer matten Handbewegung um Mäßigung gebeten.

»Sollte es sich tatsächlich um Arsen handeln, dann muß er es gestern abend sehr spät zu sich genommen haben oder vor Mitternacht, und es kann ein Unfall oder Selbstmord oder Mord sein«, fuhr der Staatsminister begeistert fort. »Ich hoffe ... glaube, es ist Mord! Wie sollte es ein Unfall sein? Es gibt keine Spur von Arsen oder eines anderen Giftes im Zimmer des alten Knaben oder in seiner Toilette, das halten wir für bereits erwiesen. Wir arbeiten ... ja, als Justizminister bin ich doch der Polizeichef, das meiste ist Papierkram und Organisation und so etwas Langweiliges, du weißt schon, da ist Feldforschung einmal ganz angen... nützlich. Ich habe übrigens einige Beobachtungen gemacht, die ihrer Meinung nach sehr bemerkenswert sind, haben sie gesagt.«

In Gedanken galt mein Mitleid der einheimischen Polizei. Läuft einem der höchste Chef – und was für ein höchster Chef – zwischen den Beinen herum, ist es verständlich und sehr menschlich, wenn ein junger Polizeianwärter versucht, ihm ein paar freundliche Worte zukommen zu lassen, auch wenn er keine andere Entdeckung gemacht hatte als die, daß die Leiche tot ist.

»Und Selbstmord?« überlegte der Staatsminister laut weiter. »Warum hätte er sich das Leben nehmen sollen? Gestern abend hat er schließlich mit einer solchen Begeisterung von seinem Geburtstag gesprochen und daß sein Sohn kommt und war so unglaublich munter und ausgelassen, finde ich. Nein, es muß Mord sein.«

Ich schüttelte eine Herztablette aus meiner Pillendose und schluckte sie. Der Staatsminister schaute interessiert zu, als hoffe er auf einen neuen spannenden Leichnam.

»Und der Mörder muß sich hier im Haus aufhalten. Fenster und Türen sind abgeschlossen und verriegelt gewesen, und wir haben keine fremden Fußabdrücke im Garten gefunden. Und nach dem Regen müßten welche zu finden sein. Ganz ausgezeichnetes Wetter mit Blick auf die Ermittlung.«

Der Staatsminister schaute anerkennend hinaus auf den leichten Nebel vor dem Fenster.

»Meine Theorie ist, jemand von uns hat gestern abend den Inhalt der Kapseln mit dem Schlafmittel gegen Arsen ausgetauscht.«

Ich ertappte mich dabei, wie ich mich heftig fort aus meinem gemütlichen Zimmer sehnte, zurück ins Hotel und zum heiligen Sebastian.

»Sie sind aus Gelatine, diese Dinger, bestehen aus zwei Hülsen, die ineinander geschoben werden. Zieht man sie auseinander, kommt das Schlafpulver zum Vorschein. Man kann es ganz einfach ausschütten und zum Beispiel statt dessen Arsen hineinfüllen und dann die beiden Hälften wieder zu einer Kapsel zusammenschieben, die genauso aussieht wie vorher. Und dann, spät am gestrigen Abend, hat der alte Knabe wie immer seine zwei Kapseln eingenommen. Doch wenigstens eine davon war mit Arsen gefüllt. Er ist eingeschlummert – das Arsen wirkt bestimmt ganz langsam – und ist dann ein paar Stunden später im Schlaf gestorben, vielleicht an Erbrochenem erstickt.«

»Wer war gestern abend hier?« fuhr der Staatsminister in seinem makaberen Monolog fort. »Von dir und mir abgesehen – haben sie dich übrigens verhört? – und Mommy, dann waren da noch der General, der Botschafter und der Apotheker. Der Apotheker ist gegen elf Uhr nach Hause gegangen, und wir anderen haben uns noch bis halb zwölf unterhalten, als der alte Knabe sich noch immer gesund und gut in Form zurückgezogen hat und wir nach oben auf unsere Zimmer gegangen sind. Im Lauf des Abends kann sich jeder von uns ins Schlafzimmer des Fabrikdirektors geschlichen und eine seiner Kapseln geleert und mit Gift wieder gefüllt haben. Wenn mich mein Gedächtnis nicht ganz täuscht, dann hat jeder von uns gestern abend die Gesellschaft einmal verlassen, wenigstens für einige Minuten. Und mehr dürfte wohl ein einigermaßen geschickter Mensch nicht brauchen. Nach Mitternacht ist aus Stockholm der Sohn mit seiner Frau gekommen, Olivia heißt sie, der Name paßt übrigens gut zu ihrer Haut. Scheint verdächtig, laut Plan hätten sie erst heute zur Aufwartung eintreffen sollen. Waren bestimmt noch drinnen bei dem alten Knaben, nachdem er zu Bett gegangen war. Das Gläschen mit dem Schlafmittel auf dem Nachttisch war ganz neu, war gestern von der Apotheke angefertigt worden, und der alte Knabe hatte es gestern nach dem Mittagessen persönlich abgeholt. Warte mal, das bedeutet doch, daß der Mörder nicht unbedingt gestern *abend* hier im Haus gewesen sein und das Gift gemischt haben muß. Es reicht, wenn er oder sie *irgendwann* im Lauf des gestrigen Tages Zutritt zum Haus und dem Schlafzimmer gehabt hat …«

Der Staatsminister kritzelte etwas mit gewichtiger Miene in sein Notizbuch.

»Nimmst du Arsen für Herz oder Gedärme oder so? Ja, ich frage doch bloß, wir müssen schließlich herausfinden, wem das Gift zur Verfügung gestanden hat.«

Um die Aufmerksamkeit von meiner Person abzulenken, erwähnte ich, daß ich vor der Aufwartung auf der Treppe der

Schriftstellerin Carlsson begegnet sei. Der Staatsminister machte ein interessiertes Gesicht.

»Ach, wirklich, streunt frei umher? Beweist, daß sie sich hier zu Hause fühlt und ungeniert bewegt. Das müssen wir näher untersuchen.«

»Und wer war das Mädchen, das nach Mommy aus dem Schlafzimmer gelaufen ist?« ergänzte ich.

»Lotta. Hilft Mommy während des Sommers im Haushalt. Liebes, kleines Ding – erst siebzehn Jahre alt. Nein, jetzt muß ich gehen! Finde im Lauf des Tages so viel wie möglich heraus, sprich mit den Verdächtigen und überprüfe Umfeld und Stimmung und so! Vernichte aber keine Spuren!«

Damit zog er seiner Wege, um sich mit den anderen Mitgliedern der Harpsundsliga zu vereinigen, und ich wurde einem sanften Verhör durch einen freundlichen Kommissar unterzogen, der keinen Verdacht gegen mich zu hegen schien.

Die nächste Besucherin war Olivia Lindberg, die sich erkundigte, ob ich nicht mit Tante Mommy und ihr unten zu Mittag essen wolle.

»Wir sind nur zu dritt, mein Mann mußte zur Bank und zum Anwalt und hat in der Küche ein paar belegte Brote gegessen.«

Sie schien ein wenig bedrückt, die Augen flackerten ein bißchen in ihren mandelförmigen Höhlungen, und ich fragte mich, wie ihr Mädchenname sein mochte und ob ich sie vielleicht einmal unterrichtet hatte. Schüler bilden sich oft ein, man würde sich noch nach Jahren an ihre dürftigen Leistungen und mehr oder weniger gemeinen Streiche erinnern, einige glauben sogar, man entsinne sich mit Wut und Rachegelüsten ihrer, und die Stimmung ist in solchen Fällen selten ganz ungezwungen. Mal sehen, ob sie fünfunddreißig ist, dann wäre es Ende der fünfziger Jahre gewesen ... Aber nein, diese Augen hätte ich wiedererkannt! Und dieses Zusammenspiel von Geschmeidigkeit und Kraft in den Bewegungen, dachte ich mir, wie ich so die Treppe hinter ihr hinunterging.

Mommy wartete im Eßzimmer.

Die Tränen und die Aufregung des Morgens hatten sich gelegt; sie schien ruhig und gefaßt. Das Gesicht jedoch, dessen Blässe mich schon am Abend zuvor fasziniert hatte, war weiß wie die Spitzenkrause am Hals.

Wir setzten uns zu Tisch.

Wenn der Tod einen alten Menschen ereilt, kommt er häufig wie ein Freund, und nach den richtigen Worten braucht man nicht lange zu suchen. Ein altes, verbrauchtes Herz versagt, und der gequälte Körper und der gepeinigte Geist kommen zur Ruhe – darin gibt es kein Vertun. Doch hat jemand den Tod gerufen, wurde der Greis des Nachts mit Gift von Menschen, die er geliebt hatte, aus einem Leben ohne Qualen, aus einem Zuhause, das sich auf ein Fest vorbereitete, herausgerissen – dann muß man seine Zunge hüten.

Und die Stille war nicht gerade eine Erleichterung.

Olivia Lindberg fragte mich rasch hintereinander, ob ich Bier oder Wasser wünsche, ob ich vielleicht lieber mit Blick auf den Garten sitzen wolle und ob ich Kasseler äße und als ich ihr geantwortet hatte und von neuem Stille eintrat, erzählte sie, sie habe soeben Tante Mommy berichtet, daß sie und ihr Mann rein zufällig schon am gestrigen Abend in Ädelsta eingetroffen seien.

»Es war schließlich abgemacht, daß wir erst heute kommen.«

Sie hatte eine sonore, angenehme Stimme, doch die Worte strömten ihr schnell, fast beschleunigt aus dem Mund.

»Aber wir sind zum Abendessen in Saltsjöbaden eingeladen gewesen und konnten schon gegen elf los, und da haben wir gedacht, tja, eigentlich war es Ejnars Idee, daß wir genausogut gleich herfahren konnten, dann würden wir bei der morgendlichen Aufwartung dabeisein und hier noch den ganzen Tag vor uns haben. Für Ejnar steht ... für uns steht schließlich oben immer ein Zimmer bereit. Ich bin schnell gefahren, tja, ich bin immer so nervös, wenn ich tatenlos neben Ejnar sitzen muß, und außerdem hatte er einige Gläser getrunken, aber wir sind erst nach zwölf hier angekommen, da waren alle schon im Bett. Wir haben mit Ejnars Schlüssel aufgeschlossen und sind auf leisen Sohlen hineingegangen, um Onkel Adolf nicht aufzuwecken, aber er hat im Bett noch gelesen und uns zu sich gerufen. Er hat sich so gefreut, Ejnar zu sehen. In der Gesellschaft war ich dann wie üblich recht überflüssig, deshalb habe ich ihm nur von der Tür aus zugewinkt und ihn begrüßt, anschließend bin ich hinauf und zu Bett gegangen. Ejnar ist auch nicht so lange geblieben, es war schließlich schon spät, und Onkel Adolf hatte einen anstrengenden Tag vor sich ... Er war bestimmt gesund ... Ejnar konnte ja nicht wissen ...«

Hier verstummte sie, als seien ihr alle Wege versperrt.

Im Verlauf der restlichen Mahlzeit bemühte ich mich, belanglose und neutrale Gesprächsthemen zu finden, doch es glückte mir nie, Olivia ins Gespräch einzubeziehen. Und wenn Mommy angelegentlich Fragen direkt an sie richtete, bekam sie kurze, fast einsilbige Antworten.

In dem Augenblick, da ich Messer und Gabel aus der Hand legte – Mommy hatte nur ein paar Kekse gegessen –, schaute Olivia Lindberg auf ihre Uhr und rief aus: »Ich hätte ja Ejnar vor zehn Minuten an der Bank treffen sollen!«

Dann hauchte sie Mommy einen Kuß auf die Wange, schnell, flüchtig, wie ein Mensch mit Bazillenphobie einen unausweichlichen Hund streichelt, und murmelte ein »Verzeih, liebe Tante« und fehlte bei Kaffee und weiterer Geselligkeit.

Als wir dann allein im dunklen, aber gemütlichen Wohnzimmer saßen und Mommy den Kaffee eingeschenkt hatte, war scheinbar etwas von der angespannten und bedrückenden Atmosphäre verflogen, und sie begann, von sich und den ihren zu erzählen, und ich stellte fest, daß es für sie eine Erleichterung war, darüber sprechen zu können.

»Hätten Sie, Herr Persson, vielleicht lieber eine Tasse Tee gehabt? Ja, aber von Kaffee wird man doch etwas munterer. Wie schade, daß Olivia keine Tasse getrunken hat! Ich frage mich, warum sie so ... Ich bin so traurig, wissen Sie, Herr Persson, ich werde so schwer warm mit ihr. Manchmal scheint sie mir so unnahbar und so ... hart. Aber ich komme ihr bestimmt schrecklich alt vor, und das bin ich ja auch, bald fünfundsiebzig. Und wir haben nicht so oft die Gelegenheit, uns etwas näher kennenzulernen. Es ist erst zwei Jahre her, daß sie und Ejnar geheiratet haben. Nein, sie ist ein Stockholmer Mädchen. Sie haben sich kennengelernt, als Ejnar sich ein Bein gebrochen hatte und in das Krankenhaus eingeliefert wurde, in dem Olivia Krankenschwester war. Und wir, Adolf und ich, haben uns so gefreut und ich, daß Ejnar endlich jemanden gefunden hat, den er liebgewinnen konnte. Aber jetzt finden Sie bestimmt, ich bin eine gemeine, alte Frau, wenn Sie mich so reden hören, aber ich kann nicht finden, daß sie die richtige Ehefrau für Ejnar ist. Über das Verhältnis zwischen Eheleuten können sich Außenstehende kein Urteil erlauben, aber sie ist so ironisch und ... ja, manchmal richtig höhnisch ihm gegenüber und verunsichert ihn, und das ist nicht gut, ganz und gar nicht gut. Wissen Sie, Ejnar ist schon immer ein verunsicherter Mensch gewesen, schon seit seiner frühesten Kindheit. Seine Mutter ist gestorben, als er erst fünfzehn Jahre alt war, und Adolf hat so große Ansprüche an ihn gestellt. Immerzu sollte er der Beste und Fleißigste sein. Manchmal denke ich, er ist Bankdirektor geworden, nur um sich selbst und seinem Vater zu beweisen, daß er tatsächlich etwas leisten kann. Doch im Grunde seines Herzens ist er nach wie vor ein unsicherer und recht schwacher Junge, das ist oft ganz deutlich zu spüren. Aber das hat Adolf ja nie eingesehen. Er hat geglaubt, er sei so, wie er nach außen wirkt: sicher, ruhig und geschäftsmäßig. Olivia ist viel stärker, und sie könnte ihm durchaus das Gefühl von Sicherheit und Geborgenheit geben, das er braucht. Aber sie treibt ihn an, will, daß er eine glänzende Figur macht, sich Auszeichnungen erwirbt und Geld verdient. Und gelingt es ihm nicht immer, dann ist sie gemein und nörgelt an ihm herum, wenn andere es hören, und das finde ich so abscheulich.«

Mommy ließ die große, graue Katze auf ihren Schoß springen, wo sie sich zusammenrollte und einschlief.

»Olivia ist stark«, murmelte sie. »Aber heute war sie nicht wie sonst. Aber das ist wohl niemand von uns, nehme ich an ...«

Ich fragte, ob ihr Bruder jener mittellose Handwerkersohn sei, der im Alter von achtzehn Jahren mit einer bescheidenen Produktion von Wäscheklammern begonnen hatte, die er durch Fleiß und Begabung ausgebaut und in einen geradezu industriellen Betrieb verwandelt hatte, der auf seinem Gebiet zum führendsten im Lande gezählt hatte, als er ihn vor zehn Jahren verkaufte.

Es schien ihr alles andere als schwerzufallen, über ihren Bruder zu sprechen; die Augen strahlten vor Stolz und Bewunderung, und in die Stimme legte sie Gefühl und Lebendigkeit. Sie war wieder glücklich, in der Welt der Vergangenheit.

Doch dann holten sie die Ereignisse des Morgens ein und damit die Tränen.

»Ja, es ist dumm von mir, daß ich weine, aber er war der einzige, den ich hatte, und ich hatte ihn so gern. Ich selbst habe ja nie die Gelegenheit gehabt, zu heiraten und Kinder zu bekommen, dazu ist nie Zeit, wenn man sich um anderer Leute Kinder kümmert, und als Adolf nach Ellas Tod Witwer war und ich hierher gekommen bin, um ihm den Haushalt zu führen, da war ich zu alt, um hier noch richtige Freunde zu finden. Und Ejnar und Olivia haben so viel zu tun und wohnen so weit fort. Und andere nahe Verwandte habe ich nicht. Natürlich konnte Adolf zu anderen unfreundlich und ... hart sein, er war schließlich Geschäftsmann, aber zu mir war er immer so lieb und aufmerksam. Nicht, daß ich ihm in tieferem Sinn so viel bedeutet hätte, er hat schließlich seinen geliebten Ejnar gehabt, aber er war es gewohnt, daß ich da war, und es war ihm sehr recht, daß ich mich um die praktischen Dinge kümmerte. Als ich hier eingezogen bin, ja, das ist nun schon dreißig Jahre her, da hat er gesagt, ich solle das Haus hier als mein eigenes Heim betrachten und in allem nach meinem Gutdünken schalten und walten. Und das habe ich während all der Jahre auch getan. Und heute abend hätte ich wie immer als Gastgeberin am Tisch gesessen, ja, damit hat es mein Bruder ganz genau genommen. Nicht, daß wir so oft Abendessen geben würden, Adolf und ich haben einige Bekannte, und wir machen es gern.«

Sie streichelte den glänzend grauen Pelz.

»Aber was sitzt Frauchen hier rum und redet, und du hast dein Futter noch nicht bekommen, meine keine Missan! Und Pelleman, der Ärmste, liegt natürlich in der Küche und wartet vor dem Freßnapf. Ja, ja, es kommt jetzt viel Arbeit auf uns zu. Aber trotz allem ist es ein Trost zu wissen, daß ich alle Hände voll zu tun haben werde, bis ... bis die Beerdigung vorbei ist. Und verzeihen Sie mir, lieber Herr Persson, daß ich so viele Dinge erzählt habe, die Sie bestimmt nicht interessieren, aber es ist eine solche Erleichterung, sich an so einem Tag die Dinge von der Seele reden zu dürfen.«

Sie war aufgestanden und begann die Tassen zusammenzustellen.

»Ja, mein Junge war so lieb und hat sich angeboten, noch ein paar Tage hier zu wohnen, und ich hoffe natürlich, Sie auch. Ejnar und Olivia fahren schon morgen nach Stockholm zurück, er hat so viele Geschäfte zu tätigen, dafür muß man

Verständnis haben, dennoch wird es schwer werden, diese Tage ganz allein hier zu sein. Ich habe natürlich Lotta, das Mädchen, das mir im Haushalt hilft, aber sie ist ja noch ein Kind.«

Mit gemischten Gefühlen versprach ich zu bleiben.

5

Bereits um zwei Uhr stürmte der Staatsminister von Harpsund herein, wo er offenbar ausgiebig herumgesessen und Energie getankt hatte.

»Na«, begann er in herausforderndem Ton, als sei ich ein Rapportpflichtiger auf unterer Beförderungsebene, »ist dir etwas Verdächtiges aufgefallen?«

Es war zwar nicht der Fall, ich inspizierte jedoch schleunigst die Speisekammer und entdeckte etwas kalten Aufschnitt – abgesehen von den Worten, die ich auf meiner nächtlichen Wanderung zur Toilette gehört hatte, war das alles, was ich ihm anzubieten hatte.

»Was hat er ganz genau gesagt?« fragte der Staatsminister und holte Stift und das schwarze Notizbüchlein hervor.

»An den ganz genauen Wortlaut kann ich mich nicht erinnern, aber es ging darum, daß er drinnen bei dem verdammten alten Knacker gewesen war und er Angst hatte und er schlafen mußte, denn dieser Tag würde anstrengend werden.«

Der Staatsminister wirkte von meiner kleinen Erzählung entschieden gefangen genommen.

»Aber dann ist die Sache doch klar! Er war selbstverständlich bei dem alten Knaben im Zimmer gewesen und hat ihm die Arsenkapsel untergeschoben, und dann hatte er Angst vor der Polizei und dem Verhör. Hast du das der Polizei mitgeteilt? Egal, letzten Endes bin schließlich ich die Polizei.«

Er schaute zufrieden aus. »Und wer hat da gesprochen?«

Ich antwortete, daß ich es nicht wisse und auch nicht ausmachen konnte, aus welchem Zimmer die Stimmen zu hören waren.

Der Staatsminister sah für einen Augenblick so aus, als erwäge er, die Polizeimarke zu zücken und außergewöhnliche Maßnahmen zu ergreifen.

»Na, da es dir immerhin gelungen ist, festzustellen, daß es sich um einen Mann handelte, muß es entweder der General oder der Botschafter oder der Bankdirektor gewesen sein.« Er klopfte sich mit dem Stift an die Zähne. »Ist es tatsächlich möglich, daß einer von den dreien laute Selbstgespräche führt? Ich glaube nicht, daß dem Außenministerium oder Generalstab oder der Bankenaufsicht so etwas gefallen würde. Die Sicherheit des Landes und dergleichen, du weißt schon. Sofern es sich nicht um so etwas wie ein verspätetes, lautes Abendgebet gehandelt hat. Du mußt herausfinden, ob einer von den dreien die Angewohnheit hat, abends zu beten.«

»Ich?«

»Ja, als Lehrer bist du es doch wohl gewohnt, fast alles zu fragen. Ich erinnere mich, wie unser Schwedischpauker uns Aufsätze schreiben ließ über ›Meine Meinung über die Religion‹ und ›Meine Meinung über die Liebe‹ und ›Meine Meinung über die Politik‹ ... Ziemlich indiskret, muß ich sagen. ›Meine Meinung über die Politik‹ ... Nicht einmal Erlander würde mich so etwas fragen. Ich finde, ein Mindestmaß an Privatsphäre muß einem schon gestattet sein ...«

Er verlor sich noch tiefer in sein Geschwätz, und ich versuchte, ihn wieder auf den Boden der Tatsachen zurückzubringen, indem ich darauf hinwies, daß die einzigen Personen im Haus, die sich ein Zimmer geteilt hatten, der Bankdirektor und seine Frau waren und ich darum mit aller Wahrscheinlichkeit die beiden gehört hatte.

Der Staatsminister schien mit meiner Kunst, Schlußfolgerungen zu ziehen, nicht unzufrieden zu sein, es gelang ihm jedoch, auf eine Seitenspur umzulenken.

»Warum bist du mitten in der Nacht im Haus herumgelaufen?«

Ich erklärte es ihm.

Er saß eine Weile still da.

»Wie seltsam«, sagte er dann.

»Was ist seltsam?«

»Ja, daß wir ... daß immer jemand von uns beiden auf dem Klo sitzt, wenn in der Nähe gemordet wird. Letztes Mal, auf Lindö, war ich es und jetzt ... du. Paß bloß auf, daß der Kommissar keinen Wind davon kriegt. Ich stehe dann kurz vor der Verhaftung und Absetzung. Eine ganze Woche lang sind die damals hinter mir hergewesen. Willst du, daß ich sage, ich war dabei? Dann hast du ein Alibi. Egal, es wird sich schon klären, du wirst sehen. Jetzt statten wir erst einmal der Anwaltskanzlei Lindencrona, Bitskivargränd 4, einen Besuch ab. Dort werden wir wohl das Motiv finden.«

Die Wolken hatten sich aufgelöst, und die Sonne schien über Ädelsta.

Doch es war mehr vonnöten, um das Städtchen in die Idylle zu verwandeln, von der ich zu Hause in der Bastugatan geträumt hatte. Anfangs vermischte sich Altes mit Neuem auf eine Weise, die nicht reizvoll, sondern womöglich eher als beklemmend bezeichnet werden konnte, und das Gelände war weitaus unwegsamer, als ich oder ein Leidensgenosse es als angenehm hätten empfinden können. Schon nach fünf Minuten bereute ich es zutiefst, daß ich das Angebot des Staatsministers ausgeschlagen hatte, mich im Auto mitzunehmen.

»Was ist das?« fragte der Staatsminister mitten auf einer asphaltierten Geraden und zeigte auf ein Backsteingebäude mit schmutzigen Fenstern und hohen Schornsteinen.

»Eine deiner Fabriken«, antwortete ich, der ich das Zeichen an der Fassade erblickte, wozu man keine großen Geistesgaben zu haben brauchte.

»Was?« erwiderte der Staatsminister. »Pfui Teufel, wie häßlich! Was wird dort hergestellt?«

»Haushaltsgeräte. Willst du nicht einmal vorbeischauen?«

»Nein, mein Lieber, das glaube ich nicht.« Er fröstelte, als sei der Wind plötzlich kalt geworden. »Man muß da dann stundenlang rumlaufen, während einem Produktionszahlen um die Ohren gehauen werden, und die ganze Zeit muß man sich neue, intelligente Fragen ausdenken. Die Kunst, intelligente Fragen zu stellen, besteht darin, schon im voraus die Antwort zu kennen, und ich habe keine Ahnung von ... was sagtest du doch gleich, wird dort hergestellt? ... von Haushaltsgeräten. Und am Ende der Wanderung landet man im Büro, wo der Direktor einem den Investitionsplan vorlegt und Vorschläge zum Verwaltungsbericht und Rat erwartet und Ansichten hören will. Bei unserem letzten Besuch in Göteborg, glaube ich, hat die ganze Führungsriege voller Erwartung dagesessen und mich mit Fragen bombardiert, ob ich der Meinung sei, das Unternehmen solle eine Fondemulsion vornehmen oder ob bei der herrschenden Wirtschaftslage vielleicht eher eine Neuemulsion vorzuziehen sei? Was? Emission? Ja, auch möglich. Mir waren die Begriffe nicht ganz geläufig, ja, ich hatte sie natürlich schon gehört, fand es jedoch etwas peinlich nachzufragen, so daß ich etwas murmelte wie, es sei wahrscheinlich das Beste, alles beides vorzunehmen. Ja, später hat sich dann herausgestellt, daß dies ein nahezu genialer Schachzug gewesen ist, der bei der gesamten rechten Finanzwelt Beifall gefunden hat. Und in der Nationalökonomischen Vereinigung hat mir Jacob zweimal die Hand geschüttelt, und ich habe gefragt, ob ich mich in der Diskussion zu Wort melden solle, was er aber nicht für notwendig gehalten hat. Aber seitdem habe ich keine ruhige Minute mehr. Alle meine Direktoren wollen bei wichtigen Entscheidungen meine Meinung hören, als sei ich so etwas wie ein wirtschaftliches Orakel. In großen Schwärmen kommen sie hergeflogen, sogar aus Japan reisen sie an. Zu Hause erreichen sie mich nicht, denn da hängen immer die Kinder am Telefon, so daß sie jetzt dazu übergegangen sind, mich in der Staatskanzlei aufzusuchen. In der vergangenen Woche sind sich der Ministerpräsident und der LM-Chef in der Lobby begegnet, und der Ministerpräsident soll ausgesehen haben, als habe er den russischen, nein, den amerikanischen Botschafter in seinem Arbeitszimmer vorgefunden. Dann ist er zu mir hereingekommen und hat gesagt, jetzt müsse aber das Herumgelaufe der Direktoren auf den Treppen ein Ende haben. ›Ich lasse es mir ja gefallen‹, erklärte er, ›aber wenn einer von meinen gläubigen Jungs herausfindet, daß bei dir die großen Finanzbosse ein- und ausgehen wie das Kind im Hause, übernehme ich nicht die Verantwortung für die Reaktion darauf. Diese Herren von der Wirtschaft sind routinierte Förderer, und ich brauche meine arbeitsfähigen Leute. Hast du Ingvar Carlsson gesehen, seit er mit geballter Faust auf einen der Herren Bonnier losgegangen ist? Die Konvaleszenz verläuft zufriedenstellend, aber als er gerade wieder zum Dienst gehen wollte, hat er das Verzeichnis über die besserverdienenden Steuerzahler erwischt und festgestellt, daß sein Einkommen höher ist als das von Marc Wallenberg, woraufhin ein Teil – der Diäten der Reichstagsabgeordneten – außerdem als arbeitsfreies Einkommen einzustufen sei, und dann ist er vollkommen zusammengebrochen, hat geweint und geschrien wie ein kleines Kind: Ich will auch! Ich will auch! Doch dann hat er sich zusammengerissen und angefangen, ein neues Kapitel unseres Gleichstellungsprogrammes zu schreiben, die verbale Aggressivität hat er hervorragend im Griff gehabt und ist sofort ruhiger geworden. Und wo überall du deine Papiere verstreust! Als Geijer kürzlich hier war, hat er eine deiner Fusionen auf der Treppe und zwei von deinen verfluchten Unternehmensschließungen in meinem eigenen Wartezimmer gefunden! Er hatte nur Hohn und Spott dafür übrig und gesagt, der Weg in mein Büro sei förmlich mit Struktur-Rationalisierungsmaßnahmen gepflastert. Deshalb wäre ich dankbar, wenn du Wickman die Unternehmensschließungen vornehmen ließest, meine ich, das schafft er problemlos selbst.‹ – Tja«, sagte der Staatsminister, »ich habe ihn wirklich noch nie so aufgebracht gesehen, seitdem sie damals im letzten Winter Hedlund aus dem Eisloch gezogen haben. Also für mich keine Betriebsbesichtigung. Das gibt nur Ärger«, fuhr er fort und ging in seiner sprunghaften Erzählweise zu dem Bericht über, wie er einmal bei einer ihm unterstellten Rechtsbehörde ein gewisses Maß an Inaktivität festgestellt zu haben meinte und sich an diese mit der Anfrage gewandt hatte, ob möglicherweise eine vorübergehende Stagnation im Arbeitsablauf aufgetreten sei und als Antwort erhalten hatte, daß sich die Behörde aus Protest gegen die unzumutbare Arbeitsbelastung seit drei Jahren im Streik befand.

Anwalt Lindencrona, der sich als kleiner, glatzköpfiger Herr mit vorstehenden Augen und schriller Stimme erwies, empfing uns sehr zuvorkommend, obwohl wir unangemeldet kamen. Ein Klient von bäuerlichem Äußeren und offensichtlich in die Klauen der Justiz geraten, so daß Lindencrona sich nicht zu zieren brauchte, wurde in das Wartezimmer expediert und wir aufs Sofa komplimentiert.

Der Anwalt hob an, den Staatsminister wegen eines neuen Gesetzes zu loben, das er an den Mann gebracht hatte, und der Staatsminister erkundigte sich, ob Anwälte wie Verbrecher nicht manchen Punkt zu beanstanden hätten. Doch der Kahlköpfige versicherte, es sei durchweg gut und stellenweise sogar vortrefflich.

Anschließend wurde das schnelle Ableben des Fabrikdirektors erwähnt, und wir schüttelten in einer Minute des Anstandes unsere Köpfe in der Verwunderung über die Hinfälligkeit des Lebens und die Unsicherheit des Daseins, bis der Staatsminister mit einer Miene wie unter seinen Juristenkollegen üblich vorpreschte und nach dem Testament und dem Vermögen des Verstorbenen fragte.

»Ja, ich weiß nicht, ob ich ...«

Der Anwalt ordnete ein wenig seine Stifte. Aber dann legte er entschlossen los, als sei er zu der Überzeugung gelangt, es komme einem Provinzanwalt nicht zu, vor seinem Justizminister Geheimnisse zu hegen.

»Einen vollständigen Überblick über die finanziellen Verhältnisse des Fabrikdirektors Lindberg habe ich mir nicht verschafft, doch soviel erlaube ich mir zu sagen, daß es gut, sehr gut darum bestellt ist. Zum einen hat er eine sehr ansehnliche Pension von seiner alten Firma bekommen, zum anderen hat er Aktien in einem Nennwert von rund einer Million Kronen besessen. Das Grundstück wird auf einhundertfünfzigtausend Kronen geschätzt, kann aber beim Verkauf mit Sicherheit das Doppelte einbringen. Auf welche Summe sich seine Bankguthaben belaufen, wage ich nicht zu sagen, ich nehme aber aus guten Gründen an, daß sie nicht unbedeutend sein werden.«

Der Anwalt hatte sich über Wertpapiere und Anlagen verbreitet, als verkoste er einen edlen Wein.

»Ein Testament hingegen liegt nicht vor! Nein, wirklich nicht. Aber Gott weiß, daß ich nichts unversucht gelassen habe, um ihn dazu zu bewegen. Es ist in der Tat merkwürdig, wie leichtsinnig sogar alte, gewiefte Geschäftsmänner in diesen Dingen sind!«

Anwalt Lindencrona legte bei diesen Worten die Hände zusammen wie zu einem Gebet um Geduld und Kraft im Kampf gegen die rohe, juristisch ungebildete Masse.

»Es bedeutet natürlich, daß der Sohn alles erbt?«

»Selbstverständlich. Erst vergangenes Frühjahr habe ich das Thema zur Sprache gebracht, als ich den Herrn Fabrikdirektor anläßlich einer Aktienemission aufgesucht habe. Ich habe ihn darauf hingewiesen – selbstverständlich mit sehr viel Taktgefühl –, daß achtzig Jahre ein hohes Alter seien und ich mich fragte, ob er nicht einige Freunde mit einer Erinnerungsgabe bedenken wolle. Der Zustrom und die Stimmung bei der Beerdigung pflegen sich in der Tat ganz anders zu gestalten, wenn ich den Trauernden unter der Hand dergleichen habe mitteilen können, doch der alte Herr hat gesagt, ja, geschrien, ist wohl der passendere Ausdruck – für sein Alter hat er ein wirklich bewunderswert starkes Organ gehabt –, daß achtzig Jahre nicht der Rede wert seien und der Arzt ihm mitgeteilt habe, daß er mindestens an die neunzig Jahre alt werde. Ich habe jedoch nicht lockergelassen und ihn darauf hingewiesen, daß er wenigstens an seine alte Schwester denken solle, die ihm all die vielen Jahren eine treue Stütze gewesen ist und die kein eigenes Vermögen hat. ›Es ist doch selbstverständlich, daß der Junge Mommy dort wohnen läßt, so lange sie will‹, hat er geantwortet. ›Und mit Geld wird er auch nicht knauserig sein, wenn es notwendig sein sollte, da können Sie ganz sicher sein. Im übrigen hat sie eine Leibrente von dreitausend Kronen bekommen, als ich die Fabrik verkauft habe. Davon und von der Altersrente lebt sie gut und bei mir wohnt sie natürlich mietfrei.‹

Na ja, als ich aufgebrochen bin, habe ich alles Fräulein Lindberg erzählt mit dem Hintergedanken, sie werde ihrem Bruder vielleicht gut zureden. Aber sie ist richtig böse geworden und hat gesagt, ich müsse ihr versprechen, ihn nicht aufzuregen, indem ich abermals solche Dinge zur Sprache bringe. ›Und über mich brauchen Sie sich nicht den Kopf zu zerbrechen, Herrn Lindencrona, ich werde ganz bestimmt vor Adolf dahingehen. Und sollte es anders kommen, dann weiß ich, wo mein Platz ist. In Ädelstas Altersheim.‹ Ich habe protestiert, aber da hat sie mir die Hand auf den Arm gelegt und etwas gesagt, über das ich oft nachgedacht habe, vor allem heute: ›Lieber Herr Lindencrona, ich kenne die Menschen. Glauben Sie mir, mein Bruder liegt noch nicht einmal unter der Erde und da verkauft Ejnar schon das Haus und bringt mich ins Altersheim.‹ Heute Mittag …«

Anwalt Lindencrona ordnete abermals seine Stifte. Bei der Wahl, zu reden oder zu schweigen, verfiel er auf einen schönen Kompromiß und wahrte die anwaltliche Schweigepflicht, indem er die Stimme senkte.

»Heute mittag, ja, erst vor wenigen Stunden, hat mir Herr Bankdirektor Lindberg hier gegenübergesessen. Er war äußerst angespannt, mußte wegen wichtiger Besprechungen am morgigen Tag zurück nach Stockholm. Im Vorfeld wollte er darum so viele geschäftliche Angelegenheiten wie möglich hier in Ädelsta erledigen. Er wollte wissen, wieviel sein Vater hinterlassen habe, und hat eine Aufstellung über Aktiva verlangt und dann gefragt, ob seine Tante Kündigungsschutz genieße. Ich habe ihm erzählt, wie die Dinge stehen, daß sie in diesem Punkt nicht vom Mietgesetz geschützt werde und daß er als Alleinerbe die Verfügungsgewalt über das Grundstück besitze. Und dann, meine Herren, hat er verlangt, ich solle das Haus sofort zum Verkauf anbieten!«

6

»Das ist doch ein starkes Stück!« sagte der Staatsminister. »Kein Wunder, daß er Banker geworden ist – kein totes Kapital, kein unverzinstes Geld! Ich glaube, wir sollten um Audienz ersuchen!«

Wir fanden ihn im Zimmer seines Vaters.

Mit geschäftsmäßigem Lächeln auf dem fetten Schweinsgesicht hievte er sich vom Stuhl und begann seine Abwesenheit bei Tage zu entschuldigen, womit er fortfuhr, bis der Staatsminister ihm versicherte, er verstehe sehr gut, daß der Verkauf des Hauses eine zeitraubende Angelegenheit sei.

»Wie ...? Er wird doch nicht ...!«

Der kleine Unterkiefer klappte ihm herunter und wurde für einen Augenblick nur zu einer weiteren der vielen Fetttaschen am Hals. Und dann das Lachen, das gepreßte, polternde Lachen, das mir schon bei unserer ersten Begegnung in der Küche am Morgen des gleichen Tages aufgefallen war.

»Da ist es dem alten Kauz aber offensichtlich gelungen, die Sache vollkommen mißzuverstehen! Ich habe gedacht, ich hätte mich völlig klar ausgedrückt, daß es mit dem Haus keine Eile habe. Aber morgen muß ich nach Stockholm zurück, und vorher wollte ich einen Überblick haben über meine ... über die Geschäfte meines Vaters. Und natürlich wäre es für Tante Mommy unnötig viel Arbeit, wenn sie allein in einem so riesigen Haus wohnen bliebe. Eine moderne Altenwohnung wäre so allmählich für sie viel bequemer.«

Oder ein Zimmer mit einem anderen Menschen im Altersheim, dachte ich mir, doch der Staatsminister fragte mit einer

Offenherzigkeit, die sich nur Kinder oder Staatsminister erlauben können, ob er jemanden wisse, der seinem Vater nach dem Leben trachtete. Der Bankdirektor versicherte, für ihn sei das alles vollkommen unbegreiflich und er könne sich das Ganze nur so erklären, daß sein Vater aus Versehen Gift geschluckt habe. »Ein Unkrautvertilgungsmittel vielleicht«, fügte er hinzu.

Der Staatsminister aber, der jetzt sein Schreibzeug hervorgeholt hatte, fragte mit fester Stimme, ob er am Vorabend im Zimmer seines Vaters gewesen sei.

»Ja, Vater hat uns zu sich gerufen, meine Frau und mich, als er uns im Flur gehört hat. Obwohl wir uns so leise wie möglich bewegt haben, es war immerhin schon fast halb eins, und wir haben gedacht, er schliefe längst. Er hat im Bett noch gelesen, und ich habe mich für eine Weile auf den Stuhl am Fußende gesetzt. Meine Frau war müde, deshalb hat sie ihn nur von der Tür aus begrüßt und ist dann hoch aufs Zimmer gegangen.«

»Hat er in Ihrer Gegenwart seine Schlafkapseln eingenommen?«

Jetzt sah er verängstigt aus. Aber er antwortete, als würde er einen Text ablesen.

»Ja, das hat er tatsächlich getan. Als wir uns eine Viertelstunde lang unterhalten hatten, hat er die Hand nach dem Gläschen mit den Kapseln ausgestreckt, das neben dem Glas Wasser stand. Aber er hat sie nicht eingenommen, sondern gerufen: ›Pfui Teufel, da ist ein Tier ins Wasser gefallen! Kannst du mir neues holen?‹ Als ich in der Tür war, hat er mir nachgerufen, ein frisches Glas solle ich auch nehmen. Ich bin in die Küche gegangen und habe nach einem neuen Glas gesucht und dann etwas frisches Wasser hineinlaufen lassen und bin damit zurückgegangen. Ich war wohl vielleicht eine Minute lang weg.«

»Und dann hat er das Schlafmittel genommen?«

»Ja, als ich mit dem Glas reingekommen bin, hat er zwei Kapseln in der offenen Hand gehabt, und das Arzneiglas hat mit geschlossenem Deckel auf dem Nachttisch gestanden. Dann hat er sich die Tabletten förmlich in den Mund geworfen – so – und ein paar Schluck Wasser hinterhergetrunken. ›Jetzt kannst du gehen, denn jetzt werde ich schlafen‹, hat er gesagt und die Nachttischlampe ausgeknipst. Und ich habe ihm eine gute Nacht gewünscht ... und das Zimmer verlassen. Ich konnte doch nicht ahnen ...«

»Haben Sie einen der anderen Gäste gesehen?« fragte ich, nur um zu beweisen, daß ich noch lebte.

»Nein, sie waren schon zu Bett gegangen. Bei unserer Ankunft war es in der ganzen unteren Etage dunkel. Aber ... ja, ich habe wirklich etwas ...«

»Gehört?« ergänzte ich schnell, weil ich das Gefühl hatte, das sei meine Spur.

»Ja, als ich drinnen bei meinem Vater gesessen habe, meinte ich zu hören, wie die Treppe leicht geknackt hat, als ob jemand ... auf ihr ginge. Aber dann war es wieder still, und ich habe gedacht, ich hätte mich geirrt. Als ich dann meinem Vater eine gute Nacht gewünscht hatte, habe ich wieder etwas gehört, und da konnte ich mich nicht geirrt haben. Die Tür zu Vaters Toilette oder möglicherweise zum Keller, sie liegen nebeneinander, wurde vorsichtig zugezogen, als ich in den Flur gekommen bin. Ich habe gedacht, es sei einer der Gäste, der ein ... ein natürliches Bedürfnis habe und bin der Sache nicht weiter nachgegangen, sondern ging schlafen.«

»Nun gut«, sagte der Staatsminister und überstimmte meine intelligente Folgefrage nach dem Motto: Ist bestimmt nicht so wichtig. Hier komme ich mit einer wirklich wichtigen Frage: »Konnte Ihr Vater schlecht sehen?«

»Ja, aber er hat immer eine Brille getragen.«

»Auch als er die Kapseln eingenommen hat?«

»Ja, er hat sie erst abgenommen, als er das Licht ausmachen wollte.«

»Kann er Kapseln genommen haben, die dort lose herumgelegen haben, auf dem Nachttisch zum Beispiel?«

»Nein, Vater würde niemals Medizin einnehmen oder etwas anderes, das einfach herumliegt. Er war ein sehr hygienischer Mensch, hat eine kleine Bazillenphobie gehabt. Aus dem Grund übrigens habe ich ihm bei meiner Ankunft nur in der Tür zugewunken und bin mir dann gleich die Hände waschen gegangen, ehe ich ihn richtig begrüßt habe. Doch meine Frau hat sich unterdessen mit ihm unterhalten, sie hat wie immer Handschuhe getragen ...«

Der Bankdirektor verstummte.

»Entschuldigen Sie«, sagte der Staatsminister, »aber war Ihre Frau mit Ihrem Vater allein, als Sie sich die Hände gewaschen haben?«

Der Bankdirektor lachte. Es klang, als habe sich ein Tenor als Weihnachtsmann verkleidet und versuchte, ein zur Maske passendes Lachen ertönen zu lassen.

»Ist das hier ein Polizeiverhör? Ja, ja, sie muß dann wohl mit ihm allein gewesen sein! Aber es können höchstens ein paar Minuten gewesen sein, und ich begreife wirklich nicht, wieso das von Bedeutung sein soll, weder für die Polizei noch für jemand anders. Mir selbst war es ganz und gar entfallen.«

Der Staatsminister steckte sein Notizbuch ein und erklärte, daß jedes Detail, wie unbedeutend es auch sein mochte, sich einmal als außerordentlich wichtig erweisen könnte. Der Bankdirektor jedoch machte ein Gesicht, als müßte er sich übergeben.

Als wir das Eßzimmer betraten, stand das Mädchen, das den Blumenstrauß gehalten hatte, da.

Aber jetzt hielt sie ein Staubtuch in der Hand.

Sie schien ihre ganze Aufmerksamkeit einem Gemälde

nahe der Tür zu widmen und war über unseren Anblick nicht überrascht. Mit dem mißtrauischen Naturell eines Lehrers überlegte ich kurz, ob dies ein Indiz dafür war, daß sie gelauscht hatte, oder für das Gegenteil.

»Guten Tag«, sagte ich darauf, ohne zu einer bestimmten Schlußfolgerung gelangt zu sein.

»Hallo«, entgegnete der Staatsminister, der der Jugend in vielerlei Hinsicht nahestand. »Du bist doch Lotta und hilfst Mommy beim Putzen, nicht wahr?«

»Ja«, antwortete das Mädchen.

Jeans, weiße Bluse, keine Schuhe. Schmales, empfindsames Gesicht. Braune, wachsame Augen.

»Wir haben uns heute morgen gesehen«, erwiderte der Staatsminister, und der Hellhörige nahm am Ende des Satzes ein Fragezeichen wahr. Sie hätte es natürlich trotzdem bestätigen können, denn ich sah, daß es ihr nicht entgangen war. Ihr Mund wurde kurz und spitz.

»Ich habe Blumen gepflückt und war zu spät dran und habe mich zu Ihnen hineingeschlichen, als Sie schon angefangen hatten zu singen. Keine Ahnung, was mit mir los war. Ich habe vorher schon Tote gesehen, ohne das Heulen zu kriegen. Unendlich viele. Aber da drinnen war es irgendwie so schrecklich. Und Mommy war so traurig. Obwohl es für ihn wohl schön war. So zu sterben, ohne zu leiden also. Er war ja schon total alt.«

»Was hast du von ihm gehalten?«

Das Mädchen zuckte die Schultern, als habe man sie gebeten, ihre Gefühle für Gustav Wasa zu beschreiben.

»Er hat rumgeschrien und gemeckert, wenn man beim Putzen aus Versehen seine Sachen verschoben hat. Aber abgestaubt sollte alles sein. Er war so einer, der mit dem Finger hinterherging. So.«

Die Fingerspitze fuhr über den Bilderrahmen und sank herab, grauweiß.

»Bist du gestern auch hier gewesen?«

»Ich helfe Mommy drei, vier Stunden am Tag, seit Juni. Auch voriges Jahr. Die Zugehfrau, die sie sonst immer hat, ist über den Sommer nicht da. Den Rest des Tages arbeite ich oben im Krankenhaus. Das ist bessere Arbeit als dieser Haushaltskram, aber ich konnte dort keine Ganztagsstelle kriegen. Und ich will Geld verdienen. Sonst gehe ich zur Schule. Zur Fachoberschule. Obersekunda.«

»Ist gestern im Laufe des Tages Besuch gekommen?«

»Therese Carlsson hat um drei Uhr an der Tür geklingelt. Aber wir hatten schon Kaffee getrunken und waren oben mit den Gästezimmern beschäftigt, deshalb hat sie in der Küche Tee getrunken. Dann ist sie in den Flur marschiert, hat rumgeschrien und sich in alles Mögliche eingemischt. Wie immer. Sind Sie beide Polizisten?«

»Ja«, antwortete der Staatsminister. »Ich bin bei der Polizei.«

»Auch als Aushilfe für den Sommer?« fragte das Mädchen.

»Wir werden hier die ganze Woche wohnen, so daß wir uns in der nächsten Zeit also noch häufiger sehen werden«, erklärte der Staatsminister drohend.

»Prima!« sagte das Mädchen. »Noch zwei Zimmer mehr zu putzen.«

»Aber wir machen unsere Betten selbst«, verkündete ich.

»Schön«, sagte das Mädchen. »Mit dem Staubwischen werde ich schon fertig.«

Sie schlug das Staubtuch aus, als sei es eine Zirkuspeitsche. Aber im Gegenlicht des Fensters sah ich, daß ihm nicht das kleinste Staubkörnchen entstieg.

Olivia Lindberg ging im Garten spazieren.

Die geschmeidigen und dennoch etwas trägen Bewegungen und die schrägen, wachsamen Augen verliehen ihr eine gewisse Ähnlichkeit mit einer großen Raubkatze, die gerade auf der Jagd nach kleinen Vögeln war.

»Nur eine Kleinigkeit«, begann der Staatsminister nach kurzem Vorgeplänkel. »Sind Sie gestern abend einmal mit Ihrem Schwiegervater allein gewesen?«

Die Unsicherheit vom Abendessen war verflogen. Sie schien nur verärgert und beging den Fehler, den mit hohen Absätzen bewehrten Fuß auf den Rasen aufzustampfen.

»Nein, habe ich gesagt! Ich hatte nicht die Angewohnheit, bei meinem Schwiegervater auf der Bettkante zu sitzen und um ein Uhr nachts Süßholz zu raspeln, auch nicht gestern Nacht.«

»Aber«, entgegnete der Staatsminister kühn, »Ihr Mann behauptet, als der Herr Fabrikdirektor Sie im Flur gehört und Sie zu sich gerufen hat, da seien Sie zu ihm gegangen, während sich Ihr Mann die Hände gewasch...«

Jetzt fauchte sie auch wie eine Katze. Die Augen hatten sich geweitet und waren gefährlich schwarz geworden.

»Ach ja, das hat er gesagt? Oh, was für ein Saukerl, was für ein Feigling! Na, dann werde ich Ihnen mal erzählen, daß es weniger darum ging, sich die Hände zu waschen, als vielmehr darum, einen zu trinken! Damit ist mein Mann in wenigen Worten beschrieben – ein Kerl, der sich nicht traut, seinem Vater gegenüberzutreten, wenn er keinen Schnaps intus hat! Und vergessen Sie nicht, daß diese vollkommen absurden Lügen *seine* Idee sind! Denn, was glauben Sie eigentlich, hätte ich diese drei, vier Minuten mit meinem Schwiegervater machen können, die ich mit ihm allein war? Und was glaubt mein über alles geliebter Mann, was ich gemacht habe?«

Der Staatsminister antwortete mit einem Kompliment über ihr schönes Kleid, das für einen achtzigsten Geburtstag gewagt gewesen wäre, aber in einem Trauerhaus als dezent bezeichnet werden mußte.

Anschließend gingen wir zum staatlichen Alkoholgeschäft und kauften auf Mommys Wunsch eine Flasche Rotwein, denn der Staatsminister sollte in ihrem Hause nicht zu Mittag essen, ohne daß ihm Wein zum Mahl kredenzt wurde. Und man nippt nun einmal nicht gern am Geburtstagssekt, wenn der Jubilar im Lauf der Nacht für immer das Zeitliche gesegnet hat.

Ich wartete vor der Tür.

Als der Staatsminister mit seiner Tüte wieder herauskam, ließ er die Ohren hängen und mir war klar, daß er wie das gewöhnliche Fußvolk der üblichen Behandlung unterzogen worden war.

»Tjaja«, sagte ich zufrieden. »Im staatlichen Alkoholgeschäft sind wir alle Untertanen.«

»Nein«, widersprach der Staatsminister. »Im staatlichen Alkoholgeschäft sind wir alle Süchtige. Glaub' mir, niemand hat so viel gegen die Ausbreitung des Sozialismus hier im Land getan wie dieser Laden.« Er dachte nach. »In dem Fall sind es das Aftonbladet und Bosse Ringholm zusammen. Hast du übrigens gehört, daß die Abstinenzler in der Partei Wickman als Chef für die Wein- und Schnapszentrale haben wollen? Er ist doch so verdammt gut darin, den Umsatz in seinem Betrieb zu senken. Egal«, fuhr er fort, während wir nach Hause wanderten, »wie findest du denn unseren fetten Bankdirektor? Hältst du ihn für einen Mörder?«

»Tja, er wird ja die ganzen Millionen erben. Aber müssen Bankdirektoren überhaupt noch erben? Und hat er gemordet, dann muß er, soweit ich die Sache durchschaue, buchstäblich vor den Augen seines Vaters eine Giftkapsel ins Arzneiglas getan haben. Wie gelingt einem so etwas, wenn man nicht zufällig gerade ein professioneller Illusionist ist? Aber vielleicht hat er das Arsen in einen anderen Leckerbissen versteckt, den er dem Vater angeboten hat. Aber der Bankdirektor hat doch nie im Bett gegessen. Andererseits scheint dieser nächtliche Monolog über Angst und den alten Knacker, den ich im Flur gehört habe, belastend zu sein, wenn ich denn überhaupt den Bankdirektor gehört habe, versteht sich. Aber trotzdem, seinen eigenen Vater vergiften, kaltblütig ermorden ... Er scheint mir etwas zu schwächlich und ängstlich für eine solche Tat, finde ich.«

»Er macht zweifelsohne einen nervösen Eindruck«, gab der Staatsminister zu. »Es ist nur so schwer zu beurteilen, woran das liegt. Hat er den Vater ermordet, ist die Nervosität nur zu natürlich. Hat er es nicht getan, dann ist es auch nicht weiter verwunderlich, wenn er ein bißchen erschüttert ist – stell dir mal vor, du hättest dich darauf eingestellt, den achtzigsten Geburtstag deines Vaters zu feiern und statt dessen ist das Haus voller Arsen und Polizei ...«

»Und schnüffelnden Staatsministern«, ergänzte ich.

»Nana«, sagte der Staatsminister.

»Beim Mittagessen hat Mommy übrigens gesagt, daß er im Grunde seines Herzens schon immer ein unsicherer und ängstlicher Mensch gewesen ist.«

»Im Grunde seines Herzens, ja. Aber es kann doch für ihn nicht normal sein, mit einem so nervösen Gesicht herumzulaufen. Dann wäre er nie Chef einer Geschäftsbank geworden, noch nicht einmal von auch nur einer der kleineren. Alle Bankdirektoren haben harte, unergründliche Gesichter und eine schroffe, schnippische Redeweise. Wenn ich meine Bankdirektoren treffe, dann komme ich mir immer wie ein Bauerntölpel auf einer Konferenz der Großmafia vor. Da hat seine Frau aber mehr von einem Tiger und einem Bankdirektor. Sie hat mich angefaucht, als sei ich so lästig wie die Bankenaufsicht gewesen.«

»Merkwürdig, daß sie sich offensichtlich einig sind, geheimzuhalten, daß sie ihren Schwiegervater gestern abend unter vier Augen gesehen hat.«

»Unschuldige Leute machen oft die merkwürdigsten

Dinge, um sich von jedem ausgesprochenen oder unausgesprochenen Verdacht zu befreien«, erwiderte der Staatsminister weltgewandt und bürokratisch.

»Aber warum denn nicht, wenn sie ohnehin schon lügen, dann können sie doch auch sagen, sie hätten den alten Mann gleichzeitig verlassen? Dann hätte er auch ein Alibi gehabt – von seiner Frau; wieviel auch immer so ein Alibi wert sein mag ... Wie konnte ich nur so dumm sein! Es gibt einen Zeugen! Gegen Ende des Gespräches mit dem Vater hat doch der Bankdirektor im Schlafzimmer gehört, wie sich jemand die Treppe hinuntergeschlichen hat, und später, daß sich jemand in der Toilette aufgehalten hat. Während der ersten Minuten mit dem Vater waren sie also allein im Erdgeschoß, und niemand kann ihre Angaben über die Geschehnisse widerlegen, doch kurz darauf *ist jemand vom ersten Stock heruntergekommen,* jemand, der leicht bemerkt haben kann, daß der Sohn mit dem Vater allein war, und der der Polizei sehr wohl von seinen Beobachtungen erzählt haben kann ... Es wäre viel zu gefährlich gewesen, das muß der Bankdirektor eingesehen haben, zu versuchen, sich ein vollständiges Alibi zusammenzulügen mit diesem ungesehenen, aber sehenden Zeugen, der da unten herumgeschlichen ist ...«

»Hast du eines von deinen Arzneigläsern bei dir?« fragte der Staatsminister rasch und unvermittelt. »Danke, kannst du einmal kurz die Tüte halten?«

Er schraubte den Deckel ab und schüttete sich ein paar Pillen auf die Handfläche, schob sie aber gleich wieder zurück ins Glas. Der Vorgang wurde bis zu zehn Mal wiederholt. Manchmal fiel eine der Dragees auf den Boden, und ich begann, langsam eine gewisse Unruhe zu verspüren. Etwas sagte mir, daß ich jedes Gramm meiner Medizin noch brauchen würde.

»Nein, es ist vollkommen unmöglich!«

»Was denn?«

»Eine Tablette so im Glas zu plazieren, daß sie als erste herauskommt, wenn man eine nehmen will. Alles hängt davon ab, wie man das Glas handhabt, ob man dabei eine leichte Hand hat oder nicht, aus welcher Richtung man schüttet und so weiter. Schlußfolgerung?«

»Tja, wenn der Mörder eine vergiftete Kapsel zu den anderen in das Glas getan hat, dürfte ihm klar gewesen sein, daß die Chance, daß der Fabrikdirektor sich tatsächlich noch am selben Abend vergiften würde, sehr gering war. Das Glas war neu und enthielt hundert Kapseln. Mit einem Höchstmaß an Glück hätte er bis zu fünfzig Nächte überleben können.«

»Ganz richtig«, entgegnete der Staatsminister, »der Mörder kann es nicht eilig gehabt haben. Es dürfte für ihn ein Schock gewesen sein, daß der Fabrikdirektor in der Nacht zu seinem Geburtstag gestorben ist, vielleicht in der einzigen Nacht, die der Mörder im Haus verbracht hat. Jetzt muß er damit rechnen, daß er unter besonderem Verdacht steht und man seine Aktivitäten genau untersucht.«

»Klingt überzeugend«, murmelte ich. »Ich habe aber trotzdem das Gefühl, daß er genau dann gestorben ist, wann der Mörder es wollte, daß es ihm aus irgendeinem Grund nicht recht war, daß der alte Mann seinen achtzigsten Geburtstag noch erlebt. Und jemand von uns, die wir am Morgen vor der Tür gestanden haben, hat es gewußt und wußte ganz genau, was uns da drinnen erwartete. Es hört sich seltsam an, und ich kann nicht erklären, wie es zugegangen sein soll, aber ...«

Ich stand auf und griff den Staatsminister am Arm.

»Oh, mein Gott, was sind wir doch dumm! Er kann das Gift doch auch ganz anders zu sich genommen haben, so daß der Mörder mit Sicherheit davon ausgehen konnte, daß genau gestern abend der Tod eintreten würde!«

»Du meinst, jemand hat die Kapsel auf den Nachttisch

neben das Glas gelegt? Doch wenn wir dem Sohn Glauben schenken dürfen, dann hätte der alte Knabe niemals Medizin genommen, die nicht direkt aus ihrer schützenden Verpakkung stammte. Wir fragen Mommy ...«

»Begreifst du nicht, daß das Gift vielleicht überhaupt nicht in einer der Kapseln war, sondern im Wasser, mit dem er sie hinuntergespült hat? Arsen ist geschmacksneutral und leicht in Wasser löslich, so weit weiß sogar ich Bescheid. Und damit wissen wir, wer der Mörder ist.«

»Aber dann hätte doch die Polizei Gift im Glas feststellen müssen. Es hat noch auf dem Tisch gestanden und war nur zur Hälfte ausgetrunken.«

»Nein«, widersprach ich, »er hat vielleicht auch daran gedacht. Irgendwann in der Nacht, womöglich kurz bevor ich ihn sagen hörte, er habe Todesangst und er müsse schlafen, hat er sich die Treppe hinunter und ins Zimmer des Vaters geschlichen und das halbleere Glas mit dem vergifteten Wasser vom Nachttisch genommen und gegen ein sauberes mit garantiert giftfreiem Wasser ausgetauscht, dasselbe, das die Polizei heute morgen vorgefunden und untersucht hat.«

7

»Aber«, keifte der Staatsminister, »wenn er in der Küche wirklich Gift ins Glas getan hat, warum erwähnt er dann überhaupt, daß sein Vater ihn gebeten hat, neues Wasser zu holen?«

»Weil er weiß, daß es jemanden gibt, der ihn in der Küche gesehen haben muß.«

»Wer denn?«

»Die Person, die er auf der Treppe gehört hat und die sich dann in der Toilette eingeschlossen hat.«

»Ach, was«, sagte der Staatsminister, »das darfst du nicht überbewerten.«

»So? Warum denn nicht?«

»Egal. Bestimmt nur eine falsche Fährte. Ich bin davon überzeugt, daß er oder sie überhaupt nichts gesehen hat.«

»Wie kannst du dir da so sicher sein?«

»Einige Details in seinem Bericht stellen es für mich ganz klar. Dir sind sie nicht aufgefallen? Nein, es erfordert eine ganze Menge an Wissen und Fähigkeit, Schlußfolgerungen ziehen zu können ...«

In der Nacht wachte ich abermals auf.

Was hatte mich geweckt?

Der leichte Nachtwind, der da draußen durch die Bäume strich?

Das Rollo, das in das halb offene Fenster gesogen wurde?

Oder war es etwas anderes, etwas Schreckliches, etwas,

das das Unterbewußtsein als Bedrohung, als Gefahr wahrnahm und registrierte?

Meine wachen Sinne fingen es ein: einen leisen, dumpfen, aber langanhaltenden Laut, als würden schwere Möbel über den Fußboden geschoben.

Das Geräusch schien aus einem Raum direkt unter meinem Zimmer zu kommen.

Was war unter mir?

Das Eßzimmer oder der Flur ... oder das Zimmer, in dem der alte Mann gestorben war?

Ich tastete nach der Klinke, und die Tür öffnete sich.

Das Bett war leer. Der Staatsminister war nicht da.

Rumorte er dort unten, und was hatte er vor?

Die Treppendielen ächzten unter meinen Schritten. Ich fand im Flur den Lichtschalter, doch das Licht ging nicht an. Da oben im Schlafzimmer, da hatte es noch funktioniert ...

Ich konnte nicht viel erkennen. Die niedrigen Sprossenfenster wurden ganz von Gardinen bedeckt. Ich stand im Dunkeln und horchte. Hatte ich mich geirrt? In alten Häusern ist es schließlich nie richtig still, es knackt und knarrt in Wänden, Fußböden und Decken wie in einem Schiffsrumpf auf dem Meer. Doch das Geräusch, das ich gehört hatte, war anders, es – jetzt war es wieder zu hören! Auf der anderen Seite des dunklen Flurs und des Eßzimmers lag das Schlafzimmer und von dort kam es. Warum wurden dort mitten in der Nacht Möbel gerückt?, dachte ich verwirrt, während ich mich im Dunkeln tappend durch das Zimmer bewegte, auf die Tür zu, durch die ein Mörder gegangen und ein Toter getragen worden war.

Ich drückte die Klinke nieder, doch die Tür gab nicht nach.

Ich sah ihn nie, außer als Schatten oder Bewegung in der Dunkelheit.

Aber ich hörte Schritte hinter mir, und ich entsinne mich des Schreckens, als sich mir die Hände in einem tödlichen Würgegriff auf den Mund legten.

»Still, mein Gott! Ja kein Wort!« zischte er und dann konnte ich wieder atmen. »Er hat von innen die Tür verbarrikadiert.«

»Wer?« keuchte ich.

»Keine Ahnung. Aber er ist durchs Fenster eingestiegen, ich habe gehört, wie es aufging. Wir müssen herausfinden, was er da treibt. Ich schleiche hinaus in den Garten und komme genauso rein wie er, durch das Fenster. Warte hier und laß ihn nicht vorbei.«

Der Staatsminister verschwand und ließ mich im finsteren Eßzimmer zurück, darüber nachgrübelnd, wie ich einen vermutlich jungen, schnellen und womöglich bewaffneten Einbrecher daran hindern sollte, den gewünschten Weg in die Freiheit zu nehmen.

Nach einer Minute näherte ich mich von neuem der Tür. Im Zimmer dahinter war es vollkommen still. Ich bückte mich und versuchte, durch das Schlüsselloch zu spähen.

Alles ging so schnell, daß ich nur noch den Arm vors Gesicht halten konnte. Etwas krachte, die Tür wurde gegen mich geschleudert, und jemand oder etwas schoß im Dunkeln vorüber.

Halb betäubt taumelte ich zur Seite, gerade eben so weit, um zu vermeiden, von einem anderen Wesen überrannt zu werden, das durch die infernalische Tür stürmte.

»Wohin ist er?« schrie er, und ich meinte, die Stimme des Staatsministers zu erkennen.

Mißhandelt und fast erwürgt, glaubte ich unterdessen, ich hätte für diese Nacht meine Pflicht und Schuldigkeit getan und sank in einen Sessel, über den ich gestolpert war. Der Staatsminister kläffte wild geworden einige Worte und verschwand in der Dunkelheit. Trotz des kräftigen Angriffs hörte ich keine Möbel fallen. Offensichtlich hatte er im voraus die Örtlichkeiten genau ausbaldowert.

Wenige Minuten später kam das Licht und damit auch der Staatsminister wieder.

»Er ist durch die Haustür entwischt«, murmelte er. »Aber das hier hat er auf der Treppe verloren.«

Er warf etwas auf den Tisch.

Unser Eindringling war in die Nacht verschwunden und alles, was er zurückgelassen hatte, war eine braune Baskenmütze.

»Eine wertvolle Spur«, verkündete der Staatsminister, aber es gelang mir nicht, ihm zu glauben.

»Wer war es?«

»Ich habe ihn nicht erkannt. Als der Mensch da drinnen mich am Fenster gehört hat, hat er mich mit seiner Taschenlampe geblendet und ist auf die Tür zugerannt. Du scheinst ihn ohne mit der Wimper zu zucken vorbeigelassen zu haben.«

»Mir ist die Tür an den Kopf geworfen worden.«

»Du hättest mit dem Pantoffel zuschlagen können.«

Ich antwortet kurz, daß ich es durchaus *nicht* gekonnt hätte, und der Staatsminister ließ das Thema fallen.

»Aber wir müssen nachsehen, was er da drinnen gemacht hat!«

Wir blieben im Türrahmen stehen.

Er war weit gekommen. Die Möbel waren von ihren Plätzen gerückt wie von einer muskulösen, pflichtbewußten Hausfrau mit Staubsauger. Schubladen und Schränke standen offen, und ihr Inhalt war durchwühlt oder lag auf dem Boden verstreut. Nicht einmal das Bett, worin der Tote kürzlich noch geruht hatte, war verschont geblieben; die Bettwäsche bauschte sich in einem wütenden Haufen auf, und die Matratze war ans Kopfende geschleudert worden.

»Ich frage mich, wonach er gesucht hat? Und ob er fündig

geworden ist.« Der Staatsminister trat ans Fenster. »Ja, es gibt keinen Zweifel, daß er hier eingedrungen ist, er hat zwei von den kleinen Scheiben eingeschlagen und die Haken entriegelt.«

»War es ... der Mörder?«

»Vielleicht. Jedenfalls muß es jemand gewesen sein, der sich hier sehr gut auskennt.«

»Du glaubst, er wußte, wie er wieder hinausfindet?«

»Ja, das auch, aber vor allem wegen seiner Manipulation am Licht. Ich war gerade in der Küche; die Sicherungen – sie sind dort angebracht – waren losgeschraubt, *aber nur die fürs Zimmer hier unten.* Und darüber ist keine Zeichnung angebracht, an der abzulesen gewesen wäre, zu welchem Zimmer die Sicherungen gehören.«

»Was um alles in der Welt treibt ihr hier unten? Was ist los? Aber wie sieht es hier aus! War hier ein Einbruch? Wer ...? Nein, es ist doch eine Schande, wie man das Zimmer zugerichtet hat! Und obendrein auch noch Adolfs! Schaut nur, die Kommode und alle Kleider und ...«

Die kleine Dame in ihrem dünnen, rosa Morgenmantel hatte sich im Ur-Instinkt einer Hausfrau hinunter zum nächsten Kleidungsstück gebeugt, um Ordnung in das Chaos zu bringen, doch der Staatsminister hielt sie mit wenigen erklärenden Worten davon ab und sagte, daß sich die Polizei eventuell das Zimmer so anschauen wolle, wie es war, und bat sie, ein Telefongespräch führen zu dürfen.

Mommy seufzte und zog den Morgenmantel fester um sich und trippelte wieder hinaus zu ihrem Bett, nachdem mir gelungen war, sie zu überzeugen, daß sie für uns keinen Tee aufzusetzen brauchte.

Ich sank zurück in den Fauteuil und fragte mich, ob man unbedingt um drei Uhr morgens die Polizei anrufen mußte und ob mein Herz es aushalten und wie mein Darm möglicherweise reagieren würde.

Der Staatsminister kehrte allzuschnell in sein Büchlein kritzelnd zurück.

»Nein, ich habe die Polizei nicht angerufen, es eilt doch nicht. Ich selbst aber habe einige vorbereitende Untersuchungen vorgenommen. Zuerst war ich oben beim Bankdirektor. Er hat auf mein Klopfen nicht reagiert, deshalb bin ich hineingegangen und habe ihn mir angeschaut. Er schien fest zu schlafen, als habe er ein Schlafmittel genommen. Olivia ebenfalls. Dann habe ich den Botschafter angerufen und den Apotheker ...«

»Um diese Uhrzeit?«

»Ja«, antwortete der Staatsminister zufrieden. »Ermittlungsarbeit duldet keinen Aufschub.«

»Und ihr habt dann ein Weilchen über die kleinen Ereignisse des Tages und der Nacht geplaudert?«

»Nein, ich habe nur ein Taxi bestellt.«

»Und damit konnten sie natürlich nicht dienen, die unbeholfenen Schufte?«

»Nein, aber so habe ich herausgefunden, daß sie alle drei eine halbe Stunde nach dem Einbruch bei sich zu Hause waren. Morgen werden wir genau untersuchen, wie lange es dauert, von hier zu ihnen nach Hause zu fahren. Der Botschafter und der General haben fast sofort abgenommen, ja, abnehmen ist vielleicht etwas zuviel gesagt, sie haben gegrunzt und geschnauft wie echte Schweine. Besonders der General schien benebelt, frage mich, ob er trinkt. Aber der Apotheker ist erst beim, laß mich überlegen, achten Klingelzeichen an den Apparat gekommen.«

»Du hast es um drei Uhr nachts achtmal klingeln lassen?«

»Natürlich. Und das Interessante ist, daß er atemlos klang. Als sei er gelaufen. Nein, sie können mich nicht wiedererkannt haben, ich habe ein Taschentuch über die Sprechmuschel gelegt. Ich frage mich nur, wo der General diese Ausdrücke herhat ...«

Der Gedanke, daß es vielleicht der General gewesen sein könnte, der dem Haus nächtens einen Besuch abgestattet hatte, war tatsächlich richtig erfrischend. Ich finde, es ist wohl kaum eine Schande, wenn man von einer militärischen Kapazität, die ihr Leben dem Bezwingen von lästigen Hindernissen im Gelände verschrieben hatte – sei sie auch klein von Wuchs –, zum Weichen genötigt worden war.

Ich lenkte wieder auf eine alte Spur ein.

»Du erinnerst dich doch noch, daß ich herausgefunden habe, daß der Bankdirektor jemanden die Treppe hinunterschleichen und später am Abend an der Toilette gehört hat. Es muß die Gestalt gewesen sein, die heute nacht wieder hier war.«

»Nein«, widersprach der Staatsminister, »das glaube ich nicht.«

»Und warum nicht?«

»Tja, die Person, die gestern hier war, ist leise und vorsichtig umhergeschlichen, hatte eine ganz andere und verfeinertere Technik als der Rabauke von heute. Hat nicht der Bankdirektor gesagt, dieses Schattenwesen sei in die Toilette geschlüpft? Sicher nur einer der Gäste. Also gar nicht weiter wichtig.«

»Im Gegenteil, er kann unglaublich wichtige Beobachtungen gemacht haben.«

»Ein Mann, der auf dem Klo sitzt, kann wohl nichts von Bedeutung sehen. Aber ...«

»Jetzt aber raus mit der Sprache!«

»Was für ein entsetzliches Gezeter«, zischte der Staatsminister. »Ja, wenn du es denn unbedingt wissen willst, ich war es, der auf der Treppe geschlichen ist und auf dem Klo gesessen hat.«

»Du!?«

»Ja.«

»Nein«, sagte ich, »das ist nicht wahr. Es kann nicht wahr sein. Nicht schon wieder!«

»Doch«, widersprach der Staatsminister stur. »Aber dafür gibt es eine ganz natürliche Erklärung, du brauchst dich also gar nicht aufzuregen.«

»Eine ganz natürliche Erklärung?«

»Ja, als ich gestern abend schlafen gegangen war, ist mir eingefallen, daß ich noch ein bißchen Hunger habe. Und dann ist mir eingefallen, daß ich ja wieder bei Mommy bin und daß sie bestimmt irgendwo frische Zimtwecken hat, solche, die sie immer gebacken hat, als ich noch klein war. Deshalb bin ich hinunter in die Küche geschlichen, und im Anrichtezimmer habe ich sie gefunden: eine ganze Dose mit herrlich duftenden Zimtwecken! Als ich mir gerade einen Teller geholt hatte, hörte ich, wie eine Tür aufging, und der alte Knabe rief: ›Nimm auch ein frisches Glas!‹ Und dann ist jemand in die Küche gekommen. Ich wollte nicht mitten in der Nacht mit einem Teller voller Zimtwecken erwischt werden, ich habe mir gedacht, es könnte vielleicht einen seltsamen Eindruck machen, so als sei ich mit dem Essen und der Gastfreundschaft des Hauses nicht zufrieden gewesen, deshalb bin ich in die Mädchenkammer geschlüpft. Dann habe ich gehört, wie jemand etwas abgespült und im Schrank etwas gesucht hat. Als keine Geräusche mehr zu hören waren, bin ich in den Flur geschlichen, um die Treppe zu erreichen, wäre aber fast dem Bankdirektor direkt in die Arme gelaufen, der durch das Wohnzimmer gegangen ist. Ich habe eine Tür aufgemacht und sie hinter mir zugezogen. Und das war dann die Toilette des alten Knaben. Ja, dann habe ich die Wecken gegessen. Zwölf Stück.«

»Aber das ist doch entsetzlich, unglaublich!«

»Ja«, stimmte der Staatsminister mir zu, »ich habe heute auch wirklich ein wenig Magengrimmen.«

»Es ist ja wie ein Alptraum! Der oberste Polizeichef des Landes sitzt auf dem Klo und ißt Wecken, während sein Gastgeber ein paar Zimmer weiter ermordet wird! Genau wie auf Lindö! Klo und Mord! Ich habe geglaubt, du hast inzwischen von solchen Spirenzchen abgelassen. Hast du denn dabei gar nicht an dein hohes Amt gedacht?«

»Nein«, antwortete der Staatsminister. »Ich habe nur gegessen.«

»Bekommst du denn zu Hause keine Wecken?«

»Margareta backt freitags. Aber da habe ich immer so viel zu tun, Besprechungen und so, und wenn ich dann nach Hause komme, sind schon alle weg. Wir sind ja so viele. Ich beeile mich so sehr ich kann, aber immer sind alle schon weg. Ich erinnere mich an ein Mal, da war noch eine übrig, aber die war verbrannt.«

Ich schloß die Augen und versuchte, mir die Überschrift in der Abendpresse vorzustellen, doch die Phantasie verließ mich zum Glück schon bei: »Der Staatsminister ein Weckendieb«.

»Hast du mit dem Kommissar darüber gesprochen?«

»Nein. Ich habe mich nicht getraut.«

»Gott sei Dank!«

»Na,« sagte der Staatsminister, »du hast doch selbst auf dem Klo gehockt.«

»Das war doch etwas ganz anderes!«

»Ach, ja?« erwiderte der Staatsminister.

8

Am frühen Nachmittag des nächsten Tages rief der Staatsminister aus Harpsund an. Er klang wichtig.

»Ich komme in einer halben Stunde. Wir haben bei unserer Ermittlungsarbeit keine Zeit zu verlieren, wir treffen uns vor dem Haus. Aber nimm die Baskenmütze mit. Sie liegt in meiner untersten Kommodenschublade, unter dem Entwurf zur Novellierung des Erbrechts. Geh' aber vorsichtig damit um! Ich habe einen der besten Spurensexperten des Landes dabei, der soll sie sich einmal anschauen.«

Um drei Uhr wartete ich mit der Baskenmütze in der Hand vor der Haustür.

Eine Minute später wälzte sich das Auto auf den Bürgersteig und demolierte einen Laternenpfahl. Der Staatsminister befreite sich aus seinem komplizierten Gurtsystem, strich tröstend über das, was noch vom Kotflügel übrig war, und öffnete vorgebeugt die Fondtür. Ich konnte den Spurenexperten nicht sehen, dachte aber bei mir, er gehöre der fanatischen Gattung an, die einen Boden mit reicheren Vorkommen an Asche und Kies und anderen interessanten Materien bevorzugte.

»Mann, was hast du gekotzt!« sagte der Staatsminister in den Wagenfond, und ich erkannte, daß der Beruf seine Opfer forderte. »Ach, du verträgst Auto fahren nicht? Jetzt bekommst du aber etwas Interessantes zu schnuppern!«

Was für eigenartige, altmodische Arbeitsmethoden, dachte ich, und da stieg er auch schon aus, der Spurenexperte. Ein großer, zottiger Hund von schwer bestimmbarer Rasse. Er sah erschöpft und elend aus, und ich hatte den Eindruck, daß er allein durch die Hand des Staatsministers an seinem Halsband aufrecht gehalten wurde.

»Meine Güte, was ist das denn!?«

»Der staatseigene Hund. Er bewacht Harpsund und Erlander. Ich habe ihn für heute ausgeliehen. Gib mir die Baskenmütze, damit er daran schnuppern kann!«

Das Tier schnüffelte und roch an dem corpus delicti und riß sich dann plötzlich aus seinem Stützverband los.

»Schau an, er hat schon eine Spur gefunden!« rief der Staatsminister begeistert.

Im nächsten Augenblick stand ich an den Bretterzaun gedrückt. Der Experte stemmte zwei vollgekotzte Tatzen an meine Brust, und ich weiß noch, wie der Speichel sich in Fäden um die gelben Hauer und die belegte Zunge zog.

Hinter all dem Grauen war der Staatsminister schemenhaft zu erkennen. Er machte ein indigniertes Gesicht.

»Du hast unsere Spur zerstört!« schrie er. »Warum hast du ihm die Baskenmütze nicht mit einer Zange hingehalten? Jetzt hast du sie mit deinem Geruch kontaminiert und den Hund in die Irre geführt! Du mußt einen sehr starken Geruch, eine sehr intensive Ausdünstung absondern.«

Es klang, als hielte er es für angebracht, daß ich mich bei dem Untier entschuldigte.

Ich bat um Befreiung, und der Staatsminister zerrte die Bestie fort.

»Und was hast du vor mit diesem ... diesem ...?«

»Mit dem staatseigenen Hund? Er soll natürlich noch einmal an der Baskenmütze schnuppern – ist ja gut, mein Hundchen, kümmere dich jetzt einfach nicht um den gräßlichen Geruch des dummen Studienrats –, und dann wird er uns ganz schnell zum Besitzer führen, der sie heute nacht auf der Flucht aus dem Haus verloren hat!«

Ich sagte, ich bezweifle es stark, daß das Tier eine solche

Unterscheidung vorzunehmen vermag. Der Staatsminister aber rieb die Baskenmütze beharrlich an der Schnauze des Tieres, wickelte sich die Leine ums Handgelenk und schon waren wir weg.

Wir gaben eine seltsame Prozession ab.

Ich glaube, Ädelsta hat seit den Geißelerzügen im Mittelalter dergleichen nicht mehr gesehen.

Zuerst kam der staatseigene Hund mit auf den Boden gedrückter, bebender Schnauze. Hinter sich her zog er an der strammen Leine den Staatsminister mit dem Gesichtsausdruck eines selbstzufriedenen Chemielehrers, der ahnt, daß sein Experiment mit dem Lackmuspapier kurz vor dem gewünschten Erfolg steht.

Ich selbst lief einige Schritte hinterher und versuchte auszusehen, als gehörte ich überhaupt nicht dazu, sondern hätte nur gerade in der Nähe rein zufällig etwas zu erledigen.

Hinter mir schlossen die Beschäftigungslosen der Gesellschaft auf: halbwüchsige, spöttisch grinsende Jugendliche, sensationslüsterne Weiber mit Einkaufstüten und alberne, unhygienische, alte Kerle. Ab dem Lilla Torget war der Staatsminister gezwungen, neben einer hohläugigen Megäre herzulaufen, die ihn mit infernalischer Schärfe und unerwartet großer Ausdauer der Tierquälerei bezichtigte und die unterschiedlichen Behörden aufzählte, die sich seiner annehmen würden.

Zwei Häuserblocks hinter dem Rathaus schnupperte sich der staatseigene Hund eine rustikale Treppe hinauf, und der Staatsminister lehnte sich an den Türpfosten und verkündete, daß die Feldforschung zwar ein anstrengendes, dennoch ein notwendiges und fruchtbares Unterfangen sei.

»Bloß schade«, fuhr er fort, »daß die Polizei so bedauernswert unterbesetzt ist. Letztes Mal haben wir siebenhundert neue Stellen bei Sträng beantragt, man hat aber nur zweihundert bewilligt.«

»Na ja«, erwiderte ich atemlos und rachsüchtig, »du bist doch der Justizminister und verantwortlich für die Polizei hier im Land. Ergreif Partei und tritt zurück!«

Der Staatsminister registrierte den bitterbösen ironischen Unterton und starrte mich an.

»Ja«, sagte er, »du wirst es nicht glauben, aber wir Staatsminister zögern, zu Sträng hinaufzugehen und mit der Faust auf den Tisch zu hauen und unter spontanem Protest zurückzutreten, wenn er unsere Haushaltsmittel allzu radikal kürzt. Aber selbstverständlich warten wir mit den Rücktritten, bis wir die Berechtigung auf die volle Staatsministerpension erreicht haben.«

Dann klingelte er an der Tür, ich schloß die Augen und fragte mich, wer uns wohl öffnen mochte und was man sagen würde zu dem Hund und der Baskenmütze und dem Geruch und zu all dem.

Die Schriftstellerin Therese Carlsson stand im Türrahmen.

Nach wie vor war es der staatseigene Hund, der die Initiative ergriff. Der Staatsminister hatte, als er sich am Ende der Jagd angekommen wähnte, die Leine von seinem Handgelenk losgemacht und die Bestie freigelassen. Ohne auch nur die Schnauze zum Gruß zu erheben, knuffte das Tier jetzt die Frau zur Seite und bahnte sich den Weg ins Haus.

Anschließend gab es nur ein einziges Gegurgel, Geknurre und Gekaue. Die Schriftstellerin schien weder erstaunt noch unzufrieden zu sein.

»Schauen Sie doch, sind sie nicht wunderbar! Zwei ausgewachsene Rüden im Kampf um Leben und Tod!«

Sie hatte uns in den großen Flur geschoben, wo sich der staatseigene Hund wie besessen mit einem schäferhundartigen Vierbeiner auf einem Teppich wälzte, der ohne Zweifel ein Buchara aus dem 17. Jahrhundert war.

»Nein, stören Sie sie nicht! Lassen Sie sie ihren Kampf zu Ende bringen!«

Der Staatsminister hielt sich widerstrebend zurück; offenbar fürchtete er, der staatseigene Hund würde auf dem Schlachtfeld zurückbleiben, und sah Komplikationen bei der Erklärung des Todesfalls gegenüber dem Ministerpräsidenten, dem nächsten Angehörigen, auf sich zukommen.

»Er verträgt das Autofahren nicht und ist leidend, seit er als Welpe die Staupe gehabt hat, und der Doktor hat gesagt, er darf sich mit Schäferhunden nicht balgen ...«, setzte er zu einem Plädoyer an, doch da fiel ihm plötzlich die Baskenmütze, der Anlaß und Ursprung allen Ärgers, wieder ein, und ich sah, daß er für einen Augenblick erwog, ob der Einbruch möglicherweise von einem Schäferhund mit Baskenmütze begangen worden sein könnte, aber auch, wie er den Gedanken verwarf. Die Jahre im Ministerium haben seinen Verstand doch bedeutend geschärft.

»Oh, was für ein pflichtvergessener Schuft!« schrie er. »Die Baskenmütze und die Spur interessieren ihn nicht die Bohne, und er pirscht sich an dieses Scheusal von Hund heran. Das war ein Kampf, wie er ihn immer hat haben wollen!«

»Haben Sie etwas von Spur gesagt?« fragte Therese Carlsson. »Ich brauche eine Spur. Ich brauche schon den ganzen Tag eine. Komm rein! So, jetzt ist ja gut! Sherlock! Komm, rein mit dir!«

Mit geübtem Griff trennte sie die beiden Kämpfenden, trieb uns und die Bestie in die inneren Gemächer und gönnte dem staatseigenen Hund den Triumph über den eroberten Flur.

»Gestern habe ich den Klavierstimmer mit vergiftetem Tee ermordet, ja, er ist schnell gestorben und ohne sich quälen zu müssen, hat gar nicht mitbekommen, was los war. Die Leiche habe ich also, aber jetzt brauche ich eine verworrene Spur, damit der Detektiv etwas zu suchen hat. Etwas Originelles, Buntes, Phantasieanregendes. Sie haben etwas von Spur gesagt?«

Die Frau schaute uns herausfordernd an, und mit einem Mal spürte ich, wie müde und abgekämpft ich war. Unaufgefordert ließ ich mich auf ein Sofa fallen. Doch der Staatsminister war noch zu sozialem Verhalten in der Lage.

»Ja, ich sollte den Herrn Studienrat Persson hier vielleicht darüber aufklären, daß Fräulein Carlsson besser unter ihrem Autorennamen Therese Doolck bekannt ist. Unsere ungekrönte Krimikönigin. Du hast bestimmt einige, ähäm, etwas von ihren, ähäm, Werken gelesen.«

Das hatte ich ganz entschieden nicht getan, aber der Name war mir immerhin ein Begriff – wie allen normal Gebildeten. Therese Doolck – die Schriftstellerin, die sich mit Erwürgen, Erstechen und Vergiften ein Vermögen zusammengemordet hatte.

Sie war nicht anders gekleidet als bei der Geburtstagsaufwartung – das sackartige Gewand diente offensichtlich als Arbeits- wie als Festkleid. In meinem erschöpften Zustand fielen mir keine passenden Worte ein; einzig kam mir in den Sinn, daß sie den Körperbau einer idealen Pilzsammlerin besaß: kräftig genug, um sich den Weg durch Gestrüpp und anderes Dickicht zu bahnen, jedoch zugleich leicht vorgebeugt, und bei dem spulförmigen Rumpf mußte es den Zweigen schwerfallen, Halt an ihr zu finden. Mit einer übergestülpten Baskenmütze würde nicht einmal das herabhängende, weiße Haar am Buschwerk hängenbleiben ... Aber man kann natürlich niemandem ins Gesicht sagen, er oder sie sehe aus wie ein Pilzsammler, meine ich; der oder die Betreffende sammelt vielleicht gar keine Pilze und in jedem Fall konnte es bestimmt mißverstanden werden.

Aber die Blutige Therese erwartete keine Komplimente über ihre Kunst, das besorgte sie schon selbst.

»Die Leute glauben, so einen Detektiv-Roman zu schreiben sei eine Kleinigkeit. Ja, das stimmt – wenn man keine Ansprüche an Stil und Inhalt stellt. Weigert man sich aber, sich mit weniger als gediegenen Mordfällen zufriedenzugeben, die mit künstlerischer Finesse ausgeführt sind, dann ist es eine anspruchsvolle Arbeit, zu der nicht viele hierzulande das Zeug haben. Genaugenommen gelingt dies nur mir und Peter Brate. Eigentlich nur mir – seit ihm im Herbst 65 ein Blumentopf auf den Kopf gefallen ist, hat er die Intrigen nicht mehr zusammenbekommen. Ja, er leidet keine Not, er hat sich schließlich darauf verlegt, modernistische Lyrik zu schreiben, bekommt hervorragende Rezensionen, Stipendien und künstlerische Auszeichnungen und Gott weiß, was sonst noch alles. Noch ein Blumentopf und er wird in die Akademie aufgenommen. Nein, was jetzt noch übrig ist, das sind alles Stümper. Nehmen Sie diesen Eckerman!« Sie knallte einen dicken Wälzer auf den Tisch. »Stellen Sie sich vor, mich, eine Frau von 40 000 Bänden, zwingt man, in ein und derselben Anzeige mit diesem ... mit einem Grünschnabel von 10 000 Büchern zu erscheinen! Oh, diese Buchverleger! Ja, ich lese ihn, die Anzeige mit einem Kerl zu teilen ist soviel, wie mit ihm das Bett zu teilen: Man wird in der Tat irgendwann auch neugierig auf die inneren Werte – wird aber immer enttäuscht.«

Sie schritt an ein Bücherregal, das, unterbrochen von einigen Fenstern, die gesamte Längswand bedeckte.

»Hier auf dem mittleren Regal stehen meine Originalausgaben, 36 an der Zahl. Oh Herr, mein Schöpfer, wieviel Arbeit steckt doch darin! Was für eine Plackerei! Da ist es mit den Taschenbüchern doch etwas ganz anderes.«

Vorsichtig zog sie einen dünnen Band heraus, und mit einem Mal bekamen die kräftigen und markanten Gesichtszüge etwas beinahe Mildes.

»Mit ihnen hat man keine Arbeit, keine Sorgen, bloß Freude und Zufriedenheit! Ich pflege sie meine Enkelkinder zu nennen. Ja, sehen Sie doch, wie klein und niedlich sie sind! Oh, ich sehe schon, Sie denken, ich müsse Millionen verdienen und was soll die alte Schachtel mit all dem Geld, und ich kann Ihnen sagen, daß Geld vielleicht nicht glücklich macht, man hat aber etwas mehr Bequemlichkeiten, wenn man unglücklich ist. Herr Persson, Sie sind wohl nicht zufällig Literaturhistoriker? Ich verabscheue Literaturhistoriker. Der ganze Haufen ist komplett verrückt. Als reine Kriminalschriftstellerin bin ich nicht sonderlich attraktiv, aber warten Sie ab, in Scharen werden sie noch angelaufen kommen und sich um mich reißen, wenn sie erst spüren, daß das richtig appetitliche Stadium der Verwesung eingesetzt hat. Und für eine Magisterarbeit tauge ich allemal. Herr Persson, finden Sie, ich mache einen verwesten Eindruck? Aber ich rede zuviel. Die Herren führt sicher ein Anliegen zu mir.«

Der Staatsminister hielt die verfluchte Baskenmütze in die Höhe und fragte, ob sie sie verloren habe.

»Geben Sie her! Ich trage Baskenmützen, versuchen Sie einmal, mein Haar unter einen Hut zu bekommen! Nein, die gehört mir nicht. Da bin ich mir ganz sicher. Wo haben Sie sie gefunden? Ist es eine Spur bei der Ermittlung in einem Mordfall? Lassen Sie mich nachdenken, habe ich eine Baskenmütze als Spur verwendet? In ›Der Tod im Altersheim‹ wurde die Leiterin mit Schnüren erdrosselt und ...«

Der Staatsminister fragte schnell, ob sie als Expertin eine Erklärung für das Ableben des Fabrikdirektors Lindberg habe, und Therese Doolck sah alles andere als unzufrieden aus.

»Der Mörder *kann* eine Art Künstler sein. Ich stelle es mir deshalb vor, weil der Alte an seinem achtzigsten Geburtstag gestorben ist. Vielleicht war es auch Zufall und dann ist es wohl ein ganz normaler Giftmord. Aber ich würde sagen, daß der Mörder aus irgendeinem raffinierten Grund wollte, daß er kalt und steif daliegt, wenn wir mit den Blumen und der Torte hereinkommen.«

»Aber was kann es für einen Grund gegeben haben, ihn überhaupt umzubringen?«

»Mein Lieber, er war wohl das ideale Mordopfer! Reich und unbeliebt, sogar bei seinem eigenen Sohn. Ja, Mommy hat ihn natürlich gern gehabt, doch ich nehme an, selbst der Teufel hat ein Frauenzimmer, das sich gern darum kümmert, daß er regelmäßig mit Tee und sauberen Strümpfen versorgt wird.«

»Und warum war er so ... unbeliebt?«

»Ein alter, gemeiner Kerl, der sagt, was ihm gerade in den Sinn kommt, und der ständig mit seinem Wunderkind von Sohn prahlt und der obendrein ... na, ich werde nicht mehr sagen, als ich mit eigenen Augen und Ohren gesehen und gehört habe.«

»Wie gut haben Sie ihn gekannt?«

»Ich habe Mommy kennengelernt, als sie kurz vor dem Krieg aus Stockholm hierhergekommen ist, und dem Alten konnte ich schlecht aus dem Weg gehen, wenn ich sie besucht habe. Ein wunderbarer Mensch, diese Mommy, das können Sie sich gleich in Ihr Notizbuch schreiben. Wenn es einen durch und durch guten Menschen gibt, dann ist sie es. Das muß sogar der Alte begriffen haben, denn er hat sie wirklich wie einen Menschen behandelt. Das ist nicht bei vielen vorgekommen, das kann ich Ihnen versichern. Und ich weiß, wovon ich spreche, denn ich habe sieben Jahre lang als Buchhalterin in seiner Firma gearbeitet, ja, das war in meiner Jugend, bevor ich mit dem Morden angefangen habe. Wie er mit säumigen Lieferanten und zahlungsschwachen Kunden umgegangen ist! Der einzige Mensch, dem gegenüber ich ihn sich anständig benehmen gesehen habe, war der Regierungspräsident, als er zur Einweihung der neuen Maschinenhalle gekommen war. Für feine Leute hatte er eine Schwäche. Ich nehme an, Ihnen, Herr Staatsminister, kriecht man auch in den Hintern? Von wegen Staatsminister – einen Staatsminister habe ich noch nie gehabt. Wie viele sind in der Regierung?«

»Achtzehn«, antwortete der Staatsminister zurückhaltend.

»Viel zu viele«, entschied Therese Carlsson. »Für eine Intrige jedenfalls. Aber es gibt noch einen inneren Zirkel, nicht wahr? Man könnte sich vorstellen, Sie sitzen an einem Abend draußen in Harpsund bei einem Bier zusammen und diskutieren mit dem Finanzminister über Ihre Lieblingsobjekte: Der Landwirtschaftsminister will eine Öre mehr für die Milch, der Verteidigungsminster eine Atombombe, ja, aber nur eine kleine, und so weiter. Aber Sträng sagt zu allem nein. Und am nächsten Morgen wird er tot in seinem Himmelbett aufgefunden. Jemand hat ihm ein Bündel zerknüllter Geldscheine in den Hals gestopft. Aber das geht nicht – ich kenne mich auf dem Gebiet der Politik nicht aus. Und ich schildere niemals ein Milieu, mit dem ich nicht bis ins kleinste Detail vertraut bin. Übrigens töte ich mittlerweile nur noch mit Gift.«

»Wie«, fragte ich vorsichtig, »wie stirbt das Opfer in dem Buch, an dem Sie gerade arbeiten?«

»Durch Gift natürlich. Man tut ihm Zyankali in den Tee. Früher habe ich manchmal mehrere Methoden verwendet, Schlingen und orientalische Dolche und dergleichen, aber jetzt halte ich mich an Gift. Sauber, schnell, intelligent. Jetzt möchte ich Tee trinken. Ich nehme an, die Herren leisten mir Gesellschaft.«

Sie blieb lange fort.

Der Tee war fürchterlich stark. Das Gebräu sah beinahe aus wie Kaffee.

Der Staatsminister, der mehr für Saft und Brause war, nippte immer so zierlich an seiner Tasse wie eine Anwaltsgattin beim Kaffeeklatsch bei Bürgermeisters, ich selbst aber hatte einen kräftigen Zug am Leibe.

Ich schaute auf und stellte fest, daß Therese Carlsson mich eingehend beobachtete. Es überlief mich ein kalter Schauer, und ich dachte, daß sie bestimmt Vorstudien für ihren nächsten Roman betrieb. Sollte ich zum Mörder werden oder ... Aber der Tee, was war mit dem Tee? Schmeckte er nicht seltsam? Es lag nicht allein daran, daß er so entsetzlich stark war, da war noch etwas anderes, etwas Herbes, Bitteres ...

»Stimmt mit dem Tee etwas nicht?«

Sie hatte sich so weit über den Tisch gelehnt, daß ihr Gesicht ganz dicht vor meinem war. Der Mund stand halb offen und die Augen, die Augen ...

»... Ich verwende immer Gift ... Man tut ihm Zyankali in den Tee ... Ich verwende immer Gift ... Man tut ihm Zyankali in den Tee ...«

Zu spät, viel zu spät begriff ich, was in der Tasse gewesen sein mußte.

»Schmeckt er bitter?«

Die undeutliche Stimme kam aus weiter Ferne. Die Mattigkeit überspülte mich in Wellen. »Wirf nicht die Tasse um«, dachte ich, »wirf nicht die Tasse um ...«

Ich versuchte, mich zu erheben, aber das Schwindelgefühl und der Ausbruch von kaltem Schweiß zwangen mich zurück auf meinen Platz.

An mehr erinnere ich mich nicht.

Im Auto war das Schlimmste überstanden.

»Was hatte sie in den Tee getan?« murmelte ich. Der Staatsminister saß mit dem Gesichtsausdruck einer besorgten Krankenschwester neben mir.

»Zyankali. Nein, kein richtiges, nur etwas Pilzextrakt, der ganz ungefährlich ist, wenn ich sie recht verstanden habe, aber der wie Zyankali schmeckt. Sie wollte nur herausfinden, ob ein normaler Mensch merkt, wenn man ihm Zyankali in starken Tee mischt. Sie hat es auch an sich selbst ausprobiert und behauptete, sie hätte nichts Auffälliges festgestellt. Sie war richtig böse auf dich, hat behauptet, du hättest dich zimperlich angestellt, und sie hat gesagt, du hättest ihre Intrige ruiniert.«

»Ach, ich hätte also in aller Ruhe sterben sollen? Ohne Krämpfe oder unmenschliche Schreie?«

»Ja, aber nachdem du dich so schrecklich aufgeführt hast, ja, sie hat sich tatsächlich so ausgedrückt, da muß sie jetzt ein anderes Gift nehmen. Sie hat schon in der Küche mit dem Mischen und Brauen angefangen, als ich dich hinausgeschleppt habe. Wir seien wieder willkommen, hat sie übrigens gerufen, falls wir gerade in der Nähe seien. Sie würde dann ganz rasch ein kleines, leckeres Mittagessen zaubern.«

Zu Hause legte ich mich ins Bett.

Der Staatsminister wollte darüber diskutieren, ob Therese Carlsson möglicherweise die Mörderin sei, doch ich weigerte mich, mich in meinem Zustand mit einer Frage zu befassen, die mir rein theoretischer Natur zu sein schien. Ich riet ihm statt dessen, sie ohne unnötige Verzögerung festnehmen zu lassen, er aber zauderte mit der Erklärung, man dürfe nichts überstürzen, und im übrigen müsse er mit dem staatseigenen Hund zurück nach Harpsund, der über Nacht nicht fortbleiben und sich erkälten durfte.

Und ich war für jeden Protest zu geschwächt.

Meine Kräfte waren seit dem Vorabend auf eine harte Probe gestellt worden.

Ich war so gut wie erwürgt, von einem unbekannten nächtlichen Marodeur halb bewußtlos geschlagen worden, der nach unserem derzeitigen Kenntnisstand genausogut der Mörder sein konnte; ich war von einem wild gewordenen Hund gehetzt und am Ende von einer verrückten Kriminalschriftstellerin vergiftet worden.

Ich hatte das Gefühl, das war für einen einzigen Tag genug, mehr als genug. Ich drehte mich zur Wand um.

9

Am nächsten Tag tauchte der Staatsminister schon vor dem Mittagessen auf und fragte vorsichtig an, ob ich mich zu einem Spaziergang zur Apotheke in der Lage fühle.

Ich gab zur Antwort, daß auch ich gerade vorgehabt hätte, mich dorthin zu begeben, um mir ein Stärkungsmittel zu besorgen.

Der Staatsminister erzählte, er habe die Baskenmütze der Polizei übergeben, die soeben mitgeteilt hatte, daß man nach eingehender technischer und chemischer Untersuchung Spuren von Hundespeichel festgestellt hatte. Der Kommissar, der froh, fast aufgekratzt gewesen war, hielt es nun für sehr wahrscheinlich, daß der Einbrecher einen Hund gehabt habe oder jedenfalls ein solches Tier sehr eng in die Sache verwikkelt war.

»Du hast kein Wort erwähnt von unserem ... von deiner Feldforschung mit der Baskenmütze gestern, oder?«

»Nein. Ich brachte es nicht übers Herz. Er hat sich doch so über den Speichel gefreut. Glaubst du, er wird dem staatseigenen Hund auf die Spur kommen und ihn einsperren?«

Ich antwortete, daß nach meinem Dafürhalten der Köter in irgendeiner Form Immunität genoß und es wahrscheinlicher sei, daß man den Besitzer von Ministerpräsident festnahm. Der Staatsminister fragte weiter, ob er ihn warnen solle, und ich entgegnete, daß er es durchaus tun könne, er aber darauf gefaßt sein müsse, daß man Fragen stellen und Erklärungen verlangen würde.

»Na, heute habe ich den staatseigenen Hund jedenfalls in Harpsund gelassen«, fuhr der Staatsminister fort. »Scheint wirklich nicht in der gewohnten Form zu sein, glaube ich. Und jetzt, da nach ihm auch noch gefahndet wird, ist ein gewisses Maß an Risiko wohl nicht auszuschließen. Der Ministerpräsident fährt morgen zu einer Besprechung nach Sofiero, und es wäre doch ärgerlich, wenn er, ähäm, hier aufgehalten würde, ja, wegen des Speichels. Und die Zeitungen ...«

Ich spürte, wie es mir im Bein zuckte; vermutlich ein nervöser Krampf. Die Nachmittagszeitungen hatten bereits bedeutendes Interesse an den Vorkommnissen in Ädelsta bekundet; der Todesfall wurde durchweg als der »Mord in Harpsund« bezeichnet.

Der Staatsminister fragte mich nach meinem Eindruck von Therese Doolck-Carlsson.

Ich erzählte es ihm, und er stimmte mir zu, daß sie sich in gedruckter Form besser machte, beharrte jedoch auf seiner Behauptung, sie habe einen gewissen originellen Charme. Er erkundigte sich ferner, ob es vorstellbar sei, daß sie so sehr in ihrer Arbeit aufging und vorübergehend nicht zwischen Dichtung und Wahrheit unterscheiden konnte.

Ich erklärte, daß ich dies vornehmlich als ein medizinisches Problem betrachtete und es als Laie aber ganz und gar nicht für unwahrscheinlich hielt, daß sie mittlerweile der grauen Theorie den Rücken gekehrt hatte, um in der Praxis die roten Lebenssäfte zu schlürfen.

»Sie schien alles andere als sehr begeistert von dem alten Knaben gewesen zu sein und hat angedeutet, daß er etwas Schlimmeres angestellt hat als Gemeinheiten von sich zu geben und mit dem Sohn zu prahlen«, überlegte der Staatsminister. »Was kann das nur gewesen sein? Wir werden den Apotheker fragen, er hat schließlich regelmäßig Karten mit ihm gespielt.«

»Aha, du willst den Apotheker verhören? Vergiß nicht, daß ich nicht die Absicht habe, an seinem Ladentisch etwas einzunehmen, weder in fester noch in flüssiger Form. Er ist wahrscheinlich genauso verrückt und mir wird schon angst und bange bei dem bloßen Gedanken, was einem Mann, dem eine ganze Apotheke zur Verfügung steht, alles einfallen könnte, einem aufzutischen. Aber hier muß es wohl sein?«

Der goldene Löwe schaukelte drohend in der Sommerbrise, doch ohne Beinaheunfall traten wir ein, nachdem der Staatsminister es aufgegeben hatte, an der Tür zu ziehen, auf der »Drücken« stand.

Nach Großstadtmanier suchte ich nervös nach dem Apparat mit den Nummernzetteln, erkannte jedoch im nächsten Augenblick, wie unnötig es war. Am Ladentisch drängte sich nur eine alte Frau, und sie wurde von dem einzigen Verkäufer des Geschäfts bedient, von einer stattlichen, in einem weißen Kittel gewandeten Person, in der ich ohne Schwierigkeiten den Apotheker höchst persönlich erkannte. Die alte Frau hatte bereits die Salbe gegen Muskelschmerzen und die Mixtur gegen zähflüssigen, hartnäckigen Schleim in Empfang genommen und wühlte jetzt zwischen den Zahnbürsten und erbat Auskunft, ob sie sich für die harte, mittelharte oder weiche Ausführung entscheiden sollte. Sie machte den Mund entgegenkommend auf, und der Apotheker brummelte etwas, das dahingehend gedeutet werden konnte, er persönlich finde, daß bei diesem Gebiß jede Zahnbürste, sei sie nun hart oder weich, eine unnötige Investition sei und er statt dessen tägliche Spülungen mit dem milden Mundwasser Gurgeloria empfehle.

Er verbeugte sich vor der alten Frau und lächelte etwas entschuldigend.

»Sie hatte nur noch zwei Zähne. Eine Zahnbürste hätte schrecklich weh getan und außerdem den Gaumen und die Frau zur Strecke gebracht. Das Mundwasser muß sie hier in einem Monat für sieben Kronen fünfzig nachkaufen. Innerhalb von vierzehn Tagen übrigens verdoppeln alte Frauen dieses Kalibers immer die Dosis. Ja, hat man eine Apotheke in so einem Nest wie diesem hier, muß der Umsatz mit allen Mitteln angekurbelt werden.«

Das schallende Gelächter klang angenehm, wenn auch nicht schön in Verbindung mit dem massigen, kantigen Gesicht, den buschigen Augenbrauen und dem Haar, das darüber abstand, dicht und hart wie Schweineborsten.

Der Staatsminister leitete das Gespräch auf unnachahmliche Weise von Handbalsam über Intimpuder hin zum toten Fabrikdirektor.

»Sie haben ihn gut gekannt?«

Die riesige Hand wurde zu so etwas wie einem Protest erhoben. »Nein, das konnte man nicht gerade behaupten. Wir haben seit vier, fünf Jahren abwechselnd bei jedem einmal in der Woche Karten gespielt. Nach Ädelsta bin ich 1950 gekommen. Von der Schwanen-Apotheke in Stockholm«, fügte er hinzu, wie zum Beweis, daß er mit einer pharmazeutischen Vergangenheit von größeren Dimensionen aufwarten konnte, als Ädelsta sie zu bieten hatte. »Und beim Spiel hat er Gespräche nicht geschätzt, will sagen anderer Leute Gespräche, so daß sich eine tiefere Freundschaft nicht entwickeln konnte. Aber Mommy ist ein wunderbarer Mensch. Doch als Kundin ist sie nicht der Rede wert, noch weniger als der Alte, der wenigstens noch seine Schlaftabletten gebraucht hat.«

»Wann haben Sie hier zuletzt Karten gespielt?«

»Am Sonntag vor zwei Wochen. Vergangenen Sonntag waren wir draußen beim General. Der Mann war ganz versessen auf seine Spielabende und wollte noch nicht einmal im Sommer eine Pause einlegen.«

»Und wer war mit dabei, letzten Sonntag?« preschte der Staatsminister vor.

»Die üblichen Spieler: der Alte, Mommy, der General, der

Botschafter und ich natürlich. Mommy spielt nicht besonders und ist im Laufe des Abends nur hin und wieder eingesprungen. Aber sie geht gern aus dem Haus und etwas unter Leute. Und was für belegte Brote sie serviert hat, die waren das Beste am ganzen Abend! Ja, der Botschafter ist für gewöhnlich nur im Sommer mit von der Partie, wenn der Bürgermeister im Urlaub ist. Ansonsten wohnt er im Ausland, in Afrika. Der Botschafter, meine ich. Der Bürgermeister wohnt das ganze Jahr hier, außer im Urlaub natürlich. Er hat schließlich seine Arbeit hier.«

Ich stützte mich auf den Ladentisch. Der einfältige Gesichtsausdruck des Staatsministers verleitet die Leute häufig zu etwas umständlichen Erklärungen.

»Man sagt, der Fabrikdirektor sei unbeliebt gewesen. Warum ...?«

»Ja, wenn ich es denn einmal so von einem Toten sagen darf: Er war bösartig, unbeherrscht und achtete beim Fluchen nicht so genau auf seine Worte. Nehmen Sie zum Beispiel die Sache mit dem Sohn des Generals, als er geschrien hat, er sitze in einer Anstalt. Ja, Sie haben es ja mit eigenen Ohren gehört. Der Junge ist vor vielen Jahren in schlechte Gesellschaft geraten, hat keine Mutter mehr, die auf ihn aufgepaßt hätte – der General ist seit vielen Jahren geschieden –, und ist in die Erziehungsanstalt gekommen. Und der Alte hat nicht zum ersten Mal eine Anspielung darauf gemacht.«

»Schlimmeres hat er nicht angestellt?« fragte der Staatsminister, aus dem Reichstag an den Umgangston gewöhnt.

»Schlimmeres?! Das war verdammt unangenehm. Ich weiß selbst sehr gut, wie das ist, wenn der alte Mann zur Verunglimpfung angesetzt hat ...«

Hier brach er ab. Nach den Worten, die zwischen grollendem Donner und zischenden Blitzen changiert hatten, war es unglaublich still.

»Jemand hat angedeutet, er könne bei einer ungesetzlichen Sache die Finger mit im Spiel gehabt haben?«

»Ungesetzliche Sache? Was sollte das gewesen sein? Und warum sollte ich darüber Bescheid wissen?«

Ganz offensichtlich war er jetzt auf der Hut. War ein wunder Punkt getroffen? So wund, daß er durch Ausfälle und Gegenfragen geschützt werden mußte?

»Er ist an Arsen gestorben. Kann sich ein bösartiger Mensch möglicherweise hier in Ihrer Apotheke etwas davon beschafft haben?«

Hätte ich nicht gewußt, daß er zu dumm war, um Angst zu haben, hätte ich seinen Mut bewundert.

Aber keine Hand legte sich auf ihn und keine Stimme wurde erhoben. Hier war der konkrete Gegenbeweis.

»Wie ich schon der Polizei gesagt habe, ist es absolut unmöglich. Absolut unmöglich. Alle giftigen Substanzen bewahre ich vorschriftsmäßig unter Verschluß in meinem Arbeitszimmer auf. Wenn die Herren mir folgen wollen, dann werde ich es Ihnen zeigen.«

Der Schrank war massiv gearbeitet und sah sehr abgeschlossen aus.

»Und den Schlüssel trage ich bei mir«, fuhr der Apotheker in seiner Verteidigungsrede fort. »Hier!« verkündete er dramatisch und schlug sich mit dem imposanten Hieb eines Knochenhauers auf die Hüfte.

Er errötete und nahm etwas überraschend Abstand von dem Triumph, mit dem entscheidenden, stählern glänzenden Beweis vor den Augen der Jury herumzuwedeln. Ich hielt es nicht für ausgeschlossen, daß ihm der Schreck tief bis in jede Muskelfaser gefahren war.

Der Staatsminister erklärte geschwind, er sei vollkommen überzeugt, daß in dieser Apotheke alle Sicherheitsvorschriften skrupellos eingehalten würden, bat telefonieren zu dürfen und verkündete, wir hätten eigentlich nur hereingeschaut, weil der Herr Studienrat ein Stärkungsmittel brauchte.

»Und bring' eine Flasche Rosmarintropfen für mich mit!« rief er hinter uns her.

»Was willst du denn mit Rosmarintropfen?« fragte ich, als wir wieder zu Hause waren. »Nach den Worten des Apothekers werden diese eingenommen, um bei jungen Müttern die Milchproduktion anzuregen. Willst du jetzt etwa auch noch Mutter werden?«

»Nein«, entgegnete der Staatsminister. »Aber mir ist nichts anderes eingefallen, das in einer Apotheke immer nach Bestellung von Hand angerührt wird. Und ich wollte etwas Zeit gewinnen.«

»Wen hast du angerufen?«

»Ich habe gar nicht telefoniert.«

»Sag nicht, du hast wieder Feldforschung betrieben!«

»Doch«, widersprach der Staatsminister zufrieden, kramte eine Streichholzschachtel hervor und schob sie einen spaltbreit auf. Er sah aus wie ein Junge, der verstohlen seine weiße Maus betrachtet.

»Was hast du da?«

»Arsen.«

»Mein Gott, hast du den Schrank aufgebrochen?«

»Nein, natürlich nicht.« Der Staatsminister klang entrüstet. »Er ist schon beschädigt gewesen. Ich habe ihn aufgeschlossen. Der Schlüssel war in dem Jackett, das über dem Schreibtischstuhl hing. Ganz selbstverständlich trägt man bei diesem Wetter und mit so einem Kreuz kein Jackett unter dem weißen Kittel. Das ist mir eingefallen, als er sich dort auf die Brust geschlagen hat, wo seiner Vermutung nach die Tasche mit dem Schlüssel ist. Doch da war es leider schon zu spät. Bestimmt ist er im Sommer auch in Hemdsärmeln zu den Bridge-Abenden gegangen. Es dürfte für den fünften

Mann nicht schwer gewesen sein, den Schlüssel zu mopsen, sich ins Arbeitszimmer zu schleichen und sich aus dem Topf mit dem Arsen zu bedienen. Ich war auch in seiner Privatwohnung, während du dein Stärkungsmittel bekommen hast, und habe bestimmte Untersuchungen durchgeführt. Und sein Schlafzimmer – natürlich bin ich da drin gewesen: Er hatte noch nicht einmal das Bett gemacht, sehr schlampig, muß ich sagen, wenigstens ein Mindestmaß an Rücksicht ist man seinen Gästen doch wohl schuldig ... Wo war ich noch gleich stehengeblieben?«

»Im Schlafzimmer.«

»Danke. Erinnerst du dich, daß der Apotheker, als bei uns der Einbruch war, erst nach dem achten Klingelzeichen ans Telefon gegangen ist? Und daß er außer Atem war? Aber das Telefon steht auf seinem Nachttisch.«

»Vielleicht ist er ans Telefon in der Apotheke gegangen.«

»Das hat eine andere Nummer. Nein, als ich angerufen habe, ist er ganz aus der Puste wohl gerade von einem kleinen Ausflug wieder nach Hause gekommen.«

»Du hast ihn nicht zu der Baskenmütze befragt, oder?«

»Nein, das war nicht nötig. Ich habe auf der Ablage im Flur einen Hut gefunden und da wußte ich, daß die Baskenmütze ihm gehört.«

Ich verzichtete darauf, die Paradoxie offenzulegen.

»Ist er auch der Mörder?«

»Vielleicht. Keine Ahnung.«

»Aber wenn nun der Mörder im Schlafzimmer etwas Bestimmtes gesucht hat, warum hat er es nicht schon in der Mordnacht an sich gebracht? Warum hat er bis zur nächsten Nacht gewartet, als man den Mord entdeckt haben mußte, das Haus unter polizeilicher Beobachtung hätte stehen können und der Schlaf nach allen Vorkommnissen bei jedem, der dort wohnt, leichter sein mußte?«

»Du vergißt, daß der Mörder – wir sehen im Augenblick

einmal von der Möglichkeit ab, daß der Sohn dem alten Knaben Gift ins Glas getan hat – nicht wußte, in welcher Nacht der Fabrikdirektor sterben würde. Es hing ganz davon ab, wann er gerade die Kapsel schluckte, in der das Gift enthalten war. Der Mörder konnte im Schlafzimmer mit dem Suchen nicht eher anfangen, als bis er wußte, daß sein Opfer tatsächlich die ›richtige‹ Kapsel erwischt hatte. Und das konnte er erst an dem Morgen wissen, an dem der Fabrikdirektor nicht mehr aufgewacht ist …«

Von einem jähen Geistesblitz durchzuckt, stand ich auf.

»Wir haben über die Personen gesprochen, die Gelegenheit gehabt haben, ins Zimmer des Fabrikdirektors zu gehen und seinem Schlafmittel etwas unterzumischen … Aber hast du daran gedacht, daß es einen Menschen gibt, der ihn ermordet haben kann, ohne je in seinem Zimmer gewesen zu sein? Ein Mensch, der vom Schlafmittel nur eine Kapsel gegen Arsen auszutauschen brauchte, *nachdem er sie hergestellt hatte?* Damit war der Geist aus der Flasche und der Tod aus seiner Hand …«

10

»Behalte sicherheitshalber die Uhr im Auge!« befahl der Staatsminister, nachdem wir in aller Eile das Mittagessen heruntergeschlungen und im Auto Platz genommen hatten. »Dann werden wir ja sehen, ob der General es geschafft haben kann, innerhalb von dreißig Minuten auf seinem Gutshof zu sein. Es *kann* gut möglich sein, daß der Apotheker des Einbruchs unschuldig ist und daß es der General war, der dich k. o. geschlagen und die Baskenmütze verloren hat. Allerdings spricht alles dafür, daß es der Apotheker war – kannst du dir einen General mit Baskenmütze vorstellen?«

Ich antwortete, daß ich mir nach den Ereignissen der letzten Tage alles Mögliche vorstellen konnte, und fragte, was seine Kollegen davon hielten, daß er sich so selten in Harpsund blicken ließ.

»Ach«, entgegnete der Staatsminister, »das merkt doch keiner. Ich komme am Morgen dort an und verteile meine Dokumente und Experten in einer Ecke, bleibe sitzen und raschele so lange mit meinen Papieren, wie die Luft es gestattet, daß wir uns gegenseitig sehen. Dann verdrücke ich mich. Gegen Mittag schaue ich kurz wieder herein und sage: ›Das ist tatsächlich ein äußerst kompliziertes Problem!‹ Gestern versicherte der Ministerpräsident, er kenne sonst niemand, der eine langwierige und schwer überschaubare Diskussion so kristallklar zusammenfassen könne. Mein Gott, die Handbremse! Mir war doch gleich so, als ob es verbrannt riecht!«

Befreit von diesem Hemmnis, machte das Auto einen Satz auf einen Mann mittleren Alters zu, der sich soeben gesetzeswidrig von einem Bürgersteig zum anderen bewegte. Der Staatsminister erlangte jedoch die Gewalt über den Wagen zurück, und der Passant, der alle gebührende Angst gezeigt hatte, wurde mit generöser Geste vorübergewunken.

»Apropos Hühner«, sagte der Staatsminister kurz darauf und wich etwas flatterndem Gesprenkelten aus, »da habe ich doch neulich den Ministerpräsidenten gefragt, worin eigentlich der Unterschied zwischen einem Sozialdemokraten und einem Sozialisten bestünde – ja, man hört doch diese Bezeichnungen so häufig –, und da hat er den Kopf auf die Seite gelegt, gegackert und von einem Bauernfamilie in Värmland erzählt, die er kennt, und von ihrem Federvieh.

Der Hofbauer Gunnar überläßt die Hühner im großen und ganzen sich selbst, wenn sie frei herumlaufen und auf dem Stallhügel picken. Wenn sie Eier legen, und das tun sie reichlich, denn es sind abgehärtete und genügsame Tierchen, schwups, ist er zur Stelle und nimmt ihnen von zehn Eiern acht weg. Aus zweien dürfen Küken schlüpfen, die dann bald ihrerseits herumlaufen, picken und Eier legen. Vater Gunnar hat alle Hände damit zu tun, die Eier an Verwandte und Bekannte zu verteilen – oder an ›seine Leute‹, wie er immer sagt –, und im Dorf ist er ein ungeheuer beliebter Mann. Sogar die Hühner gackern zärtlich, wenn er vorbeistiefelt, obgleich er in letzter Zeit davon spricht, neun Eier an sich zu nehmen und nur eines übrigzulassen.

Aber sein Sohn Bosse, ein ganz junger Bursche, der wahrscheinlich den Hof im Herbst übernehmen und seinen Vater aufs Altenteil schicken wird, lungert meistens auf der Treppe herum und glotzt mit großen Augen die Hühner an und brummelt: ›Wenn der Hof einmal mir gehört, dann drehe ich den Viechern als erstes den Hals um. Da habe ich einen ganzen Monat lang schönes, weißes Fleisch. Sie können doch nichts weiter als in der Gegend rumlaufen, scharren, fressen und faulenzen. Und dann setze ich mich eine Weile auf die

Stange und wenn ich bloß richtig laut und schrill gackere, wäre es doch gelacht, wenn ich diese Eierchen nicht selbst zustandebrächte.‹

Ja«, schloß der Staatsminister, »ich bin aus seinen Worten nicht richtig schlau geworden – meinte er nun, die Hühner seien die Sozialdemokraten oder die Sozialisten? –, aber mir war es zu dumm, noch einmal nachzufragen.«

Und dann schossen wir wie der Blitz in einem Tempo über die Provinz hinweg, das jenseits aller Vernunft lag. Der Staatsminister aber schrie, diese Geschwindigkeit sei für ein realistisches Zeitnehmen erforderlich und im übrigen habe er noch viele Kilometer in der Stunde von den vorangegangenen gemächlichen Meilen gut. »Schneller als wir jetzt sind, kann der General wohl kaum im Dunkeln gefahren sein!« rief er. »Andererseits kennt er die Strecke, halte nach einer Allee Ausschau! Er wohnt auf einem Gutshof. Was war denn das da?«

Ich antwortete, daß wir, soweit ich es richtig erkennen konnte, eine Vorfahrtsstraße überquert hätten und seltsamerweise ganz unverdientermaßen gerade zwischen zwei heransausenden Lastwagen durchgeschlüpft seien, und der Staatsminister schrie: »Gut, das muß die E 4 gewesen sein, dann sind wir richtig!«

Genau siebenundzwanzigeinhalb grauenvolle Minuten nach dem Start rollten wir vor einem langgestreckten, weißen Gutshauptgebäude aus, das ganz vorschriftsmäßig am Ende einer Alle plaziert war und von einer passenden Anzahl an Seitenflügeln eingerahmt wurde.

»Aha, das ist also General Ygdecrantz' Residenz!« konnte der Staatsminister gerade noch sagen, als sich auch schon ein Flügeltrakt öffnete und einige zerknitterte, schmutzigbraune Wesen über den Hofkies auf uns zu stürmten.

»Während ich die Wirtschaftsgebäude besichtige, machst du dich an die *Untersuchung!*« zischte der Staatsminister, und da erreichte uns auch schon die Vorhut, vermutlich eine Art in die Jahre gekommener Spitz. Eine Sekunde später war die Hauptstreitmacht in Form des Generals zu uns vorgerückt, hochgewachsener als sein Tier, ansonsten jedoch genauso schmutzigbraun und verschrumpelt. Derbes, braunes Schuhwerk, wie es meine Neffen tragen, wenn sie auf lehmigem Grund Fußball spielen, braune Wickelgamaschen mit Sprengseln frischer Gülle, braune Reithose, eine Segeltuchjacke unbestimmter Farbschattierung samt schließlich, ohne größeren Überraschungseffekt, einer braunen Schiebermütze. Zwischen all dem war ein wenig Hals und Gesicht zu erkennen, das uns piepsig willkommen hieß, und diesen Tönen lauschend dachte ich, daß das Gebet der Truppe, geleitet von einer solchen Stimme, wohl kaum den Glaubensfrieden eines Wehrpflichtigen hatte gefährden können, falls der Wind nicht stark in dessen Richtung blies.

»Guten Tag, meine Herren, ich bin gerade mit den Schweinen fertig! Nein, ich verpachte die Landwirtschaft nicht mehr, sondern leite die Arbeiten selbst und beteilige mich an den täglichen Verrichtungen auf dem Hof. Die Anstellung eines Verwalters würde sich in diesen Zeiten nicht rechnen. Aber wir gehen wohl besser ins Haus, meine Haushälterin hat bestimmt etwas Kaffee für uns. Danach können wir uns den Besitz anschauen, sofern Interesse besteht. Nein, nein, Rapp, nicht den Staatsminister ins Bein beißen!«

Die Betonung des Satzes fiel so aus, daß das Verbot beinahe wie eine Mahnung klang, statt dem Staatsminister probehalber dem Studienrat ins Bein zu beißen. Doch der Vierbeiner war offenbar wählerisch, möglicherweise auch mißtrauisch angesichts meines Stocks, denn er flitzte um die Ecke davon und anderen Jagdgründen entgegen.

Der Kaffee wurde mit aller erdenklichen militärischen Effektivität im Salon von einer älteren Frau in Schwarzweiß serviert, die den Staatsminister prächtig zum Erröten brachte, indem sie sich vor ihm verneigte, vermutlich in dem Glauben, er sei ein Landesoberbuchhalter oder eine andere Respektsperson.

Nach dem dritten Kuchenstück begannen wir, uns auf den Fabrikdirektor zu stürzen.

»Natürlich war er ein altes Großmaul«, gab der General schließlich zu, nachdem er sich zuvor mit ein paar nekrologartigen Floskeln vorgepirscht hatte, jedoch vom Staatsminister zu aufrichtigerer Beurteilung gedrängt worden war. »Wir haben uns vor fünf, sechs Jahren in der Freimaurerloge kennengelernt, und ich ließ mich dummerweise in seine Bridge-Runde hineinziehen. Sie wissen, wie so etwas geht: Einer der regulären Mitspieler wird krank, und man denkt sich: ›Egal, einmal ist keinmal!‹ Dann stirbt der Stammspieler, und man sitzt in der Klemme. Aber zu näherer Kontaktaufnahme hat er eher weniger verlockt. Ja, Sie haben es ja mit eigenen Ohren gehört, wie er mich behandelt hat, als wir am letzten Abend Karten gespielt haben, und das, obwohl ich sein Gast war. Ja, Sie finden vielleicht, ich hätte bei einem alten Mann größere Geduld walten müssen, aber ich kann Ihnen versichern, man hat uns keineswegs zum ersten Mal die Geschichte aufgetischt, wie seinem Sohn diese finnische Auszeichnung verliehen wurde. Übrigens habe auch ich sie bekommen – nach dem Winterkrieg. Die militärische Klasse selbstverständlich. Er war nicht im landläufigen Sinne senil, er konnte nur nicht über etwas anderes als über diesen Sohn reden. Er war ein monomanischer Wiederkäuer, daß es nicht auszuhalten war. Sie glauben vielleicht, ich sei wegen seines erfolgreichen Sohnes neidisch auf ihn – mein eigener Junge ist ja im Erziehungsheim oder in der Anstalt, wie Adolf sich ausdrückte. Aber neidisch bin ich nicht, und ich schäme mich in keinster Weise für Stefan, ja, so heißt er. Vielmehr habe ich ein schlechtes Gewissen, und das ist bestimmt schlimmer. Seine Mutter und ich sind schon seit vielen Jahren geschieden, und ich hätte ihm in der Kindheit und Jugend mehr Zeit widmen müssen. Er war allzuviel sich selbst überlassen, ist in schlechte Gesellschaft geraten, hat angefangen, sich Autos zu leihen, und dann kam es, wie es kommen mußte. Glauben Sie aber ja nicht, ich hätte ihn verstoßen. Er ist häufig zu Hause, und ich glaube, er will anfangen, die Landwirtschaft zu erlernen. Er ist wirklich ein guter Junge, und er ist mit einem netten Mädchen zusammen – mit Lotta übrigens, die Mommy in den Sommerferien im Haushalt hilft.«

Er schüttelte den Kopf.

»Nein, ich werde Adolf nicht vermissen, und das wird auch niemand anders tun, könnte ich mir vorstellen. Doch, Mommy natürlich, sie hat ihn von Herzen gern gehabt. Ejnar, der Sohn, ist wohl mehr auf das Geld aus, die Besuche sind seltener geworden, obwohl er nur eine Stunde von Stockholm hierher braucht. Ich erinnere mich, wie ich mich als junger Fähnrich von einem Manöver entfernt habe, nach Dienstschluß selbstverständlich, und fünf Meilen durch die Dunkelheit und teilweise schwer gangbares Gelände geritten bin, um meiner Mutter an ihrem Namenstag einen Strauß Veilchen zu bringen. In der Morgendämmerung war ich wieder zurück im Lager. Ja, sie hat in dem Stuhl gesessen, in dem Sie, Herr Persson, gerade Platz genommen haben.«

Er schaute mich vorwurfsvoll an, als hätte ich ein Sakrileg begangen.

»Jetzt hängt sie dort drüben an der Wand, nein, links von meinem Vater, dem Oberst ...«

Der Staatsminister, der ungern über veilchenbekränzte Generalsmütter Konversation hielt, wenn es frische Leichen in Reichweite gab, zog die Zügel an und stellte im Verlauf der nächsten halben Stunde eine Reihe von Fragen über Arsen, Alibi und Baskenmützen, zum Teil in derart impertinentem Ton, daß ein nicht abgesessener, hitzigerer General den Befrager sicher von seinem Pferd hätte niedertrampeln lassen oder zumindest an einem Herzinfarkt gestorben wäre. Und die gesamte unangenehme halbe Stunde ergab lediglich, daß der General sich mit etwas mehr Wachsamkeit und der nötigen mörderischen Veranlagung Arsen aus dem Schrank des Apothekers hätte beschaffen und im Laufe des Abends vor dem Todesfall in die Schlafkapseln des Fabrikdirektors hätte applizieren können.

»Nein, jetzt muß ich mir aber die Wirtschaftsgebäude anschauen!« rief der Staatsminister in dem Moment aus, als der General endlich anfing, etwas Farbe im Gesicht zu bekommen. »Doch Herr Persson ist froh, wenn er hier drinnen warten darf. Seine Knie machen ihm etwas zu schaffen«, fuhr er fort, ohne rot zu werden, und fügte den übrigen Verbrechen des Tages diese faustdicke Lüge hinzu. »Ich sehe, der Herr General hat ein gut gefülltes Bücherregal, darin steht bestimmt eine militärhistorische Arbeit, die dich interessieren wird!«

Nach der letzten konspirativen Grimasse ging er dann mit seinem Gastgeber hinaus zu den anderen Kreaturen und ließ mich allein in einem abgenutzten gustavianischen Sessel zurück.

Natürlich wäre mir nie in den Sinn gekommen, seiner lächerlichen Aufforderung, das Haus durchzuschnüffeln, Folge zu leisten. Aber ich war mir sehr wohl im klaren, was er sich erlaubt hätte, wenn der General unvorsichtig genug gewesen wäre, das Haus seiner Obhut zu überlassen. Er wäre durch die Säle gerauscht, hätte die Wände nach Geheimzimmern abgeklopft, hätte aufgebrochen oder -geschlossen, was das Zeug hielt, hätte Papierkörbe und offene Korrespondenz durchwühlt. Er wäre ins Hofkontor geschlüpft und hätte – sofern er die Fähigkeit dazu gehabt hätte – die Bücher revidiert. Er hätte die schwarzweiße Haushälterin aufgesucht und ausgefragt, was ihr Hausherr des nachts trieb und woher sie es im betreffenden Fall wissen konnte. Er hätte …

Mich fröstelte in der sommerlichen Wärme, als ich erkannte, daß dieser vollkommen skrupellose Mann der Justizminister des Landes war. Konnte ein solches Land überhaupt noch als Rechtsstaat bezeichnet werden? Und was für Menschen würden meine Neffen und Nichten werden? Mütterlicherseits bestand da wohl keine Gefahr, aber was den Vater anbelangte ...

Ich trat an eines der hohen Fenster, die auf den Hofplatz hinausgingen. Wie lange mochte es dauern, die Wirtschaftsgebäude inklusive der Schweineställe zu inspizieren? Und wie lange mußte ich hier ausharren unter all den Vorfahren des Generals und schlecht erhaltenen Möbeln?

Das Bücherregal. »Strategische Beleuchtung mehrerer Feldzüge von Friedrich dem Großen und Herzog Carl Wilhelm von Braunschweig«? Nein, dann doch lieber die Haushälterin.

Was war das da für ein Schinken, Rücken mit Goldschnitt? Das Fotoalbum. Und dort ... Aber das war ja die Lösung! Das Fotoalbum! Mein Alibi, wenn der Staatsminister im Auto anfangen sollte zu meckern und sich den Bericht meiner Feldforschung ausbat. Der beruhigende Mittelweg zwischen vollständiger Passivität und ungehinderter, verantwortungsloser Schnüffelei. In einem Fotoalbum zu blättern, das offen im Gesellschaftszimmer herumliegt, ist schließlich eine vollkommen legitime Beschäftigung, in keinster Weise ehrverletzend, kann aber genausoviel über einen Menschen aussagen wie hundert private Briefe. Das Fotoalbum anzuschauen ist kurzum die einzige Möglichkeit, im Privatleben eines Menschen herumzuspionieren, die effektiv und anständig zugleich und obendrein bequem ist.

Mit dem Wunder unter den Arm geklemmt, zog ich mich aufs Sofa zurück.

Die erste Uniform. Das Militärleben in Festen mit glitzernden Tressen. Noch mehr und noch breitere Tressen. Eine schöne, junge Frau. Ein niedlicher, kleiner Junge. Das Gut in verschiedenen Stadien des Verfalls. Ausflüge mit Picknickkorb. Gäste auf dem Gutsgelände.

Trotz allem war es nicht so verwunderlich, daß ich sofort den Fabrikdirektor Lindberg wiedererkannte, wie er da auf der großen Treppe stand, breitbeinig und gebieterisch, als sei er der Hausherr selbst. Die kleine, geckenhafte Gestalt war nicht zu verkennen, von den schwarzen Stiefeln bis zur scharfen Bügelfalte im Kragen.

Aber das Gesicht war verschwunden.

Jemand hatte es ausgeschnitten, mit einem scharfen Messer oder einer Rasierklinge, so sorgfältig, daß Schnitt an Schnitt lag.

11

Gleich im Auto offerierte ich dem Staatsminister meine Entdeckung in dem Fotoalbum, und er war überaus beeindruckt. Geheimzimmer, Haushälterinnen und Papierkörbe wurden mit keiner Silbe erwähnt.

»Du bist dir sicher, daß es wirklich der alte Knabe war? Und niemand anders in der ganzen Sammlung war so zugerichtet worden? In der Tat sehr interessant ... Nein, die Inspektionsrunde hat nicht viel gebracht. Die Gebäude und das Inventar sind zwar runtergekommen, aber das Ganze macht einen recht gepflegten Eindruck.«

Er wich einem Igel aus.

»Was hältst du von der Einstellung des Apothekers und des Generals zum Fabrikdirektor?«

»Beide scheinen ihn wenig gemocht zu haben?«

»Sehr gelinde gesagt. Der Apotheker war ziemlich aufgeregt, als das Gespräch auf die scharfe Zunge des alten Mannes gekommen ist, und der General scheint die stillen, ländlichen Abende zu Hause zu rituellen Messermorden an ihm genutzt zu haben.«

»Aber das ist kein so großes Wunder. Der alte Knabe war schließlich ein derber Geselle, denk doch nur einmal daran, wie er den General wegen seines mißratenen Sohnes verhöhnt hat ...«

»Nein, die Abscheu ist vielleicht nicht so schwierig zu erklären. Da ist aber noch etwas anderes, das in der Tat sehr eigenartig ist.«

»Was denn?«

»Daß beide nach wie vor Jahr für Jahr einmal in der Woche Karten mit ihm gespielt haben ...«

Hollywood-Schaukeln entsteigen Menschen für gewöhnlich mit der Grazie eines Elefanten und in unschöner Körperhaltung.

Der Botschafter jedoch vollführte einen formvollendeten, eleganten Absprung und stand ohne eine einzige unzulässige Knitterfalte in der weißen Hose oder einem wurstartigen Knick im Leinensacko mit Schlußsprung im Gras.

Ich dachte, entweder hatte er uns schon von weitem gehört und alles geplant, genauso sorgfältig wie die Eröffnungsrede bei einer sensiblen Handelskonferenz, oder vielleicht war Vorbereitung nicht nötig, weil es zur diplomatischen Routine gehörte und sich von selbst verstand.

Der Staatsminister behauptete, wir seien zufällig gerade in der Nähe gewesen, und da sprudelten wohlgesetzte, leicht nasale Begrüßungsworte hervor, glatt, substanzlos und unausgesetzt wie Schleim aus einer infizierten Nase, bis der Staatsminister auf den richtigen Knopf drückte und sich erkundigte, wie sich die Krise in Swahili entwickelte.

An dieser Stelle brach er ab und verwandelte sich in den geheimnisvollen, verantwortlichen Gesandten, der nur soviel kundtun wollte, daß er in der Presse die ständig wechselnden Phasen der Lage mit großem Interesse verfolgte.

»Aber ich verfüge auch über meine eigenen, einzigartigen Informationskanäle«, ergänzte er nach einer Pause, während derer die Angaben vermutlich geprüft und der Veröffentlichung für möglich oder vielleicht vielmehr der Geheimhaltung für unmöglich befunden wurden. »Mein Radioempfänger und meine Sprachkenntnisse versetzen mich in den Stand, als einziger Schwede alle Radiosendungen auf Swahili zu verfolgen, sogar die in den ausgefallenen Dialekten der nördlichen Provinzen. Sie sehen vermutlich die Antennen auf dem Dach?«

Doch, das Antennensystem hatten wir entdeckt. Es ruhte auf einer durchschnittlichen, rotbackigen, schwedischen Sommerhütte und verlieh dem Häuschen das Aussehen eines prähistorischen Insekts mit gewaltigen, aufragenden Fühlern.

»Aber darf ich Sie auf ein Glas Saft in meine bescheidene, große Hütte einladen?«

Ich werde nie aufhören, mich zu wundern, in welcher Unbequemlichkeit, ja, schlichtweg Kärglichkeit sogar hochstehende Männer im Dienste des Staates glauben, ihre Sommerzeit verbringen zu müssen. Hier zog sich eine unbeschreibliche, gezimmerte Langbank an den Wänden entlang, wie das Sofa in einer Wartehalle, und bot ungefähr den gleichen Komfort für empfindliche Rücken und knochige Hinterteile. Doch die Aussicht auf die Bucht am See war überwältigend.

Ich kippte den Saft hinunter, der eiskalt war, und hatte das Gefühl, mir würden die Gedärme zerrissen.

»Ja, ich lebe hier recht spartanisch«, begann der Botschafter mit einer für seine Zunft ungewöhnlichen Aufrichtigkeit. »Aber wir halten uns hier ja nur einige kurze Sommerwochen auf. Meine Frau besucht gegenwärtig ihre alte Mutter in Schonen. Wir behalten die Hütte, weil sie uns die Möglichkeit bietet, den skandinavischen Hochsommer in einer urwüchsigen Umgebung zu erleben, die reich an Naturschönheiten ist, in einer Gegend, in der ich geboren bin und Jahre meiner Kindheit und Jugend verbracht habe.«

An dieser Stelle legte er eine Pause ein, wie um der Landschaft die Gelegenheit zu geben, sich zu erheben, eine Verbeugung zu machen und sich für die Ehre zu bedanken.

Der Staatsminister aber fragte, ob er den Fabrikdirektor aus jener Zeit kenne.

»Sehr gut.« Der Botschafter nippte verständlicherweise nur an seinem Saft. »Mein Vater war ihm mit dem Startkapital für die Bekleidungsfabrik behilflich, und als Kind und Jugendlicher war er häufig bei uns zu Hause. Er ist erstaunlicherweise bis in sein hohes Lebensalter ganz der alte geblieben. Ich denke da weniger ans Aussehen als vielmehr an den Charakter. Bösartig, prahlerisch, willfährig gegenüber sozial und wirtschaftlich Stärkeren, lautstark zu Untergebenen. Der einzige Unterschied ist vielleicht der, während er früher immer schrie: ›Hol' der Teufel diesen oder jenen!‹, so klingt es jetzt mehr allgemein gehalten: ›Hol' sie alle der Teufel!‹«

»War ihr Vater Teilhaber der Fabrik?«

»Ja, aber nach seinem Tod hat der Herr Fabrikdirektor Lindberg mich ausgezahlt. Er hat die Aktien sehr billig bekommen, ich brauchte das Geld für meine Ausbildung. Schön, daß ich das los bin, habe ich oft gedacht. Obgleich es sich wohl zufriedenstellend entwickelt hat.«

»Und Sie haben all die Jahre den Kontakt zu ihm aufrechterhalten?«

Der Botschafter vollführte eine große und abwehrende Geste.

»Nein, ganz und gar nicht. Daß ich die letzten Sommer mehrere Male in seiner Bridge-Runde eingesprungen bin, ist darauf zurückzuführen, daß mein Freund, General Ygdecrantz, mich darum gebeten hat. Und ich habe es als eine recht beruhigende und effektive Form betrachtet, Kontakt zum provinziell denkenden, schwedischen Kleinstadtmilieu zu halten. Aber wenn ich ganz ehrlich sein soll, muß ich zugeben, daß Adolf mir in der Erinnerung lieber ist als im Leben.«

Der Tonfall war äußerst unbeschwert.

Was rumorte da hinter diesen verärgerten, halbgeschlossenen Lidern, welche Gedanken, Gefühle und Erinnerungen verbargen sich unter der gut gebürsteten, glänzend schwarzen Haarpracht?

Die Stille war offenbar noch etwas undurchdringlicher geworden, als sie von einem Botschafter selbst in einer kleinen Gesellschaft als erträglich empfunden werden konnte, denn er ging dazu über – nachdem dem Fabrikdirektor nun die Runen in Stein gemeißelt worden waren und dieses Thema als erschöpft betrachtet werden konnte –, Erinnerungen aus seiner Zeit als Mitglied in der Kommission zur Drogenbekämpfung der Vereinten Nationen zu erzählen. Er erging sich gerade in einem recht abstoßenden Bericht über die Gewohnheit der Beduinen und anderer Stammesvölker, die Präparate in Hautfalten fetterer Körperregionen einzunähen, als ich urplötzlich vom Darm überwältigt wurde, der nach der Saftspülung in Wut geraten war, und darum bitten mußte, man möge mir den Weg zur Toilette zeigen.

Das stille Örtchen in blaßblauen Sanitätskacheln wies einen überraschend hohen Standard auf.

Dort saß man tatsächlich besser als auf der Langbank.

Über dem Waschbecken – mit fließend kaltem und warmem Wasser – hing ein Schränkchen, dessen Vorderseite aus Spiegelglas bestand, in dem ich schließlich den Sitz von Schlips und Haarresten kontrollierte, ganz korrekt und meiner Gewohnheit gemäß.

Aber dann, die Hand schon auf die Türklinke gelegt, ritt mich der Teufel.

In der Gesellschaft des Staatsministers kontaminiert und geistig vergiftet, ließ ich die Klinke los und öffnete statt dessen das Toilettenschränkchen.

Ich beugte mich vor, tastete und befingerte.

Unschön und obendrein dumm. Denn ein Mörder bewahrt wohl kaum seine Reste an Arsen im Toilettenschränkchen auf?

»Histason. 1 Tabl. 3 x tägl.«

Der Deckel saß ganz locker.

Ich nahm ihn ab und schaute in das Glas und begriff mit einem Schlag, wie alles sich abgespielt haben konnte.

Ich begriff endlich, wie man eine vergiftete Kapsel in ein Glas legen und sicher sein kann oder so gut wie sicher, daß genau diese Kapsel eingenommen wird, wenn der Kranke oder Schlaflose beim nächsten Mal seine Medizin oder sein Schlafmittel schlucken muß.

Und wie entsetzlich einfach es war.

12

Das Haus wirkte menschenleer.

Erst auf dem Rasen entdeckte ich die beiden.

Der Staatsminister lief mit ausgestreckten Armen am Waldsaum entlang und fing Schmetterlinge.

Der Botschafter stand an seiner Schaukel und schaute zu. Die Wangenmuskeln zeigten eine Festigkeit, die mir neu war. Und als er sich zu mir umdrehte, gab es gar keinen Zweifel mehr, daß ihn die diplomatische Beherrschung im Stich ließ.

»Sie kennen den Staatsminister gut?«

Ich gab zu, daß er seit seiner fünfzehn Kinder mein Schwager sei.

Der Botschafter starrte mich an, als überlege er, ob ich die richtige Person war, der man sein zartes Vertrauen schenken durfte.

»Hierzulande ...«, begann er, als stünde er an einem Bankett-Tisch. Dann entschied er sich jedoch offenbar, die Vorsicht über Bord zu werfen und seinen Worten eine direktere und persönlichere Note zu verleihen.

»Die längste Zeit habe ich mir einzureden versucht, daß dieser Mann kein vollkommener Idiot sein kann.«

»Sie meinen, weil er trotzdem Staatsminister geworden ist?«

»Nein, nein, das hat nur wenig zu besagen. Aber er ist doch Ministerialdirektor gewesen. Können Sie sich vorstellen ... können Sie sich vorstellen, daß er mich heute zu nachtschlafender Zeit um drei Uhr angerufen und ein Taxi bestellt hat? Ja, ich habe ihn sofort erkannt, auch wenn er den unbeholfenen Versuch gemacht hat, seine Stimme zu verstellen. Stellen Sie sich vor, um drei Uhr in der Frühe! Ich habe mir gesagt, es muß sich um einen Scherz handeln, doch nach dem, was heute passiert ist ... Ganz unter uns, geben Sie zu, es wäre für die Menschheit besser gewesen, wenn dieser Mann bei der Geburt gestorben wäre.«

Jetzt entschwebte der Schmetterling in ein Gestrüpp, und der Staatsminister kehrte resigniert von seinem Jagdausflug zurück, verabschiedete und bedankte sich und mir blieb es erspart, einige Eingeständnisse von mir zu geben.

Der Botschafter war in der Stunde des Abschieds unterkühlt, aber korrekt.

»Er war verärgert, oder?« fragte ich im Auto.

»Ja, er hat mich überrascht, wie ich den Inhalt seiner Aktentasche durchsucht habe.«

»Nein!«

»Doch. Ich wollte ihn aus dem Zimmer haben, deshalb habe ich um mehr Saft gebeten. ›Mit Eis!‹ rief ich ihm nach, um noch mehr Zeit zu schinden, und dann habe ich losgelegt. Die Aktentasche habe ich fast sofort gefunden, obwohl sie hinter ›Das Leben der Tiere‹ ins Bücherregal gestopft war. Während ich die Papiere durchgesehen habe, ist er mit dem Saft hereingekommen und hat gefragt, was ich zum Teufel da triebe. Ich bin natürlich zusammengezuckt – recht hinterhältig, sich so von hinten an einen heranzuschleichen, muß ich sagen – und habe entgegnet, ich suche nach einem Fotoalbum.«

Ich dachte bei mir, diesem Mann durfte man einfach keine Anregungen geben.

»Und dann hat er geschrien: ›Was für ein verfluchtes Fotoalbum?‹, und ich habe geantwortet, daß für gewöhnlich jeder Mensch eins hat, mit Familienfotos und Gruppenbildern und daß ich mich besonders für Familiengruppen interessiere.

Aber ich weiß nicht, ob er mir geglaubt hat, denn er hat sich auf mich gestürzt, mir die Tasche aus der Hand gerissen und dann war er sehr kurz angebunden. Weißt du was, ich glaube, er ist ein Spion.«

Die Schlußfolgerung des Staatsministers schien mir gewagt, und ich wies darauf hin, die Annahme sei naheliegender, daß er, der Botschafter, glaube, daß er, der Staatsminister, ein Spion sei.

Doch wie andere große Geister auch hörte der Staatsminister in der Stunde der Eingebung nicht auf die Stimme der Logik.

»Es gibt zwei schwerwiegende Indizien«, fuhr er schonungslos fort. »Die Antennen und das Dokument. Die Antennen auf dem Dach und das Dokument in der Aktentasche«, fügte er hinzu, als spräche er mit einem kleinen Kind. »Warum braucht er so gewaltige Antennen, wenn er nur Radiosendungen hört?«

»Südafrika ist sehr weit entfernt«, erklärte ich in dem halbherzigen Versuch, die Flutkatastrophe einzudämmen.

»Nein«, widersprach der Staatsminister, »ich bin überzeugt, daß er Nachrichten *sendet.* Im Schlafzimmer gibt es eine Abseite, aber die Tür dazu war abgeschlossen. Nein, ich habe nicht daran gerüttelt, aber ich habe mich gebückt, meinen Schnürsenkel davor zugebunden und im Gegenlicht gesehen, daß der Schließkolben hineingeschoben war. Bestimmt sendet er von dort seine Nachrichten.«

»Was für Nachrichten?«

»Ich konnte nur wenige Sekunden einen Blick in die Aktentasche werfen, ehe er mich unterbrochen hat. Aber eines der Dokumente habe ich auf jeden Fall erkannt. Zuletzt habe ich es gestern gesehen, in Harpsund. Ein streng geheimer Bericht über die Sicht der Weltprobleme aus der Führungsspitze des schwedischen Außenministeriums.«

Ich erklärte, ich könne mir kaum etwas vorstellen, das

weniger geheim sei als das, bei dem Lärm, den Palme und sein Helfershelfer Nilsson im Außenministerium überall um die Sache machten. Der Staatsminister jedoch hatte sich inzwischen ganz in seine dramatisch historischen Erinnerungen hineingesteigert.

»Der Außenminister hat unterstrichen, als er uns den Bericht ausgehändigt hat, daß das Material in gewissen Bereichen der Natur war, daß wir es nicht mitnehmen durften, sondern in Harpsund lesen und es danach verbrennen mußten. ›Dies, meine Herren‹, hat er am Ende gesagt und die Blätter in der Luft geschüttelt, ›dies ist ein sehr geheimes Dokument, basierend auf äußerst geheimen Berichten von Gewährsmännern, die ich aus Gründen der Sicherheit nicht einmal vor mir selbst enthüllen kann!‹ Genau der Bericht war in der Aktentasche des Botschafters.«

»Er hat ihn bestimmt vom Außenminister bekommen. Unsere Botschafter müssen schließlich auf dem laufenden gehalten werden ...«

»Glaubst du wirklich, daß Gesandten in Staaten vierten Grades Berichte zugeschickt werden, die wir in der Regierung mit bloßen Händen verbrennen und zu Asche mahlen müssen, nachdem wir sie gelesen haben? Zum Beispiel kann ich dir verraten, daß Schweden diesem Bericht zufolge ernsthaft erwägt ...«

»Sei still!« rief ich schnell, denn ich wollte nichts Geheimes wissen, das womöglich verbrannt und zwischen den Händen eines fanatischen Staatssekretär zu Asche gemahlen werden würde.

»Nein«, widersprach der Staatsminister, »er muß sich den Bericht auf illegalem Weg beschafft haben. Vermutlich hat er ihn in Harpsund gestohlen. Oder ihn von jemandem aus der Regierung gekauft. Vielleicht muß ich jetzt den Mordfall abgeben, hier geht es schließlich um die Sicherheit des Landes. Nein, ich schaffe bestimmt beides.«

»Konzentriere dich jetzt auf den Mord«, sagte ich, um ihn von den beunruhigenderen, globaleren Aspekten wegzulotsen.

»Nein«, widersetzte sich der Staatsminister standhaft, »ich bin auch der Chef der Staatspolizei und bin mir meiner Verantwortung bewußt. Übrigens sind vielleicht die beiden Probleme ein und dasselbe. Der Botschafter kann doch sowohl ein Spion als auch ein Mörder sein.«

»Und warum sollte er morden und spionieren?« fragte ich mit dem Gefühl, daß ich kurz davor war, die Kontrolle über die Entwicklung der Dinge zu verlieren.

»Als Botschafter in Afrika herumzusitzen ist bestimmt weder interessant noch gewinnbringend. Spionage würde ihm Spannung, das Gefühl von Wichtigkeit und Geld verschaffen.«

»Und wie paßt der Fabrikdirektor in dieses weltpolitische Ränkespiel? Hatte er vielleicht eine neue, teuflische Wäscheklammer erfunden, die drohte, die Machtbalance zu verändern?«

»Ich gebe zu, ich kann den Zusammenhang nicht klar erkennen«, erklärte der Staatsminister. »Jedenfalls noch nicht. Aber zu spotten ist immer leicht; eigene, gut untermauerte Vorschläge anzubringen oder sachlich konstruktive Kritik zu üben ist immer bedeutend schwieriger.«

»Ja«, gab ich zu, »und es ist wirklich schade, denn wenn die Regierung und ihre Mitglieder sachlich konstruktive Kritik üben würden, könnte man weit, sehr weit kommen. Heckscher kam bis nach Indien.«

Schweigend setzten wir unseren Weg nach Ädelsta fort.

Aber dann fiel mir wieder das Arzneiglas ein, das ich in dem Toilettenschränkchen gefunden hatte, und ich erzählte dem Staatsminister davon.

Er beugte sich konzentriert über das Lenkrad.

»Ja, so ist es natürlich gelaufen! Daß wir darauf nicht gekommen sind! Der Mörder hat gewußt, daß sein Opfer in jener Nacht sterben würde. Am Tag oder am Abend hat er die vergiftete Kapsel zusammen mit einer normalen, unschuldigen oben auf den Wattebausch in das Glas plaziert. Und zur Nacht hat der Fabrikdirektor, nichts Böses ahnend oder auch ohne nur weiter darüber nachzudenken, die Kapseln geschluckt, die ganz oben, allein auf dem sauberen, weißen Wattebausch gelegen haben ...«

13

In der Konditorei Hvilan trank ich einen Fünf-Uhr-Tee mit Zwieback, während der Staatsminister Kuchen aß und versuchte, eine Ansichtskarte an die Frau Gemahlin Margareta draußen auf Lindö in die rechte Form zu bringen.

»Was soll ich schreiben?« jammerte er. »Die Hälfte ist noch weiß!«

»Grüße an die Kinder kannst du immer schreiben. Zähle sie einzeln auf. Dann wird sie schon voll.«

Der Staatsminister sah verzweifelt aus.

»Na, dann schreib' eben, du hättest eine Leiche gefunden.«

»Sie sieht es nicht gern, daß ich mich mit Leichen abgebe.« Er kaute auf dem Stift herum. »In der Tat, es ist genauso wie Erlander immer sagt: ›Verdammt schwer heutzutage, etwas zu schreiben – man ist von der Sprache in Regierung und Reichstag beeinflußt!‹ Das Datum habe ich schon und die Jahreszahl: 1969. 1969 ... Das Jahr, in dem sich die alten Führungspersönlichkeiten zurückzogen und neue antraten, bereit, die Welt zu lenken und zu formen: ein Nixon, ein Pompidou, ein Palme ... Äh, schreib einen Gruß mit drauf, ja?«

Unter die einzeilige Versicherung des Staatsministers, ihm gehe es gut, kritzelte ich einige zerstreute Reflexionen über das Wetter, unsere Gastgeberin und Gedärme, alles Dinge, für die sich meines Wissens meine Schwester interessierte. Währenddessen hatte der Staatsminister den Obduktionsbericht einer grünen Plastikhülle entnommen.

Daraus ging hervor, daß der betagte Fabrikdirektor irgendwann zwischen zwei und drei Uhr in der Nacht auf seinem Geburtstag verschieden war. Todesursache: Arsenvergiftung. Die tödliche Dosis mußte dem Körper nach zwölf Uhr, aber vor ein Uhr durch den Mund verabreicht worden sein, das hieß zu einem Zeitpunkt, da der Fabrikdirektor zu Bette gelegen hatte, und diese Dosis war ungefähr so groß, daß sie in eine der Schlafmittelkapseln des Toten Platz gehabt hätte. Auch Reste des Schlafmittels wurden im Körper gefunden, es war aber nicht möglich gewesen, mit einem Mindestmaß an Sicherheit zu entscheiden, ob dieses von einer oder von zwei Kapseln herrührte. Da auch stärkere Dosen Arsen zu keinerlei unmittelbaren Symptomen führten, konnte angenommen werden, daß der alte Mann anschließend im Schlaf und ohne Schmerzen verstorben war. Die Obduktion hatte ebenfalls Dr. Tomanders Angaben bestätigt, daß sich der Fabrikdirektor zu Lebzeiten einer außerordentlich robusten Gesundheit erfreut hatte, vor allem wenn man sein hohes Alter bedachte.

Es waren, laut anliegendem Polizeibericht, keine Anzeichen von äußerer Gewalteinwirkung oder auch nur von Unordnung im Zimmer des Toten festgestellt worden. Der Inhalt des Glases auf dem Nachttisch war sichergestellt worden und wies Wasser ohne fremde Zusatzstoffe auf. Auf dem Glas befanden sich die Fingerabdrücke des Toten und seines Sohnes. Keine »unbefugten« Fingerabdrücke waren in dem Raum entdeckt worden. Ebensowenig konnten dergleichen Fußabdrücke im Garten oder anderswo sichergestellt werden.

Den Vernehmungsprotokollen war zu entnehmen, daß sich von den Gästen am Sonntag abend General Ygdecrantz, Botschafter Petersén, Studienrat Persson und der Staatsminister angelegentlich von der Gesellschaft und aus dem Wohnzimmer entfernt hatten und lange genug fortgeblieben waren, um – wenn sie böse Absichten gehegt hätten – bei ausreichend verbleibender Zeit ins Schlafzimmer des Fabrikdirektors zu gehen und seinem Schlafmittel etwas unterzumischen. (Als Grund für ihre Abwesenheit gaben alle an, sie hätten die Toilette aufgesucht.) Die einzige Ausnahme bildete der Apotheker Karlander, der von seiner Ankunft kurz nach acht bis zu seinem Aufbruch um elf Uhr auf seinem Platz im Wohnzimmer sitzen geblieben war.

Die Polizei war inzwischen – genau wie wir – darauf gekommen, daß die vergiftete Kapsel auch zu einem früheren Tageszeitpunkt im Arzneiglas deponiert worden sein konnte. Der Fabrikdirektor war persönlich nach dem Mittagessen mit dem Rezept von Dr. Tomander in die Apotheke gekommen, und der Apotheker hatte es bei einem netten Plausch innerhalb weniger Minuten angefertigt; letzteres bestätigt durch Zeugenaussage des einzigen Überlebenden der zwei ...

Der alte Mann hatte sich dann nach Hause begeben und sich in seinem Zimmer verschanzt, unter »ausgesprochenen Unmutsbezeigungen«, wie es im Bericht hieß, was von einem Eingeweihten indes leicht mit »Wehklagen und Fluchen« übersetzt werden konnte, während Mommy und Lotta sich putzend durch das Haus gearbeitet und das Geburtstagsmenü des nächsten Tages vorbereitet hatten. Therese Doolck-Carlsson hatte am Nachmittag hereingeschaut, jedoch ihren Tee in der Küche eingenommen. Ansonsten waren keine Besucher vor der abendlichen Bridge-Runde gemeldet worden, die ausfallen zu lassen sich der Greis starrsinnig geweigert hatte. Die Haustüren waren wie gewohnt verschlossen und verriegelt gewesen, sogar während der Stunden, da der Putzwahn seinen absoluten Höhepunkt erreicht hatte. Diverse Boten hatten geklingelt, wurden aber genötigt, ihre Waren in der Küche abzugeben.

»Da hast du die Tatsachen!« verkündete der Staatsminister und ging zur eigenen Analyse über. »Fest steht also, daß der alte Knabe Arsen geschluckt hat, nachdem er sich in sein Zimmer zurückgezogen hat, und dort hat er ja nie etwas gegessen, abgesehen von den unvermeidlichen Schlafmittelkapseln. Wenn wir im Moment einmal davon absehen, daß der Sohn das Gift im Wasser aufgelöst haben kann, muß also jemand eine der Kapseln geleert und mit Arsen gefüllt haben, eine schöne Fummelei. Wann kann das also geschehen sein? Es gibt drei Möglichkeiten. Der Apotheker kann am Morgen bei der Anfertigung des Arzneiglases eine Kapsel präpariert haben. Auch Mommy, Lotta und Therese Doolck-Carlsson können es im Lauf des Tages gemacht haben – der alte Knabe hat wohl in jedem Fall zum Essen sein Zimmer verlassen. Und am Abend hatten somit der General, der Botschafter, der Sohn und die Frau des Sohnes ihre Chance. Und für den Apotheker Gelegenheit Nummer zwei.«

»Nein. Er hat die Runde nie verlassen.«

»Stimmt, verdammt! Aber ist das nicht genauso verdächtig? Dasitzen und den ganzen Abend an sich halten? Fast so, als wollte er sich ein Alibi verschaffen. Muß sich regelrecht gequält haben. Aber vielleicht hat er eine Diplomaten-Blase. Das mußt du herausfinden.«

»Und wie soll ich das anstellen?«

»Wenn du immer nur fragst, wie alles angestellt werden soll, dann kommst du in deiner Karriere nie weiter. Ich habe einmal einen Sekretär gehabt, der war genauso, und mit dem ist es dann schnell abwärts gegangen. Soll jetzt im Reichstag sitzen.«

Ich erwiderte, ich sei ordentlicher Studienrat an der Höheren Kommunalen Mittelschule und hege keine Pläne einer wie auch immer gearteten Karriere, weder aufwärts noch abwärts.

»Was den eigentlichen Handlungsverlauf betrifft«, referierte der Staatsminister, »sehe ich ebenfalls drei Möglichkeiten. Entweder hat der Mörder die vergiftete Kapsel zwischen die anderen in das Glas gelegt. Dann hätte der Fabrikdirektor mit einem Mindestmaß an Glück – oder Pech, je nachdem, aus welchem Blickwinkel man die Sache betrachtete – neunundvierzig Nächte überleben können. Der alte Knabe schien unwissenderweise jede Nacht russisches Roulette gespielt zu haben, wenn er sich aus dem Gläschen bediente, und der Mörder dürfte auf einige spannende Wochen gefaßt gewesen sein. Stell dir nur einmal vor, und dann schlägt man die Morgenzeitung auf! Hat sich der Mörder dieser Methode bedient, kann es für ihn – oder sie – keine größere Rolle gespielt haben, ob der alte Knabe einen Monat früher oder später stirbt. Oder aber, und das ist Möglichkeit Nummer zwei, er hat sich den Trick einfallen lassen, die vergiftete Kapsel, allein oder mit einer echten, oben auf den Wattebausch zu legen. Dann konnte er auf ein schnelles Ergebnis hoffen und wäre mit einer einzigen Nacht Totenwache davongekommen. Oder am Ende ist das Arsen überhaupt nicht in einer Kapsel, sondern im Wasserglas gewesen. Und dann muß der Sohn der Mörder sein.«

»Ich neige eindeutig zur Wattebausch-Theorie.«

»Und warum?«

»Wie schon gesagt, fällt es mir schwer, an einen so eigenartigen Zufall zu glauben, daß der alte Mann schon am ersten Abend aus dem neuen Arzneiglas unter hundert Kapseln ausgerechnet die vergiftete erwischt haben soll. Nein, der Mörder muß seine Arsenkapsel oben auf den Wattebausch gelegt haben.«

»Aber wenn er sie in das Glas zu den anderen getan hat, wäre der Todesfall später eingetreten, seine eigenen Spuren und die seiner Manipulation wären verwischt gewesen und alle Verdächtigungen müßten in weitaus mehr Richtungen gehen ...«

»Genau. Aber das beweist nur, daß der Mörder sehr gute Gründe gehabt haben muß, ihn schnell ins Jenseits zu befördern. Ich glaube, er oder sie, wie du dich immer so pedantisch ausdrückst, wollte nicht, daß der Fabrikdirektor seinen achtzigsten Geburtstag noch erlebt.«

»Und was sollte daran so gefährlich sein?«

»Keine Ahnung. Aber es muß irgendwo, bei irgend jemandem ein überwältigend guter Grund vorliegen, den wir nicht erkennen. Vielleicht hatte der alte Mann an seinem Geburtstag etwas vor, woran er um jeden Preis gehindert werden mußte. Etwas, das lebenswichtige Interessen des Mörders gefährdete, womöglich seine gesamte Existenz. Was kann ein pensionierter Achtzigjähriger sich einfallen lassen? Es muß vielleicht noch nicht einmal etwas Großes und Dramatisches sein ... Ich weiß nicht ... Aber ich bin überzeugt, es ist zum Verzweifeln wichtig, eine Antwort auf diese Frage zu finden.«

»Na«, sagte der Staatsminister ruhig und verschmierte Sahnetorte um seinen Mund, »da wären wir jedenfalls bei der Frage nach dem Motiv. Da kein Testament existiert, erbt der Sohn das gesamte Vermögen. Und für Geld scheint er Verwendung zu haben, weil er es so eilig gehabt hat, das Haus zum Verkauf anzubieten. Aber es gibt vielleicht auch noch einen anderen Grund ...«

»Das Testament!« rief ich. »Vielleicht hat er vorgehabt, an seinem Geburtstag ein Testament zu machen!«

»Ist das nicht ein bißchen melodramatisch? Und beim Anwalt, wie auch immer der gleich noch hieß, klang es so, als habe der alte Knabe geradezu allergisch reagiert bei jeder Erwähnung eines Testaments. In dem Fall würde sich der Verdacht gegen den Sohn natürlich erhärten. Er wäre der einzige, der etwas zu verlieren gehabt hätte, wenn der Vater ein Testament gemacht hätte.«

»Oder konnte er die Absicht gehabt haben, zum Andenken an sich und sein Werk alles einem frommen Zweck zu vermachen?« fuhr ich stur fort.

»Nein, nein, ich glaube, da bist du auf der falschen Fährte. Alle Informationen sprechen dafür, daß der alte Mann seinen fetten Sprößling über alles geliebt hat. Warum ihm dann durch ein Testament oder eine Schenkung etwas wegnehmen? Aber laß uns die Motive der anderen einmal unter die Lupe nehmen. Der General muß den alten Knaben gehaßt haben, weil er aus seinem Foto Konfetti gemacht hat. Aber er hat keine Hemmungen, Karten mit ihm zu spielen. Um am Ende seine Chance zu bekommen? Desgleichen der Apotheker – ablehnend eingestellt, läßt aber nie einen Bridge-Abend ausfallen. Bridge-Spieler sollen zwar leidenschaftlich sein, aber ... Der Botschafter hat offensichtlich in seiner Jugend mit dem Alten zu tun gehabt, doch im Verlauf der späteren Jahre haben sie sich nur wenige Male im Sommer gesehen. Therese Doolck-Carlsson scheint auch lockeren Kontakt zu dem alten Knaben gehabt zu haben. Aber sie kann womöglich verrückt sein ...«

»*Kann verrückt sein?* Mein Lieber, sie *ist* verrückt! Durchgedreht, wahnsinnig, geisteskrank. Geht hin und präpariert meinen Tee mit Zyankali ... Aber bei einer Sache kannst du dir ganz sicher sein. Hat sie in ihrem Wahn einen Mord begangen, dann hat sie es raffiniert eingefädelt. Eine Frau, die vierzig Jahre lang theoretische Studien über dieses Thema betreibt, begeht keinen Schlag-zu-und-flüchte-Mord und wenn sie denn überhaupt am Ende schwach wird und zu praktischen Mittel greift ...«

»Potztausend!« brüllte der Staatsminister, »ich habe das Interessanteste am ganzen Bericht übersehen. Hör jetzt einmal her und laß das Gezeter über deinen verdammten Zyankali-Tee! Du bist ja nicht daran gestorben. Der alte Knabe hat sein Glas mit den hundert Kapseln am Morgen seines Sterbetages von der Apotheke abgeholt. Abends hat er dann wie immer zwei Tabletten eingenommen, davon eine mit eingekapseltem Arsen, aber das ist in diesem Zusammenhang nicht von Bedeutung. Wie viele Kapseln hätten dann also noch in dem Glas sein müssen, als er am nächsten Morgen tot in seinem Bett gelegen hat?«

Ich dachte angestrengt nach. Ich hatte das Gefühl, die Frage sei leicht, und wollte mich nicht blamieren.

»98?«

»Genau. Aber die Polizei hat nur 94 gefunden. Wo sind die übrigen vier geblieben?«

»Kann … kann er möglicherweise eine stärkere Dosis als sonst genommen haben?«

»Nein, die Obduktion hat doch ergeben, daß er höchstens ein oder zwei Kapseln geschluckt hat. Es gibt nur eine Möglichkeit: *Der Mörder muß vier Kapseln herausgenommen haben.* Aber warum?«

»Tja«, antwortete ich, erhob mich und überließ die Rechnung, dem, der mehr Mittel hatte, dafür aufzukommen, »er – oder sie – hatte vielleicht vor weiterzumachen …«

14

Zu Hause wartete Mommy mit dem Tee und den dünnsten Wedgewood-Tassen, und der Staatsminister bewies genug Geistesgegenwart, um über seine Ausschweifungen in der Konditorei zu schweigen.

»Ja, dieses Service hat mir mein Bruder einmal vor langer Zeit aus England mitgebracht. Ich entsinne mich ...«

Sie verlor sich in ihren Erinnerungen, aber als sie die Geschehnisse der Gegenwart tangierte, fragte der Staatsminister mit dem Taktgefühl eines Gerichtsvollziehers, ob sie sich vorstellen könne, daß der Sohn der Mörder ihres Bruders sei.

Wenn die alte Dame böse oder verwundert gewesen sein sollte, dann ließ sie es sich nicht anmerken. Sie streichelte Missan, die wie gewohnt auf ihrem Schoß Platz genommen hatte, und sagte langsam und gleichsam nachsinnend: »Nein ... nein, er kann es nicht getan haben. Er könnte nie einen Menschen töten, am allerwenigsten seinen Vater. Sehen Sie, er hatte Angst vor ihm. Mein Bruder war immer so grenzenlos stolz auf seinen Jungen und seine Erfolge, erst in der Schule und dann im Berufsleben, und er hat alles, buchstäblich alles für ihn hier im Leben bedeutet. Aber er hat ihn mit altmodischer Zucht und Strenge erzogen, und der Respekt steckt ihm noch immer in den Knochen, auch wenn er Bankdirektor ist. Er ist oft zu mir gekommen, wenn es ihm schwerfiel, seinen Vater direkt etwas zu fragen.«

Sie seufzte und streichelte den Dackel ein wenig mechanisch, der mit seiner Schnauze ihren Fußknöchel anstupste, sichtlich über die Aufmerksamkeit beunruhigt, die Missan zuteil wurde.

Der Staatsminister jedoch ließ sich nicht beirren, sondern präsentierte seine Theorie, wie Ejnar Lindberg Arsen in das Glas Wasser getan haben könnte, das er für seinen Vater geholt hatte, und wie er zu einem späteren Zeitpunkt in der Nacht hinuntergeschlichen sein und das Glas ausgetauscht haben könnte.

Jetzt war sie wütend. Nicht so, daß sie ihn unterbrochen hätte, aber ihre Lippen wurden beim Zuhören schmaler.

»Daß du so mißtrauisch sein würdest, mein Junge, und daß du nicht darauf hörst, was ich sage! Aber ich kann dir erzählen, daß in der Nacht, als mein Bruder gestorben ist, weder Ejnar noch jemand anders die Treppe hinuntergeschlichen ist. Ich habe in der Nacht kein Auge zugetan, ich habe wach gelegen und mir Gedanken über den Geburtstag gemacht und ob das Essen reichen würde und wie du weißt, knarrt die Treppe ganz fürchterlich. Wäre jemand hinuntergegangen, wenn auch noch so vorsichtig, dann hätte ich es gehört. Ja, ich habe dich, mein Junge, auch gehört, als du mit den Hefewecken hinaufgeschlichen bist. Ja, ja, du warst es bestimmt, und ich kann zwar nicht durch Wände gucken, aber ich habe genau gemerkt, was alles in der Dose gefehlt hat ...«

»Kommen Sie doch rein!« schrie Lotta. »Ich bürste mir nur die Haare, es ist also überhaupt nichts dabei!«

Das Ärgerliche an der jungen Generation ist, daß sie die Badezimmertüren nicht hinter sich abschließt, es macht das Leben bedeutend unsicherer. Ich blieb draußen an der Tür stehen und kam mir albern vor.

»Wie fies einem die Haare wachsen!«

Sie stöhnte, seufzte und betrachtete sich im Spiegel.

Und bürstete.

Und erzählte.

»Ich will zu Stefan. Zu meinem Freund. Er sitzt im Erziehungsheim, das hat man Ihnen schon gesteckt, oder? War in einer Gang, die Autos ausgeschlachtet hat. Aber mit solchem Kinderkram ist Schluß. Wir werden heiraten. Aber nicht gleich natürlich. Wir haben uns auf einer Demo vor dem US Trade Service kennengelernt, wir sind vom selben Polizisten mißhandelt worden. Ich besuche ihn zweimal in der Woche, mindestens. Er darf sich auch frei bewegen, sie sind also nicht eingesperrt wie Tiere, aber in Ädelsta können wir uns nirgends treffen. Ätzend, was? Raus bis zum Gut von seinem Vater ist es ewig weit, und hierher will er nicht kommen. Er war total sauer auf Onkel Adolf. Habe ich gesagt, daß er ihn von der Polizei hat festnehmen lassen? Durchs Fenster hat er beobachtet, wie er mit seinen Kumpels in einem Merzer vorbeigebraust ist, den sie geklaut hatten. Und bei mir zu Hause können wir uns auch nicht sehen. Papa mag Stefan nicht. Er ist fünfzig und Oberst. Fies, was? Aber bei Stefan ist es noch schlimmer. Sein Vater ist fünfundsechzig und General. Er mag gar nichts, mein Vater also, und Demonstranten *haßt* er. ›Da laufen die Langhaarigen! Holt die Armee!‹ grölt er immer, sobald so was im Fernsehen kommt, vor einer Botschaft oder so. Und dann immer dieses: ›Da lobe ich mir die alten Zeiten, als ein Mann noch ein Mann war und die Rechten in der Wahl für schwedische Atomwaffen und niedrigeres Kindergeld gestimmt haben!‹ So, das muß jetzt aber reichen! Tschüs, bis bald!«

Anschließend, auf dem Weg zum Nachmittagsschläfchen, wurde ich vom Staatsminister abgefangen, der mich ins Schlafzimmer des Fabrikdirektors führte.

»Jetzt beschäftigen wir uns mit dem Einbruch«, verkündete der Staatsminister.

»Ausgezeichnet«, sagte ich und nahm auf einem Spätempire-Stuhl Platz. Den Mann, der mir eine Eichentür an den Kopf geschmettert hatte, wollte ich gern bestraft sehen.

»Er verschaffte sich in der Nacht nach dem Mord durch das Fenster in dieses Zimmer Zutritt, das steht zweifelsfrei fest. Die Frage ist nur, warum?«

Ich schaute mich um. Obwohl die Sonne durch die Sprossenfenster fiel, machte der Raum – auch ohne die Erinnerung – einen entschieden düsteren Eindruck. Die dunklen, schweren Möbel in altertümlichem Walnußholz, die gedämpft braunen, leicht welligen und etwas rissigen Tapeten, der nahezu markweiße, abgenutzte Teppich – alles zeugte davon, daß hier ein Mann mit stark konservativer Einstellung gewohnt hatte, der bei allen Vorschlägen zur Renovierung der letzten fünfzig Jahre mit der Faust auf den Tisch gehauen und geknurrt hatte: »Hier wird nichts verändert! Für meine Zeit ist das gut genug!«

Ich sagte, daß mich das Ganze äußerst unangenehm an den heiligen Sebastian im Hotel erinnere und daß es mir schwerfalle zu glauben, daß jemand den Raum wegen seines Komforts oder seines fröhlichen Interieurs aufgesucht haben konnte.

Der Staatsminister entgegnete, es sei ganz klar, daß der Einbrecher etwas gesucht hatte. Darauf deuteten die verrückten Möbel und die aufgerissenen Schubladen hin. »Was aber hatte er gesucht?« rief er und klatschte mit der Handfläche auf das Bett, als wollte er die Matratze auffordern, Zeugnis abzulegen.

»Welchen Verdacht hat die Polizei?«

»Sie tendieren am ehesten zu einem normalen Einbruch. Aber sie haben das Zimmer natürlich sowohl nach dem Mord als auch nach dem Einbruch in der Nacht darauf genau unter die Lupe genommen. Im Sekretär dort drüben haben sechshundert Kronen in Scheinen, ein Sparbuch und diverse, private Unterlagen gelegen. Es ...«

Mommy stand auf der Türschwelle. Die Augen hatten sich vor Wut verfinstert. »Aber was fällt dir ein, mein Junge?

Sitzt hier auf ... auf Adolfs Bett? Daß du dich nicht schämst! Augenblicklich hoch mit dir!«

Die Aufforderung war vollkommen überflüssig, da der Staatsminister wie ein hasenfüßiges Kaninchen hochgehopst war, und ich ahnte, daß Mommy ihn nicht nur mit Liebe, sondern auch mit Hiebe erzogen hatte.

»So etwas habe ich noch nie erlebt ...« Mommy war am Bett und zog und strich es glatt. »Geht hier rein, um ...«

»Fräulein Lindberg, wissen Sie möglicherweise, ob der Herr Fabrikdirektor größere Geldbeträge oder Wertgegenstände hier in seinem Schlafzimmer aufbewahrt hatte?« fragte ich, um unserer Anwesenheit den Anschein von Legalität zu verleihen und dem derangierten Staatsminister weitere Vorwürfe zu ersparen, die vielleicht – wenn die alte Dame sich in alte Zeiten zurückversetzt gefühlt haben sollte – in einen echten Klaps hätten ausarten können.

»Adolf hatte immer etwas Geld und das Sparbuch im Sekretär, in der großen Schublade gleich unter der Klappe. Diese Schublade hat er immer abgeschlossen, und der Schlüssel hing an seinem Schlüsselbund. Aber die Polizei ist schon dabeigewesen und hat alles untersucht. Daß so viel durchwühlt werden muß ...«

»Und der Herr Fabrikdirektor kann nicht möglicherweise ... irgendwo anders im Zimmer Geld versteckt haben? Ja, wir versuchen, für den Einbruch von gestern nacht eine Erklärung zu finden«, setzte ich mein Ablenkungsmanöver fort.

»Adolf soll etwas versteckt haben ...? So ein dummes Zeug habe ich noch nie gehört, ja, Verzeihung, daß ich es sage. Der Sekretär ist aus Walnußholz, eine gediegene Handwerksarbeit aus dem 18. Jahrhundert, und bestimmt genauso sicher wie ein Tresor. Und die Aktien und Obligationen hatte er in seinem Bankschließfach aufbewahrt.«

»Geheimzimmer?« wurde aus einer Ecke gepiepst. »Kann es hier möglicherweise Geheimzimmer geben ... unter einer losen Diele oder hinter einer Wand, hinter einem Gemälde oder so?«

Mommy schaute den Staatsminister an, wie nur ein altes Kindermädchen seinen eigenen dummen, geliebten, großen Jungen ansehen kann.

»Hier mache ich seit dreißig Jahren jeden Herbst und Frühling Großputz, und ich kann dir versichern, mein Junge, daß es so etwas wie ... lose Dielen oder ein Loch hinter den Gemälden nicht gibt. Was ist nur heute los mit dir? Bist du jetzt ganz verrückt geworden? Jetzt gehe ich jedenfalls auf den Dachboden und putze, ja, das muß erledigt werden, und jemand anders wird es wohl kaum machen. Falls jemand anruft, dann bin ich um halb sechs wieder unten. Und du unterstehst dich, dich noch einmal auf das ...«

Der Staatsminister vollführte in seiner Ecke versöhnliche Gebärden, und es gelang ihm, wie ein Novize aus einem der frommen, nicht streitsüchtigen Orden auszusehen.

Aber als Mommy an mir vorbei zur Tür trippelte, hörte ich ganz deutlich, wie sie murmelte: »Was für einen Jungen hat man da nur, was für einen Jungen ...«

»Wenn es hier etwas zu holen gibt, dann ist es also im Sekretär«, erklärte der Staatsminister nach einem ziemlich tiefen Stoßseufzer. »Weißt du was? Mommy und die Parteiführung sind die einzigen, vor denen ich ein bißchen Angst habe. Glaubst du, sie ist Sozialdemokratin?«

Ich gab meinem Zweifel in diesem Punkt Ausdruck und daß ich nicht begreifen konnte, inwiefern es von Bedeutung war, solange sie nicht zur Parteispitze gehörte. Aber gesetzt den Fall, verstand ich sehr gut, daß der geballte, autoritäre Druck schwer zu ertragen war.

»Gediegene Handwerksarbeit aus dem 18. Jahrhundert«, murmelte der Staatsminister und näherte sich dem Sekretär. »Dann hat er bestimmt ein Geheimfach. Du als Historiker mußt doch eine Menge wissen, wie ein Möbeltischler im Lauf der Zeit gearbeitet hat. Oder studiert ihr immer noch nur Karl XII.?«

Es war ihm gelungen, die Klappe zu öffnen, und er machte sich daran, die Schubladen aufzuziehen.

»Hier muß es irgendwo eine Feder geben«, murmelte er.

Die Hände tasteten die Seiten und die Rückwand ab.

Ich saß nach wie vor in meinem Spätempire-Stuhl und schaute seltsam gleichgültig zu und dachte mir, daß im Vergleich dazu mein Durchsuchen des Toilettenschränkchens völlig verblaßte. Aber bei seiner Macht und seinem Reichtum brauchte man sich vielleicht nicht so anzustellen und viel Rücksicht zu nehmen, und die Parteiführung war schließlich in Stockholm und Mommy auf dem Dachboden, und die beiden würden sich nie begegnen.

Und mir fielen all die anderen Gelegenheiten ein, da der Staatsminister skandalöse Situationen unter Wahrung seines Amtes, wenn auch unter Einbüßung seiner Ehre, überstanden hatte. Ich dachte an die Rede über die Empfänger von Niedrigeinkommen, an den Toilettenmord auf Lindö und an den Halbschlaf im Reichstag. (Bei einer denkwürdigen Gelegenheit gelang es dem Staatsminister, ausgerechnet im Reichstag in Schlaf zu sinken – bei laufendem Plenum. Das Unglück wollte es, daß die Kammer gerade über das Memorandum der konstituierenden Sitzung betreffs der Verwaltung des Amtes durch den Staatsminister debattierte. Ein konservativer Rechtsgelehrter behauptete gerade mit nasalem Pathos, dem Staatsminister sei in einer Ernennungsangelegenheit ein äußerst schwerwiegender Formfehler unterlaufen und habe etliche Paragraphen des Grundgesetzes mit Füßen getreten, als die Kammer und die Nation – da das Fernsehen die Sitzung übertrug – gewahr wurde, daß der Staatsminister in seiner kleinen Bank eingeschlummert war.

Alle Worte, er habe bloß die Augen der Konzentration wegen geschlossen, waren zum Schweigen verurteilt – es war für alle ganz offensichtlich, daß der Staatsminister das glückliche Stadium erreicht hatte, da sich die Seele erhebt und das Kinn sich absenkt. Ein Staatsminister-Kollege, der ihn hätte anstoßen können, war nicht zur Stelle, und das Fußvolk wagte nur zu hoffen, er möge rechtzeitig zur Einlassung von selbst wach werden. Als die Zeit gekommen war, rief der Reichstagspräsident – ein Mann der Rechten mit niederen Instinkten – ohne auf den seelenlosen Zustand der Regierung zu achten: »Erwiderung von Herrn Staatsminister und Chef des Innenministeriums!«

Als Antwort waren nur asthmatische Schnarcher und schweinsartige Grunzer zu vernehmen.

Als der Staatsminister allmählich zu Leben erwachte, taumelte er hinauf zum Rednerpult und hielt dort eine eigenartige, verworrene Rede, die vom Einfluß des Butterpreises auf die Rekrutierung der Polizei handelte.

Der Skandal war gewaltig und erstreckte sich auf alle Bereiche.

Die Opposition und deren Presse riefen in salbungsvollen Worten von Machtmißbrauch, Diktatur und offener Verhöhnung des Reichstages.

Das Fernsehen sendete die Szene in unaufhörlichen Wiederholungen – in ultrakurzen Abständen konnten der Sache allerdings keine neuen Erkenntnisse abgewonnen werden – und ließ den Film von drei Experten kommentieren, darunter ein Pathologe, der erklärte, der Staatsminister müsse unter Verengungen der Nasennebenhöhlen leiden.

Aus New York berichtete Arne Thorén über die Reaktion der Amerikaner.

Weniger seriöse Wochenblätter erschienen mit riesigen Fotos in unterschiedlichen Stadien des Vorfalls, garniert mit Überschriften wie: »Eine schlummernde Begabung?« und »Der Schlaf des Gerechten« und »Schade, daß es kein Ton-Foto gibt.«

Der Ministerpräsident kehrte mit dem Flugzeug von einer Messe in Schonen zurück, und die Regierung trat in corpore zusammen. Der Zusammenhalt war einzigartig und die Entrüstung allgemein. Der Kreis hatte am Vorabend in Harpsund getagt und über eine Gesellschaft der Gleichheit diskutiert, und die Haltung wurde vom Bildungsminister treffend zusammengefaßt: »Wer, zum Kuckuck, ist in der Lage, sich für hundertfünfzig Jahre alte Grundgesetze zu interessieren, wenn man die ganze Nacht lang bei einer Sitzung die Gesellschaft von morgen geformt hat?« und er versicherte, er finde schon lange, daß diese Debatten um Verantwortung den Beigeschmack von ungebührlicher Einmischung in die inneren Angelegenheiten der Regierung gehabt hätten, und der Ministerpräsident bat einen Sekretär zu notieren, daß die ganze Sache bis zum nächsten Grundgesetz vom Tisch sein mußte.

Man einigte sich schnell darauf, daß ein Staatsminister von Gewicht noch am selben Abend im Fernsehen auftreten und die Angelegenheit ins rechte Licht rücken müsse. Der Bildungsminister erklärte jedoch, daß er durch seine Teilnahme an einer seit langem geplanten, spontanen Demonstration gegen eine Militärdiktatur verhindert sei, und der Außenminister sagte, er könne ebenfalls nicht kommen, da er am Abend einen neuen, sozialistischen Diktator in Stockholms Arbeiterkommune zu empfangen und anzuerkennen habe. Der Handelsminister bot jetzt an, sich freiwillig zur Verfügung zu stellen, und mußte gewaltsam daran gehindert werden. Schließlich nominierte man den Finanzminister. »Du vermittelst so verdammt viel Sicherheit, und wenn die Leute begreifen, daß du nicht mit einer neuen Steuer ankommst, dann verzeihen sie dir alles«, lachte der Ministerpräsident vor sich hin. »Vergiß aber nicht, das Jackett aufzuknöpfen, damit man die Hosenträger und die Volksnähe sieht!«

Die ausschlaggebende Aktion – bei allem Respekt vor den Hosenträgern – sollte doch von dem zeitgleich mobilisierten

Abendblatt gestartet werden. Die Zeitung druckte in ihrer Mitte die schlimmsten Passagen des diskutierten Paragraphengestrüpps ab – sicherheitshalber veröffentlichte man einen Faksimiledruck von einer der Ausgaben aus dem frühen 19. Jahrhundert, in deutscher Frakturschrift und mit Stockflecken und allem Drum und Dran – flankiert auf einer Seite von dem schlafenden Staatsminister und auf der anderen von dem mürrischen Rechtsgelehrten in voller Aktion am Rednerpult. Rundherum band man einen Kranz aus zwölf Fotografien, die alle ein schrecklich schreiendes, kleines Kindergesicht mit weit aufgerissenem Mund zeigten. (Der Staatsminister hatte zu dem Zeitpunkt zwölf Kinder.)

Ganz oben auf der Seite war in Weltkriegsschwarz die Frage und Überschrift plaziert: AUCH DU WÜRDEST WOHL IM REICHSTAG EINSCHLAFEN, WENN DEINE 12 KINDER DIE GANZE NACHT GESCHRIEN HÄTTEN.

Darunter war ein Kupon angebracht, den man abreißen und an die Redaktion schicken sollte, nachdem man ein Kästchen mit ja oder eines mit nein angekreuzt hatte.

Die Resonanz war überwältigend: 213 725 Kupons wurden eingesandt. Davon trugen 213 212 das Kreuz – häufig männlich kraftvoll, gefühlsgeladen – im Ja-Kästchen, eine Majorität, die in der Geschichte der modernen Volksabstimmung nur von der übertroffen wurde, als sich die Norweger 1905 aus der Union mit Dänemark wählten.

Der Kupon war in vielen Fällen begleitet von spontan hingeworfenen Sympathiebekundungen und Ergüssen im Stil wie: »Ich habe nur drei Kinder, schlafe aber seit vielen Jahren – auch im Winter – auf dem Balkon.«

Der Staatsminister, der eine ehrliche, wenn auch naive Menschenseele ist, schrieb an die Zeitung und erzählte, seine Kinder wohnten in einem abgesonderten Teil des Hauses und er werde nachts nie von Geschrei gestört, wurde aber vom Chefredakteur brüsk dazu angehalten, sich nicht in die meinungsbildende Arbeit der freien Presse einzumischen, indem er ungebeten als Zeuge auftrete.

Weit entfernt von einer politischen Katastrophe für den Staatsminister betrachtete man die ganze Affäre mittlerweile als seinen Durchbruch beim Volk.)

Nach ungefähr einer halben Stunde hatte der Staatsminister die Feder gefunden.

Es knackte, als im Inneren des Möbels etwas zurückfiel und etwas sich vorschob.

Das Kuvert war nicht versiegelt, so daß ihm das schlimmste Verbrechen erspart blieb, aber er leerte es.

Der Inhalt landete auf der heruntergelassenen Klappe.

Er beugte sich vor, blätterte und las.

Dann schob er das in den Umschlag zurück, was er ausgeschüttet hatte, steckte ihn in die Tasche und machte sich daran, den Sekretär wieder in seinen ursprünglichen Zustand zu versetzen.

Beim Hinausgehen schlug er sich auf die Jackentasche und verkündete: »Das hier, mein Lieber, das erklärt eine ganze Menge!« Aber die Gleichgültigkeit saß mir in den Knochen, so daß ich mich nicht zu der Frage aufraffen konnte, was eine Menge erklärte.

15

Als die Dämmerung hereinbrach und die Zeit der grauen Katzen gekommen war, sagte der Staatsminister, er gedenke, abermals zur Hütte des Botschafters zu fahren.

»Er muß schließlich sein gesammeltes Material weiterleiten, und damit wartet er bestimmt, bis es dunkel ist. Mit ein bißchen Glück wird er seinen Verbindungsmann aufsuchen – der geheime Bericht ist so lang, daß er ihn unmöglich über Funk senden kann oder will. Du kommst doch mit, oder?«

Gott weiß, daß ich es nicht wollte, aber nachdem ich vergeblich versucht hatte, ihn dazu zu bewegen, von dem ganzen Unternehmen abzulassen, teilte ich ihm mit, daß ich vorhatte, ihm Gesellschaft zu leisten. Ich begriff nämlich nur allzugut, daß dem Grenzen gesetzt werden mußten, was sich ein Staatsminister, vollkommen sich selbst überlassen, in den Kopf gesetzt hatte. Ein älterer Mann, Studienrat und Schwager, seit langen Jahren an schwer erziehbare und unberechenbare Elemente gewöhnt, konnte womöglich, wenn schon nicht alles verhindern, so doch zumindest einige der größten Exzesse abwenden. Deshalb sah ich es als meine Pflicht an, den Staatsminister auch dieses Mal zu begleiten – meine Pflicht gegen ihn, gegen seine Familie und in der gegenwärtigen Situation auch gegen Land und Leute.

Der Staatsminister, viel zu naiv, um den eigentlichen Grund meiner Folgsamkeit zu erfassen, jubelte, zog sich Stiefel und einen unmöglichen, fleckigen Ledermantel an und verstaute uns mit einer kleinen Tasche im Auto, auch die aus braunfleckigem, lederartigem Material. Im Dämmerlicht konnte man sie mit ein bißchen ungesunder Phantasie für das kleine Kind des Mantels halten.

Kurz vor der Gartenpforte des Botschafters wälzte der Staatsminister den Wagen ins Gebüsch. Die Scheinwerfer schaltete er nicht aus, das hatte er schon getan, als wir etliche hundert Meter zuvor die breite Landstraße verlassen hatten.

»Hier stehen wir gut. Er kann uns nicht sehen, aber wir ihn oder zumindest die Hütte. Lehn dich nur etwas vor! Hm, er scheint noch zu Hause zu sein, zumindest im Flur brennt Licht und vor der Haustür. Kann er so gerissen sein, daß er sich mit dem Verbindungsmann in seinen eigenen vier Wänden verabredet hat? Ich dachte, das sei gegen die Regeln. Wenn du hierbleibst, schleiche ich mich an und ... sondiere das Terrain. Gib mir die Tasche, bitte!«

»Nein«, sagte ich mit fester, autoritärer Lehrerstimme. »Die Tasche bleibt hier.«

»Aber ...«

»Die Tasche bleibt hier.«

Als der Mann zögernden Schrittes im Gestrüpp verschwunden war, öffnete ich sie.

Der Inhalt übertraf meine schlimmsten Befürchtungen.

Kuhfüße, eigenartig geschmiedete Schlüssel, Gummiknüppel – für meine Begriffe eine ziemlich vollständige Ausrüstung an Einbruchswerkzeugen. Mit leichtem Schwindelgefühl wurde mir klar, was der Staatsminister hätte anrichten können, wenn man ihm freie Hand und die Tasche gelassen hätte. Und woher hatte er all das, all dieses Diebeswerkzeug? Aber als Chef des Polizeiwesens kommt man schließlich in Kontakt mit allen Kreisen ...

Im Gebüsch krachte es, und der Staatsminister tauchte auf und legte seinen Bericht ab.

»Er ist zu Hause!« Der Ton war anklagend und voller Anspielungen, als sei es ein Verbrechen, einen Abend in seinem eigenen Haus zu verbringen. »Die Jalousien in der großen Hütte sind runtergezogen, aber ganz unten ist ein Spalt, durch den man hindurchschauen kann, wenn man sich auf den Bauch legt. Er sitzt am Tisch und studiert eine Karte. Leider konnte ich nicht erkennen, was für eine. Er ist eine Weile aus dem Zimmer gegangen und da hätte ich wohl hineinkommen können, wenn ich nur meine Tasche dabeigehabt hätte ...«

Ich dankte Gott für meine Standhaftigkeit.

Er saß eine Zeitlang auf dem Trittbrett, schöpfte Atem und schmiedete Pläne, um dann abermals in die Nacht hinauszuschleichen. Als der Mond über die Bäume stieg, war er wieder zurück und verkündete, der Botschafter habe seine Beschäftigung nicht verändert.

Anschließend machte er in kurzen Abständen seine Ausflüge zwischen Auto und Haus, einer pervertierten Nachtwache gleich, die sich bis Mitternacht hinzog, als ich erklärte, daß jetzt die abendliche Fest- und Familienvorstellung beendet sei, jedenfalls für mich.

»Wenn du mich nicht nach Hause fahren willst, dann muß ich wohl zum Botschafter reingehen und ihn bitten, er möge mir ein Taxi rufen.«

»Nein«, schrie der Staatsminister, »nicht ins Haus! Da kannst du kein Taxi rufen. Denk' an die Nacht, in der ich dort angerufen habe ... Er würde glauben, daß ... ja, keine Ahnung, was er glauben würde, aber er würde dich auf der Stelle erschlagen!«

Ein wenig gerührt von seiner Sorge über den Fortbestand meiner Existenz, ließ ich eine letzte Runde zu, von der er zu seiner meuternden Besatzung zurückkehrte wie ein Kolumbus, der in letzter Minute sein Amerika gefunden hatte.

»Er kommt jetzt raus! Als ich an den Spalt getreten bin, hat er am Telefon gestanden, sich dann auf einen Stuhl gestellt und mit einem Lineal auf einem hohen Schrank herumgeschabt und dabei ist die Aktentasche heruntergefallen; er hat eindeutig das Versteck gewechselt. Dann hat er eine Taschenlampe geholt und ... Guck, jetzt schaltet er das Licht über dem Eingang aus!«

Es stimmte tatsächlich.

Obgleich ich nicht genauso euphorisch wie der Staatsminister war, daß ein verspäteter Abendspaziergang als endgültiger Beweis für verbotene Agententätigkeit gelten konnte, war es ohne Zweifel interessant, daß er beim Verlassen der Hütte die Türbeleuchtung löschte.

Dann sprang ein Auto an und Sekunden später glitt ein dunkles, konturloses Etwas an uns vorüber.

»Wir verfolgen ihn!« zischte der Staatsminister, und ich fiel in die Rückenlehne zurück und spürte dunkel, daß jetzt der Teufel los war.

Wohlbehalten auf der Landstraße angekommen, schaltete der Schatten vor uns seine Scheinwerfer ein. Der Staatsminister ergriff allerdings nicht solche bürgerlichen, konventionellen Maßnahmen.

»Das Licht würde uns verraten und ihn warnen«, rückte er mit der Sprache heraus, beugte sich vor und blinzelte, einer halbblinden Greisin nicht unähnlich, die den Namen ihres Lieblingspastors auf der kleingedruckten Predigtliste für den nächsten Sonntag suchte.

»Potztausend, er nimmt die Straße nach Harpsund!« rief er, als das Lichtbündel vor uns nach links abbog – in den Wald. Hier würde sich ein Vorwärtskommen schwieriger gestalten.

So kam es auch.

Auf der breiten Straße noch hatte uns der Mond ein wenig Licht gespendet, hier aber, zwischen dem dichten Geäst, war die Dunkelheit nahezu vollkommen. Als einziges sah man streng genommen nur die Rücklichter und Scheinwerfer am Wagen des Botschafters. Die halbblinde Greisin an meiner Seite war zurückgesunken, als sei sie resigniert und habe Frieden bei dem Gedanken gefunden, daß der Herr ihr den rechten Weg schon weisen werde. Und offenbar befanden wir uns nach wie vor auf dem schmalen Pfad, denn ich spürte, wie wir gegen Pfosten und Vegetation stießen, und hörte, wie Teile sich lockerten und abfielen. In einem Moment eiskalter Gleichgültigkeit gegen mein Schicksal fragte ich den Staatsminister, wie es um seine Versicherung bestellt sei, und er antwortete, daß er seltsamerweise keine Gesellschaft habe finden können, die bereit gewesen wäre, sein Fahrzeug zu versichern. »Und trotzdem habe ich immer nur äußere Schäden«, fügte er hinzu und klang, als sei er der Meinung, das gesamte Gewerbe verdiene sozialisiert zu werden.

Indessen, alles hat einmal ein Ende, und es trat gerade dann ein, da der Staatsminister das Seitenfenster heruntergekurbelt und geschrien hatte: »Wenn es nach Kuhstall riecht, sind wir da!«, als die gesunde Landluft uns auch schon entgegenschlug und sich die Lichtbündel vor uns verabschiedet hatten und mit ihnen die roten Katzenaugen.

Der Staatsminister bremste und befreite sich aus seinen Gurten.

»Wohin, zum Kuckuck, ist er abgehauen? Er ist doch wohl nicht etwa einfach durch die Pforte *gefahren*? Unverschämtheit ...«

Er wurde von der Dunkelheit verschluckt, die ihn jedoch gleich wieder ausspuckte.

»Er ist dabei, auf dem Gelände vor der Pforte zu parken! Beeil' dich jetzt, wir werden ihn auf frischer Tat ertappen, die Aktentasche hat er dabei! Wo ist die Taschenlampe? Teufel auch! Aber hier ist wenigstens das Abschleppseil, falls er Widerstand leistet und gefesselt werden muß. Du kannst doch wohl ein paar gute Knoten? Mein Gott, beinahe hätte ich die Tasche vergessen!«

Aber noch nicht einmal die Tasche konnte mich noch schrecken. Die Fahrt war derart über alle Maßen grauenhaft gewesen, daß ich nur eine intensive, überwältigende Erleichterung empfinden konnte, mit heiler Haut auf dem Kiesweg zu stehen.

In der Verlängerung des Weges, wo der Botschafter und sein Licht verschwunden waren, erahnte ich eine weiße Steinmauer und über dieser waren schemenhaft Horizont und Sterne über hohen, ernsten Bäumen zu erkennen, zu deren Wurzeln, wie ich erkannte, der Wohnsitz ruhte.

Vor uns lag der Harpsundsee schwarz und still.

16

Der Staatsminister zupfte an meinem Mantelärmel und schaute mich an wie ein bewegungshungriger Boxer sein fußlahmes Herrchen und fiel in angestrengten Trab.

Ich hatte nicht gesehen, daß er verborgen zwischen den tiefen Schatten des Hauses auf der Hinterseite stand. Aber als wir durch die Pforte traten, müssen ihm die Nerven durchgegangen sein, denn wir hörten schnelle Schritte über den Kies fliehen.

»Er nimmt den Weg durchs Eingangstor!« flüsterte der Staatsminister heiser. »Wir fangen ihn auf der Terrasse ab!«

Der Gedanke war gut, die Ausführung jedoch war dilettantisch.

Ich nahm einen kräftigen Aufprall, einen halb erstickten Schrei und einige dumpfe Aufschläge wahr.

»Verfluchte Urnen!« kam es aus dem Dunkel.

Ich folgte ihm vorsichtig, machte dort fünf Schritte, wo er nur einen getan hatte, und stand auf dem Rasen, der unbebaut und uneben sich gen See erstreckte.

Rasen und Terrasse waren menschenleer, aber von irgendwoher kam das Geräusch eines rennenden Menschen.

»Er ist auf der anderen Seite der Hecke!« Der Staatsminister war wieder auf den Beinen, fauchend wie ein wütender Schwan. »Will zum Bootssteg!«

Ich hätte es gewiß vorgezogen, den Park und die Anlagen in entspannterer Atmosphäre und in einer anderen und vorteilhafteren Beleuchtung zu besichtigen, die Ortskenntnis des Fremdenführers allerdings war nicht zu beanstanden. Offensichtlich kannte der Staatsminister im Park jeden Baum und Strauch – möglicherweise mit Ausnahme der einen oder anderen Urne.

In mein Keuchen mischte sich plötzlich das Geräusch von spritzendem Wasser und des Schlagens von Holz auf Holz.

»Das Ruderboot!« schrie der Staatsminister. »Er flieht mit dem staatseigenen Ruderboot! Aber hier muß auch ein Paddelboot liegen, und das nehmen wir!«

Unversehrt auf dem Bootssteg angekommen, konnte man nur noch konstatieren, daß er abermals recht gehabt hatte, abgesehen davon, daß das Paddelboot fort war und das Ruderboot noch dalag.

Es war angekettet und abgeschlossen, doch der Staatsminister rief, er habe den Schlüssel, und in dem Augenblick zweifelte ich nicht daran, daß er zum innersten Zirkel der Macht gehörte und mit allen Geheimnissen des Landes vertraut war.

»Sitz gerade im Boot!« befahl er und hieb mit den Rudern aufs Wasser ein. Nässe spritzte auf Hände und Hals, das Boot krängte, und das Ganze begann mich an eine Klassenfahrt zu erinnern, die ich in jungen Jahren zur Insel Visingsö unternommen hatte und die meine letzte gewesen war.

Über dem Wasser war mehr Licht als zwischen den Bäumen im Park, und schräg über dem Heck sah ich weißen Schaum und eine gebeugte Gestalt bei der Arbeit.

»Er paddelt um die Halbinsel«, stellte der Staatsminister fest und legte sich nach einer gekonnten Drehung der Hüfte wieder in die Riemen. »Wahrscheinlich hat er im Freibadehaus eine Verabredung mit seinem Verbindungsmann. Halt mich auf Kurs!«

Ich hielt ihn auf Kurs, und wir umrundeten die Halbinsel.

Doch im Freibadehaus waren weder Botschafter noch Verbindungsmänner, und im Schilf lag das verlassene Paddelboot.

»Lauf den Strand zurück zum Haus!« brüllte der Staatsminister und entschwand zu einem kleineren Bergmassiv.

Ich zögerte, gehorchte aber dem Befehl, als ich bemerkte, daß mein Weg mich ausgetretene Pfade entlangführte. Nach kurzem Fußmarsch begann ich indessen darüber nachzugrübeln, ob Verbindungsmänner möglicherweise scharf auf ihre Verfolger schossen – ich war mir im klaren, daß ich eine gute und verlockende Zielscheibe abgeben mußte, wie ich da mit Wasser und Himmel im Hintergrund entlangging. In meinem erschöpften Zustand schien es mir, als blieben mir nur zwei Möglichkeiten. Ich konnte versuchen, so entkräftet zu wirken, daß der Verbindungsmann es als nicht *lohnenswert erachtete,* das Feuer auf mich zu eröffnen. Oder aber – und das war schwieriger – konnte ich probieren, den Eindruck von Vitalität und Stärke zu erwecken, so daß er nicht *wagen* würde, es zu tun. Zu einem endgültigen Entschluß konnte ich mich allerdings nicht durchringen, sondern mal schleppte ich mich wie ein Wrack dahin, mal schritt ich wie ein Preuße aus. Ich bin fest davon überzeugt, daß in einem wachsamen Verbindungsmann an dem Abend wenn schon keine Angst oder kein Mitleid, so in jedem Fall doch Verwirrung aufgekommen sein mußte.

Als ich die Treppe zum Rasen erklomm, löste sich der Staatsminister von einer Hecke und warf sich mit dem Abschleppseil auf mich – als ich gerade ausschritt wie ein Preuße.

Nachdem er seinen Irrtum erkannt und mich dafür gerügt hatte, zog er mich auf die Terrasse.

Sie war menschenleer.

»Wohin ist er verschwunden?« schnaufte der Staatsminister.

Ich sagte – dummerweise – daß er sich vielleicht ins Haus geschlichen hatte.

Wir suchten die Fassade mit Blicken ab. In allen Fenstern war es dunkel.

»Wir müssen hinterher«, befand der Staatsminister mit Nachdruck. »Ich habe keinen Schlüssel, und wir können auch nicht an die Haustür klopfen, denn damit warnen wir ihn und er verduftet. Er muß auf frischer Tat ertappt werden. Er hat natürlich einen Dietrich gehabt und jetzt hinter sich abgeschlossen und sucht da drinnen nach neuem Material. Was für eine bodenlose Frechheit, ein Regierungsgebäude zu durchwühlen, während die Exzellenzen eine Treppe höher schlafen! Was für ein Glück, daß wenigstens ein Mensch wach ist …«

Er hatte bereits begonnen, in seiner Tasche zu kramen und etwas hervorgeholt, das aussah wie eine Ahle.

»Hast du schon einmal einen Diamantenschneider gesehen? Man schneidet bei den Haken ein Loch in die Scheibe, steckt dann die Hand hindurch und öffnet das Fenster.« Er näherte sich einem französischen Fenster. »Das hier ist der grüne Salon. Ich weiß nicht mehr genau, wie der Schnitt angesetzt werden muß, aber … Warte, man braucht auch Klebefolie! Mit der fängt man die Glassplitter ab, damit sie nicht ins Zimmer fallen und einen höllischen Lärm machen.« Er lachte verlegen. »Ja, ich bin zwar nur ein Amateur, aber ich habe mir oben im Ministerium ein paar Unterrichtsstunden vom finnischen Karlsson geben lassen, von dem Sprengstoffattentäter, den ich zu Pfingsten begnadigt habe, und er hat gesagt, ich hätte die Begabung für Größeres. Aber wo, verdammt noch mal, ist die Klebefolie? Heute morgen war sie noch in der Tasche. Hast du sie rausgenommen? Ich muß es dann eben auch ohne hinkriegen. Aber es wird ein fürchterliches Geklirr geben, wenn das Glas runterfällt …«

Er trat einen Schritt zurück.

»Willst du es vielleicht versuchen? Nein?«

Wir sahen es beide.

Die weiße Tüllgardine, die von der Nachtbrise ergriffen wurde und für eine Sekunde wie ein wirbelnder Schleier aus dem halb geöffneten Fenster über uns in der ersten Etage flatterte.

Doch nur der Staatsminister konnte auf eine so schwachsinnige Idee kommen.

»Eine Leiter!« zischte er. »Wir brauchen eine Leiter. Mach schon, es hängt eine auf der Rückseite des Pförtnerhäuschens!«

Unglücklicherweise hatten ihn seine Ortskenntnisse auch diesmal nicht getrogen.

Da hing eine Holzleiter, lang, dünn und wackelig, und der Staatsminister trug das vordere Ende, und ich ging hinten zwischen den Sprossen, wie in einem bösen Traum gefangen. Aber ich spürte, für einen Traum war er physisch äußerst anstrengend.

Auf der Terrasse übernahm der Staatsminister allein die Leiter, um sie ans Fenster zu stellen. Für ein paar Augenblicke sah es so aus, als würde sie ihn überwältigen, und er tanzte mit ihr im Arm einige makabere, lautlose Stiefelschritte, ehe sie an Ort und Stelle landete.

»Es ist bestimmt Strängs Zimmer. Er ist ein richtiger Frischluftfanatiker. Gib mir mal bitte den Gummiknüppel! Habe ich schon erzählt, wie er in seiner Jugend auf dem Fahrrad mit Agitations-Schriften herumgefahren und nach Kvänum gekommen ist, und von dem Pfarrer mit den fünf heiratsfähigen, gut gebauten Töchtern?«

Er hätte mir vom Gesicht ablesen können, daß ich zum gegenwärtigen Zeitpunkt kein Interesse an derlei Dingen verspürte. Hat man die Aufgabe, eine Leiter festzuhalten, durch die sich der Justizminister des Landes um ein Uhr in einer Sommernacht Zutritt zum offiziellen Landsitz des Ministerpräsidenten verschafft, um spionierende Botschafter mit Gummiknüppeln zu jagen, hat man anderes zu tun, als sich die Geschichte von einem Provinzpfarrer und seinen fünf heiratsfähigen, gut gebauten Töchtern anzuhören.

Da will man nur noch sterben.

»Doch während der Vater die Hochmesse verlesen hat, hat er sich mit ihnen im Pfarrhof eingeschlossen und eine Gewerkschaft gegründet. Und als der Papa von Pfarrer wieder von der Kirche zurückgekommen ist, hat er ihn zum Stellvertreter gemacht. Keine Angst, er schläft immer wie ein Murmeltier. Aber gib mir trotzdem am besten die ganze Tasche. Vielleicht brauche ich einen Kuhfuß zum Aufbrechen, falls sich der Botschafter ins Badezimmer einschließt.«

Die lange Leiter bog sich gewaltig. Schon von Anfang an hatte sie da oben am Fenster gelehnt wie ein Landungssteg mit Hohlkreuz, und das Gewicht des Staatsministers verlieh ihr jetzt die Kontur einer Frau in weit fortgeschrittener Schwangerschaft.

In der Situation und in dem Moment hob ich mit abgestorbenen Armen die Tasche hoch in die Luft; der Staatsminister kniete sich hin und streckte sich danach aus.

»Danke ...«, flüsterte er.

Und dann brach die Leiter mitten entzwei, und der Staatsminister stürzte mit der Tasche und den Füßen voran gegen die Hausfassade und verschwand durch das große Fenster im Erdgeschoß, mit dem gleichen Geräusch und dem gleichen Tempo, als wenn ein nachlässig gehandhabter Betonklumpen das Eis einer Nacht durchschlägt.

Die dünnen Gardinen wurden aus ihren Verankerungen gerissen, und das Licht schlug mir entgegen wie aus einer anderen Welt.

Ich wankte vorwärts, stützte mich auf das Fensterbrett und starrte die Menschen dort drinnen in dem Zimmer an.

Sie starrten zurück, schweigend, versteinert, wie Gestalten in einem Wachsfiguren-Kabinett.

Und ich erkannte sie alle, genauso wie es in einem Panoptikum sein soll.

Am Tisch in der Ecke, den Telefonhörer in der Hand und den Mund eigenartig aufgerissen, saß der Außenminister.

Der Ministerpräsident unter dem Kronleuchter machte einen Riesenschritt.

An den Flügel gelehnt hing der Bildungsminister.

In einem Lehnstuhl dem Außenminister gegenüber saß der Botschafter.

Und auf einem kleinen Teppich gleich unter dem Fenster lag der Staatsminister, zwischen Glasscherben und Holzleisten, bekleidet mit Stiefeln und Ledermantel, noch immer mit der Tasche in der einen und dem Gummiknüppel in der anderen Hand.

Doch dann kam Leben in das Bild.

Der Außenminister erhob sich halb und rief aus dieser hockenden Stellung in den Telefonhörer: »Mr. Secretary General, Mr. Secretary General …«

Der Bildungsminister prallte gleichsam in die Mitte des Zimmers zurück, wo er mit dem Ministerpräsidenten heftig zusammenstieß und sich mit ihm verfing.

Der Botschafter krallte sich an der Tischkante fest, als sei sie die einzige Stütze in seinem Leben.

Und auf dem kleinen Teppich befreite sich der Staatsminister aus den Gardinen, dem Fensterrahmen und kam auf die Knie, wobei die Tasche aufsprang und sich Kuhfüße, Dietriche und Diamantschneider über den Boden ergossen. Er schaute über die Karlssonsche Mischung hinweg und raffte etwas an sich.

»Die Klebefolie! Ich habe doch gewußt, daß sie irgendwo zum Vorschein kommen würde!«

Dann bahnte er sich den Weg durch die hohe Versammlung, erreichte den Schreibtisch, nahm dem Außenminister den Hörer aus der machtlos herabgefallenen Hand und rief: »Mr. Thant, I presume?«

In dem Augenblick hörte ich aus der Dunkelheit hinter

mir ein unmenschlich langgestrecktes Heulen. Ich hatte diesen Laut vorher schon einmal gehört und wußte, was es zu bedeuten hatte.

Der staatseigene Hund war langsam erwacht und begann, seine Pflicht als Wächter zu erfüllen.

Ich zögerte nicht.

Mit einer letzten, übermäßigen Kraftanstrengung hievte ich mich durch den nackten Fensterrahmen und schloß mich der Gesellschaft an.

Ich landete auf dem kleinen Teppich, der nach dem Fortgang des Staatsministers verwaist war.

Aber dort durfte ich nicht allein ruhen.

Ein zottiges, kehlig gurgelndes Etwas schoß durch das Fenster.

Mit den Tatzen auf meiner Brust brachte der staatseigene Hund zum zweiten Mal innerhalb von 48 Stunden seine speichelglänzenden Hauer meinem Hals gefährlich nahe.

Und er zeigte nicht das geringste Anzeichen eines Wiedererkennens.

Ich tastete über den Boden und spürte, wie sich die Hand um etwas schloß, das sich wie der Gummiknüppel des finnischen Karlsson anfühlte.

Ich erhob ihn und ließ ihn mitten zwischen die feindseligen, leicht hervorstehenden Augen niederfahren.

Dann wurde alles schwarz.

Ich erinnere mich, daß ich in meinem letzten luziden Augenblick hoffte, daß es dem staatseigenen Hund auch so erging.

17

Es war Viertel vor zwei Uhr, als wir nach Ädelsta zurückfuhren – jetzt mit eingeschalteten Scheinwerfern.

»Es war für dich bestimmt nett, den Ministerpräsidenten und den Außenminister kennenzulernen! Und Palme, von dem du schon so viel gehört hast!«

Der Staatsminister sah zufrieden aus, pfiff ein Liedchen vor sich hin, das meiner Erfahrung nach den Fritjof-Andersson-Parademarsch darstellen sollte.

Ich stützte den Kopf in die Hände. Er kam mir wie der eines Fremden vor, und ich wünschte, es wäre auch tatsächlich so gewesen.

»Ich finde, mir ist eine richtig gute Erklärung für die Sache mit der Leiter eingefallen«, fuhr das in Leder gewandete Ungeheuer am Lenkrad fort. »Daß ich bei einem Routine-Kontrollgang entdeckt habe, daß ein Fenster im ersten Stock angelehnt war, und es in meiner Eigenschaft als Chef der Staatspolizei für meine Pflicht erachtet habe, hinaufzuklettern und es zu schließen. Ganz natürlich und ziemlich einfallsreich, muß ich sagen. Außerdem fast die Wahrheit. Aber wie hätte ich denn wissen können, daß U. Thant den Außenminister gestern gebeten hat, einen Vermittler in der Krise in Swahili vorzuschlagen, und daß er dumm genug gewesen ist, sich an den Botschafter zu wenden, der fünf der Swahili-Dialekte fließend spricht? Oder daß er ihm zur Orientierung vor der Aufgabe ein Exemplar der streng geheimen Berichte über die Beurteilung der Weltlage der schwedischen Regierung gegeben hat? Oder daß der Auftrag so brenzlig und eilig war, daß sie mitten in der Nacht zusammentreten mußten und daß der Botschafter Anweisungen erhalten hat, um jeden Preis ihn verfolgende Presseleute abzuschütteln? Geheimdiplomatie! Pfui Teufel! Ich habe gute Arbeit geleistet, finde ich, als ich das Fenster sperrangelweit geöffnet und ihre zweifelhafte Politik aufgedeckt habe. Werde morgen im Abendblatt bestimmt gelobt.«

»Wenn du es wenigstens geöffnet hättest!«

»Aber ich habe U. Thant erklärt, wie ich die Sache sehe.«

»Mein Gott, hast du dich etwa auch noch in die Außenpolitik eingemischt? Das ist das Ende!«

»Das Ende? Mein Lieber, das ist erst der Anfang! Bei der Regierungsumbildung im Herbst werde ich bestimmt Außenminister. Jetzt, da ich das Abendblatt hinter mir habe.«

»Was hat U. Thant gesagt? Er muß den staatseigenen Hund doch gehört haben!«

»Er hat wohl nur geglaubt, es sei der Außenminister gewesen, sein Englisch klingt leicht wie Keuchen.«

»Aber er muß doch den Eindruck gehabt haben, hierzulande seien innere Unruhen ausgebrochen! Bellende Hunde und eingeschlagene Fenster im Wohnsitz des Ministerpräsidenten!«

»Aber nein, das hat er bestimmt nicht gedacht.«

»Und woher willst du das wissen?«

»Ich habe gesagt, es sei Krieg. Ja, ich wollte ›innere Unruhen‹ sagen, aber dann bin ich nicht mehr drauf gekommen, wie das auf englisch heißt. Darum habe ich gesagt, es sei Krieg. ›Krieg‹ weiß ich auf englisch. ›War.‹ Es heißt ›war‹«, wiederholte er mit selbstzufriedener Miene.

»Du hast gesagt, es sei Krieg?«

»Ja.«

»Er wird den Sicherheitsrat einberufen!«

»Ja, so hat es sich tatsächlich auch angehört. Aber sie wollten wegen der Swahili-Krise ohnehin zusammentreten.

Wenn ich ihn recht verstanden habe, gedachte er, dem Rat vorzuschlagen, sofort einen Vermittler für Schweden zu ernennen.«

Ich spürte, wie mich jeder weitere Augenblick in Gesellschaft des Staatsministers mehr schwächte, wie mir die Kräfte schwanden, und ich schrie in Seelenqual.

Er sah mich aus den Augenwinkeln an.

»Aber, mein lieber Vilhelm, du siehst ja vollkommen mitgenommen aus! Ist es wieder der Darm, hast du vielleicht etwas Falsches gegessen? Da drinnen auf dem Teppich machtest du eine Weile einen richtig drahtigen Eindruck. Du hast dem staatseigenen Hund einen Haken direkt in die Schnauze verpaßt, so daß der Ministerpräsident zu Ammoniak greifen und zehn Minuten lang Mund-zu-Mund-Beatmung machen mußte. Er hat gesagt, es sei erstaunlich, wie man sich dazu verleiten lassen konnte, ein historisches Kleinod so zu behandeln, er selbst traut sich ja noch nicht einmal, ihm ein anderes Halsband umzubinden, ohne den Landesarchivar und den Finanzminister um Erlaubnis zu bitten, doch, doch, auch er ist für eine Weile heruntergekommen, hat gesagt, dies sei das Brutalste gewesen, das er zu Gesicht bekommen hat, seit er Fahrrad fahren gelernt hat und ins politische Leben eingetreten ist.«

Ich schloß die Augen und lauschte mit Wohlbehagen, wie das wilde Tier in mir einen jaulenden Lobgesang an seine heidnischen Jagdgötter anstimmte, da es ihm vergönnt gewesen war, wenigstens einen seiner Feinde zur Strecke zu bringen.

Ich hatte einen Traum ...

In Gesellschaft des Staatsministers besuchte ich ein Galadiner im Stockholmer Schloß ... Unter den Gästen befanden sich – außer den Mitgliedern des Königshauses – die Exzellenzen des Landes und die Reichstagspräsidenten, Mitglieder des obersten Gerichts und der Präsident des Königlichen Kammergerichts, die Herren Ritter des Serafin-Ordens und die Träger des Karl-XII.-Ordens ... An alles kann ich mich nicht erinnern, doch der Staatsminister war bereits beim Seezungenfilet zur Hochform aufgelaufen, und die Teile des brasilianischen Silberservices klapperten wie nervöse Kastagnetten auf dem in Damast gehüllten Tisch ... Als er dann, beim Kaffee, entlang der weißen Wände ein Rad schlug, sank die Prinzessin ihrer Hofdame an die Brust, und der Hofmarschall hob seinen Stab und rief die Große Wache des Königs ...

Es war ein so schrecklicher Traum, daß ich vor Angst schrie und schweißgebadet aufwachte, aber mich erinnerte und begriff, daß im Vergleich zur erlebten Wirklichkeit die Nachtmahre des Traumes zu einem Nichts verpufften ...

Der Entsetzliche saß an meinem Bett und schaute mich an, wie ein Obduzent etwas betrachtet, das sich schon bald in eine unwiderstehliche Leiche verwandeln konnte.

»Ist es immer noch der Magen? Du hast gestrampelt und dich wie eine Schlammringerin aufgeführt, die vorübergehend den Kontakt mit der Gegnerin verloren hat. Ich muß sagen, dafür daß du so krank bist, siehst du unglaublich gesund aus. Bloß ein wirklich Gesunder und ein ernsthaft Kranker wären imstande, ein Leben wie deines zu führen. Abends lange auf, nachts unterwegs, im Bund mit Hunden und Einbrechern, den einen Tag vergiftet und k. o. geschlagen, den anderen ...«

Er hatte Tee auf einem Tablett gebracht, und dieses Gebräu rettete mir den Verstand. Bei der zweiten Tasse gelang es mir zu fragen, warum er nicht in Harpsund sei, doch da brach alles wieder über mich herein und ich zusammen. Während der Staatsminister die Scherben aufsammelte und den Teppich mit einem Taschentuch trockenwischte, erzählte er, daß an jenem Tag die Konferenzen schnell abgesagt worden seien. Der Bildungsminister war unpäßlich, und neue Fenster mußten eingesetzt werden, und der Außenminister war am frühen Morgen mit dem Hubschrauber ins Außenministerium gebracht worden, wo er pausenlos an Konferenzen teilnehmen mußte.

Ich schlug und biß wie ein lärmgeschädigter Nerz um mich.

»Jetzt begreifst vielleicht auch du in all deiner blinden Verstocktheit, daß der Botschafter unschuldig ist, oder?«

»Mag sein, daß er kein Spion ist. Aber ein Mörder kann er trotzdem sein.«

»Glaubst du tatsächlich, daß U. Thant und der Außenminister als Vermittler in einer ernsten internationalen Krise einen Mann ernennen würden, der auch nur im mindesten …«

»Mein Lieber, das besagt doch gar nichts! Ich könnte dir erzählen …«

Doch ich bat ihn, es zu lassen.

Er holte ein kleines Transistorradio aus der Jackentasche.

»… Generalsekretär U. Thant teilte heute mit, er habe den Schweizer Diplomaten du Lauterre zum Vermittler in der Krise in Swahili ernannt. Zugleich erklärte der Generalsekretär, er verfolge mit größter Aufmerksamkeit die Entwicklung der Ereignisse in Schweden, und er rief die schwedische Regierung und das schwedische Volk mit Nachdruck auf, die Kontroversen im Land mit Ruhe und Besonnenheit zu lösen …«

»Hoffentlich hat Torsten im Außenministerium das Radio an«, sagte der Staatsminister und spazierte mit dem Tablett hinaus, im Takt einer freien und schauderhaften Interpretation des Fritjof-Andersson-Marsches.

18

Meine Hoffnung bestand darin, den Tag in Ruhe verbringen zu dürfen, doch beim Mittagessen tauchte Therese Doolck-Carlsson auf, ließ sich unaufgefordert häuslich nieder und aß – alles während sie beteuerte, sie wolle nichts haben – mein Toastbrot auf und trank von meinem Tafelwasser. Sie hätte auch meine Serviette zum Abschluß ihrer Sinneswandlung benutzt, wenn ich mich nicht darauf gesetzt hätte.

Als Mommy und Lotta in die Küche gegangen waren, fuhr die Schriftstellerin mir mit ihrer großen Nase ins Gesicht, und ich konnte nur noch denken, daß es doch mit dem Teufel zuging, daß sic sich keine Brille zulegte, ehe sich einer der doolck-carlssonschen Monologe über mich ergoß, der zu gleichen Teilen mit Speichel, Ausrufen und Fragen gespickt war.

»Hat die Polizei noch keine Spur? Und was ist mit diesem Staatsminister da, der mit seinem Notizbüchlein herumläuft und so herzzerreißend einfältig aussieht? Hat er keine Mutter, die auf ihn achtgibt? Ist er verheiratet? Ja, es gibt viele Frauen, die einem leid tun können. Olivia hat bei ihrem Bankdirektor auch nichts zu lachen – ist er nicht in der Bank, dann ist er beim Pferderennen, wenn man den Abendzeitungen trauen darf. Aber der Schwiegervater ist gestorben, und man muß mit den Anlässen zur Freude behutsam umgehen. Und auch zur richtigen Zeit. Bald wird man sagen, in den sechziger Jahren gab es einmal eine Zeit, da war es von Vorteil und wirtschaftlich klug zu sterben, nachdem sie die Nachlaßsteuer abgeschafft, aber ehe sie die Erbschaftssteuer erhöht haben. Die Frau des Generals war nicht so dumm, wie sie ausgesehen hat. Ist einfach verduftet, hat den Zeitpunkt abgepaßt, als der Kerl auf Manöver war. Hat sich nicht besonders gelohnt, diesen kleinen Wicht zu heiraten! Ein Offizier sollte groß und wettergegerbt sein, und die Kommandos sollten ihm wie Rauch aus dem Mund strömen. Das einzige, was man von unserem General hört, das ist das Auto. ›Warum haben Sie nicht geheiratet, Fräulein Doolck?‹ fragen die Journalisten. Woher hätte ich denn einen geeigneten Kerl nehmen sollen, wenn ich mit meinen vierzig Jahren noch nicht einmal einen brauchbaren Dosenöffner habe finden können?«

An dieser Stelle kam Mommy herein und rettete mich.

Beim Nachmittagstee traf dann General Ygdecrantz in Wikkelgamaschen und allem Drum und Dran ein, inklusive dem Geruch von frischer Gülle.

Er ergriff Mommys Hände und schüttelte sie, lange und behutsam und gleichsam im Takt zu unhörbaren Kirchenglocken – so wie ein Mann von Welt eben Hände schüttelt, wenn eine Frau trauert.

»Liebe Mommy, ich will nicht stören! Ich war in der Stadt und habe einen Traktor gekauft, ein nur wenig gebrauchtes Modell und zu einem sehr vorteilhaften Preis, und da habe ich mir gedacht, ich schaue einmal herein und frage, ob ich dir irgendwie behilflich sein kann.«

Mommy schien von seiner Fürsorge aufrichtig gerührt zu sein.

»Wie lieb von dir, Patrick! Wir trinken gerade Tee, und es ist genug für einen weiteren Gast da. Nein, es macht überhaupt keine Ungelegenheiten, nett, daß du zu Besuch gekommen bist!«

Obgleich er sich recht heftig zierte, ließ er sich am Ende im Plüschsessel nieder. Dafür, daß er so schmächtig und im bleichen Gesicht so faltig war – was man an Haut oberhalb der Wickelgamaschen sah, könnte nach einer Woche in feuchtwarmen Umschlägen soeben ausgepackt worden sein –, besaß er einen erstaunlichen, obgleich etwas sprunghaften Appetit. Er verleibte sich ansehnliche Mengen von dem ein, was auf dem Kuchenteller lag, und nahm hier einen Bissen und dort, wie eine schwindsüchtige Kuh auf einem Versuchsfeld. Auch seine Konversation war unkonzentriert; sie erstreckte sich über weite Gebiete, schien jedoch vor allem von Traktoren, Feuerversicherungen und verstorbenen Fabrikdirektoren zu handeln. Am Ende stabilisierte sie sich beim Letztgenannten, und ich freute mich zu beobachten, wie sich Mommys mitgenommenen, aschfahlen Gesichtszüge aufhellten, als die Person und das Werk des Bruders gepriesen wurden.

»Ist die Polizei sehr lästig und aufdringlich gewesen?« piepste er plötzlich wie zum unvermittelten Abschluß seiner Leichenpredigt. »Die wühlen doch überall herum, wenn man sie nur läßt. Und sie haben keine Ahnung, wer ... wie ...? Ich habe gehört, hier ist auch eingebrochen worden. Und obendrein auch noch in Adolfs Schlafzimmer! Darf man ... Könnte ich einen Blick hineinwerfen? Aber bleib doch bitte sitzen ... danke, danke! Nein, zieh' nicht für mich die Gardinen zurück! Mir ist, als spüre man Adolfs Gegenwart hier drinnen besonders deutlich! Alles ist auch noch genauso, wie es war, als er noch gelebt hat. Die Luft, die Möbel ... ich frage mich ... Ich hoffe, Mommy, du nimmst es mir nicht übel, daß ich es anspreche, aber ... doch, es ist so, daß ich schon immer Adolfs Sekretär bewundert habe und mir gedacht habe, er würde so hervorragend in mein Schreibzimmer passen, zusammen mit den Stühlen und dem Tisch aus dem 18. Jahrhundert. Ist er nicht schön? Schaut doch nur die Behandlung des Holzes und die Form an!«

Ich schaute mir die Form an. Am ehesten erinnerte das

Stück an einen Leichensarg auf Beinen für einen kräftigen und boshaften Zwerg, bei dem man sicher sein wollte, daß er da blieb, wo man ihn hingelegt hatte.

»Mommy, du hättest wohl nichts dagegen ... Könnte ich ihn nicht kaufen?«

Einige Sekunden starrte sie ihn nur an.

»Aber mein lieber Patrick, ich kann doch nicht anfangen, Adolfs Möbel zu verkaufen! Alles hier im Haus gehört jetzt Ejnar!«

Aber der General schien nicht geneigt, diese klare Aussage als das Ende der Verhandlungen zu betrachten.

»Er würde mir viel bedeuten als ... ja, als ein persönliches Andenken an Adolf. Ich erinnere mich noch so gut all der Male, die wir hier zusammengesessen haben, er an der heruntergelassenen Klappe und ich am Fenster ... Wenn ich zweitausend Kronen bezahle, das ist fast die Hälfte der Summe, die ich für den Traktor hingelegt habe, dann kannst du doch später mit Ejnar handelseinig werden, oder? Ich kann mir kaum vorstellen, daß er ein so schreck..., ein so sperriges Ding in seinem Haus stehen haben will. Tja, wie gesagt, es würde mir soviel bedeuten und nun, da ich den Traktor hier draußen habe ...«

Doch Mommy lehnte jede weitere Diskussion mit der Erklärung ab, daß es nicht recht sei und er sich direkt an Ejnar wenden müsse. Und danach scheuchte sie beinahe den General wieder ins Eßzimmer zurück, wo er etwas unentschlossen herumstand und am Tisch lehnte, bis sich Mommy nicht ohne erheblichen Nachdruck für den Besuch bedankte und sich daranmachte, den Tisch abzudecken.

Wir begleiteten ihn hinaus, der Staatsminister und ich.

In der Tür drehte er sich um, wie um ein letztes Gebot abzugeben. Doch er zuckte dann die Schultern und verschwand ins Sonnenlicht hinaus. Das Unbestimmbare, Zögernde in seinen Augen war fort. Etwas, das sehr starke

Ähnlichkeit mit Verzweiflung und Hoffnungslosigkeit hatte, war an die Stelle getreten.

Eine Viertel Stunde später trampelte der Apotheker ins Haus.

Mommy, die im Anrichtezimmer mit der Auflistung von Glas und Porzellan beschäftigt war, schien diesmal nicht ganz so erfreut über ihren Besucher zu sein, sie unterbrach jedoch ihre Arbeit und bat ihn, im Salon Platz zu nehmen. Er bekam sogar ein Glas Sherry und auf einem Teller einige der wenigen nicht angebissenen Stücke Kuchen, die der General zurückgelassen hatte. Der Kuchen blieb, wo er war, der Sherry jedoch wurde wie Schnaps hinuntergekippt.

Nach geraumer Zeit der Unterhaltung über Wind und Wetter und nachdem Pelleman unter wohltemperiertem Geschwätz mit mächtigen, haarigen Händen gekrault worden war, fragte der Apotheker, ob Hilfe bei ein wenig schwereren oder gröberen Verrichtungen wie beim Umstellen von Möbeln oder Tragen von Kisten erforderlich sei.

Mommy aber bedankte sich und antwortete, sie ordne, sortiere und sondere nur aus und daß es bei allen größeren Veränderungen nur dem Neffen zukomme, neu zu entscheiden.

Der Apotheker räusperte sich, wie um eine Erklärung abzugeben, besann sich jedoch eines anderen und bemäntelte seinen Rückzug, indem er den Dackel mit Kuchen fütterte. Es fielen Krümel und Sabber auf den Teppich, und Mommy sah gar nicht zufrieden aus.

Dann ging er am Ende zum Vorstoß über.

»Ich frage mich, ob Adolf wohl ein Testament hinterlassen haben könnte?«

Mommy, die auf ihre Inventurliste geschielt hatte, schaute auf.

»Nein, hat er nicht. Ejnar sollte ohnehin alles von ihm bekommen, und dazu war nichts Schriftliches nötig.«

»Aber was wird da aus dir, Mommy? Wo sollst du hin, und wovon sollst du leben?«

Er klang aufrichtig bestürzt, und Mommy beugte sich vor und tätschelte ihm die Hand.

»Vielen Dank, daß du dir Gedanken um mich machst! Aber um mich muß sich niemand Sorgen machen, ich habe eine Altersrente, und im Altersheim hat man bestimmt ein Bett für mich, wenn es soweit ist.«

Er drehte die Armbanduhr um das Handgelenk.

»Und er hat kein Wort über den Sekretär verloren?«

Es schien gewissermaßen mehr als nur eine Frage zu sein. Eine tastende, vorbereitende Sondierung des unbekannten Terrains, das sich als gefährlich erweisen könnte ...

»Über den Sekretär im Schlafzimmer? Was sollte er denn ...?«

»Er hat nie erzählt, wie er zu dem Möbelstück gekommen ist?«

»Nein ... doch, er hat ihn bestimmt vor vielen Jahren auf einer Auktion erstanden.«

»Ja.« Der Apotheker wirkte jetzt weniger angespannt. »Ja, das stimmt. Aber du weißt wohl nicht, daß er meiner Mutter gehört hat, die nach Vaters Tod gezwungen war, ihn zu verkaufen, oder? Nein, Adolf wußte auch nicht, woher er stammte, aber als ich es einmal erzählt habe, da hat er gesagt, er werde dafür sorgen, daß er wieder dahin zurückkommt, wohin er gehört, ja, genauso hat er sich ausgedrückt: ›wohin er gehört‹. Da habe ich gedacht, er hätte darüber etwas gesagt oder aufgeschrieben ...«

»Wie schrecklich traurig!« Mommy hatte sich erhoben. »Ich glaube, Adolf hat nichts Schriftliches hinterlassen. Es ist doch ganz selbstverständlich, daß du ihn bekommst, aber dann mußt du Ejnar darum bitten, denn alles hier gehört nun ihm.«

»Dürfte ich ihn mir einmal ansehen?«

»Aber natürlich, komm' nur, dann gehen wir hinein!«

»Schau an, der Schlüssel ist immer noch derselbe!« Er ließ die Klappe aufspringen. »Ich erinnere mich, als sei es erst gestern gewesen, daß Vater abends hier über seinen Rechnungsbüchern gesessen hat, er hat doch ein kleines Geschäft in Snörmakargränd gehabt. Und wenn wir Jungen etwas angestellt hatten, da standen wir immer hier wie an einem Richtertisch ...«

Die Hände glitten die Reihen mit den Schubladen und Fächern entlang. Hier und da hielten sie inne, fühlten, drückten, prüften ...

»So viele Erinnerungen ... Es klingt bestimmt sentimental und lächerlich, aber könnte ich hier einfach ein Weilchen nur sitzen und mich erinnern? Ich sehe ihn bestimmt zum letzten Mal ...«

»Aber mein Lieber, selbstverständlich bekommst du ihn! Bleib' so lange hier sitzen, wie du willst. Aber wenn du mich entschuldigst, dann gehe ich, ich habe mich um meine Aufgaben zu kümmern.«

Wir zogen uns aus dem Zimmer zurück.

Doch der Staatsminister stand in der Tür, scheuchte mich ins Zimmer zurück und schloß die Tür hinter uns.

Der Apotheker blickte übellaunig von der Klappe auf, an der er sich offenbar schon auf seine Andacht vorzubereiten begann. Der Staatsminister schlenderte unterdessen ungeniert im Zimmer umher und bat nach einer Weile den Apotheker, sich einen alten Kupferstich anzusehen, einen von der stark vergilbten Sorte, die einen Feuchtigkeitsfleck dahinter vermuten ließ, der mit dem Bild verdeckt werden sollte.

Mit einem Grunzen ging er hinüber zum Staatsminister.

Dann konnte ich nicht genau sehen, was geschah, doch offensichtlich stolperte der Staatsminister über die Teppichkante und fiel auf den Apotheker, der ins Dunkle hinter einen drehbaren Bücherständer fiel. Er mußte allein sehen, wie er wieder auf die Beine kam, während der Staatsminister zu mir ans Fenster trat und, ein Liedchen vor sich hinpfeifend, begann, den Garten zu betrachten. Nachdem er sich durch ein Potpourri aus dem Fritjof-Andersson-Marsch und dem Alten Schwarzen gearbeitet hatte, vollführte er eine Drehung durch das Zimmer, die ihn zum Klapp-Altar des Apothekers führte.

»Verzeihung«, sagte er, »aber Sie haben meine Baskenmütze weggenommen.«

Der Apotheker schaute auf, eindeutig lachsfarben.

»Baskenmütze? Was für eine Baskenmütze?«

»Die Sie eben hinter dem Bücherschrank gefunden haben und die, wie ich vermute, Sie nun in der Jackentasche verstekken.«

»Aber ... aber das ist meine.«

»Und wie ist die hinter das Bücherregal geraten? Sie sind doch ohne Kopfbedeckung gekommen.«

»Ich ... sie ... jemand muß ...«

»Na, Sie müssen nichts erklären. Holen Sie sie hervor, dann werde ich Ihnen etwas zeigen.«

Wie in Trance holte der hochrote, nun kräftig transpirierende Mann etwas Braunes und Zerknittertes aus der Tasche.

»Schauen Sie sich das Monogramm hier auf dem Schweißband an!« forderte ihn der Staatsminister auf. »Die Baskenmütze gehört mir. Um Ihre kümmert sich die Polizei. Sie haben Sie verloren, als Sie letztes Mal hier eingebrochen sind. In der Nacht, an die Sie sich erinnern werden. Doch zum Dank, daß Sie die Mütze so schnell aufgesetzt haben, werde ich Ihnen zeigen, wie das mit dem Sekretär geht, damit Sie hier nicht den ganzen Tag herumsitzen müssen.«

Er zog eine Schublade heraus, fummelte kurz mit der Hand und drückte zu.

»Hier haben Sie das Geheimfach. Ich habe es gestern entdeckt. Aber die Schuldscheine habe ich schon herausgenommen.«

Der Apotheker schoß hoch und drückte den Staatsminister gegen das Möbelstück. Die gewaltigen Hände waren zu Fäusten geballt, die Kiefer mahlten, und für einige Augenblicke glaubte ich, der Staatsminister würde gleich Sterne sehen. Doch dann schwanden ihm Kraft und Wut, und er fiel zurück auf den Schreibtischstuhl.

»Woher wissen Sie es ...?«

»Daß Sie hier eingebrochen sind? Ich habe zu Hause bei Ihnen einen Hut gefunden und an dem habe ich gerochen. Genauso wie ich vorher an der Baskenmütze gerochen habe, die Sie verloren haben. Nein, nein, sie rochen nicht besonders schlecht, so ist es einfach, sehen Sie, Kopfbedeckungen riechen *immer,* und in diesem Fall rochen beide gleich.«

Der Apotheker sah jetzt eher geschockt als wütend aus.

»Genau wie ein Hund«, murmelte er. »Genau wie ein Hund ...«

Und ich verstand ihn. Nicht einmal ich hätte ahnen können, daß der Staatsminister solch entsetzliche Angewohnheiten und Fähigkeiten besaß. Auch hier war mir, als machte sich der negative Einfluß des staatseigenen Hundes bemerkbar.

»Den Schuldscheinen zufolge, die der Fabrikdirektor in seinem Geheimfach aufbewahrt hat, schuldeten Sie ihm 32 000 Kronen, plus aufgelaufener Zinsen von drei Jahren.«

Der Apotheker breitete in einer resignierenden Geste die Arme aus.

»Ja, in den letzten Jahren habe ich mehr schlecht als recht die Ratenzahlungen aufbringen können. Hat man in einem solchen Nest eine Apotheke, ist außerdem geschieden und muß Unterhalt für zwei Kinder zahlen, dann kommt man auf keinen grünen Zweig. Das Darlehen habe ich vor zwölf Jahren bekommen, als ich bei meiner Heirat die Apotheke um ein Wohnhaus erweitert habe. Bei der Bank ging es nicht, deshalb habe ich mich an den Alten hier gewandt. Er hat meinen

Vater gekannt und war bei einer Menge Ärger behilflich. Die Zinsen waren ziemlich hoch, zehn Prozent. Doch in den letzten Jahren hat er sie nicht eingefordert.«

»Und warum nicht?«

»Er war zufrieden, wenn man mit ihm Karten gespielt hat. Ja, es war wie ein stillschweigendes Übereinkommen, keine Absprache oder dergleichen. Sobald man auch nur ein Wort erwähnte, man wolle sich vom Spiel zurückziehen, kam er mit Andeutungen darüber, was man noch an Geld schuldig war. Pfui Teufel, was für ein Kerl! Ich begreife nicht, daß es ihm nicht zuwider war, jemandem gegenüberzusitzen, von dem er wußte, daß er nur mitspielte, weil er dazu gezwungen war.«

»Ich nehme an, daß auch der General ihm Geld schuldete?«

»Natürlich. Seine Landwirtschaft geht so verdammt schlecht, daß er immer wieder neue Kredite aufnehmen muß. Er hat viel mehr Schulden als ich. Aber auch er ist bestimmt um die Zinsen herumgekommen. Der Alte hielt es bestimmt für fein, einen General als Spielpartner zu haben – und vielleicht auch einen Apotheker.« Er lachte auf. »Er selbst stammte aus sehr einfachen Verhältnissen. Und eine freiwillige Bridge-Runde zusammen zu bekommen war wohl auf Schwierigkeiten gestoßen, so scheißvornehm und gemein wie er sein konnte. Aber um der Gerechtigkeit die Ehre zu geben, muß man sagen, daß es nicht nur eine Qual war. Mommy ist doch wunderbar und ihre belegten Brote erst, ja, bessere gibt es nicht.«

»Und jetzt, nach seinem Tod, haben Sie also vorgehabt, die Reserven zu beschlagnahmen, oder?«

»Beschlagnahmen?« Unter den buschigen Augenbrauen glommen List und Wachsamkeit. »Das habe ich nie gesagt, und das kann niemand beweisen. Ich habe nur vorgehabt, dafür zu sorgen, daß die Zinsen als bezahlt gekennzeichnet sind. Hol mich der Henker, daß ich mit dem Satansbraten fünf Jahre lang Karten gespielt habe, nur damit dieser fette Sohn kommt und jetzt die Zinsen eintreibt! Lieber ... Kann ich ... steht dem etwas im Wege, daß ich jetzt gehe? Das Mädchen kommt nicht länger allein in der Apotheke zurecht.«

»Lagen in diesem Geheimfach noch andere Reserven als die des Generals und des Apothekers?« erkundigte ich mich, als die schweren Schritte verhallt waren. »Und ich frage mich, ob wir noch mehr Liebhaber des Sekretärs zu erwarten haben.«

»Nein«, antwortete der Staatsminister finster, »mehr gab es nicht. Aber so ist es schon schlimm genug. Ist dir klar, daß wir zwei Verdächtige verloren haben? Denn wer tötet einen Gläubiger, der sich mit Zinsen in Form von Bridge-Abenden mit belegten Broten und Sticheleien zufrieden gibt? Irgend etwas sagt mir, daß der Sohn von Erbe nicht die gleiche Genügsamkeit an den Tag legen wird ...«

19

Am nächsten Tag kamen die Kinder in einem Sonderbus von Lindö.

Karin wurde zehn Jahre alt, und es sollte Geburtstag gefeiert werden.

Der Staatsminister hatte die Sache mehrere Tage lang wiedergekäut. »Das wird bestimmt lustig!« hatte er andauernd verkündet. »Auch für dich, meine ich. Im Sommer hast du ja nicht so viel Kontakt zu Kindern!«

Der Staatsminister ist Opfer der absurden Vorstellung, Lehrer hätten ihre Berufswahl aus Liebe zu Kindern getroffen und würden in den Ferien darunter leiden, sie nicht um sich zu haben.

Ich war seufzend hinausgezogen, um eine Gabel zu kaufen. (Als meine Schwester Margareta und der Staatsminister ihr erstes Kind bekommen hatten, führte ich eine für meinen damaligen Geschmack schöne Tradition ein. Ich schenkte dem Kind einen silbernen Löffel und verkündete, daß ich zu jedem Weihnachtsfest und Geburtstag gedachte, das Geschenk zu wiederholen. Zu diesem Zeitpunkt glaubte ich, daß der Staatsminister nichts anderes als eine normale Familie zu gründen vorhatte und nicht eine Art Internat. Jetzt stellen sich Momente ein, in denen ich glaube, mein gesamtes Vermögen gehe für Besteck dahin. Und Beliebtheit bei den Kindern handele ich mir durch meine Gaben nicht ein. Das einzige, wozu nach Vorstellung eines gesunden Kindes eine Gabel zu verwenden ist – mittlerweile bin ich bei diesem Eßwerkzeug zu der Überzeugung gelangt –, mag sie auch aus

Silber sein, besteht darin, den edlen Spender damit zu stechen. Soweit sind sie zwar noch nicht gediehen, doch die älteren Kinder öffnen nur zögernd das charakteristisch geformte Päckchen. Sie sagen es nicht, aber ich kann es ihnen vom Gesicht ablesen, daß sie denken: »Bloß wieder Onkel Villes blöde Gabel!«)

Schon am Morgen des Geburtstags hatte ich leicht erhöhte Temperatur.

Zum festgesetzten Zeitpunkt hielt der riesige Bus auf dem Lilla Torget, und dreizehn Staatsministerkinder in unterschiedlicher Größe und ihre doppelt so vielen Kameraden quollen heraus.

Hinterdrein folgten Kindermädchen mit bleichen, abgekämpften Gesichtern und den beiden Kleinsten auf dem Arm. Meine Schwester Margareta war planmäßig in Stockholm ausgestiegen, um sich das Haar legen zu lassen, Käse einzukaufen und den unermeßlichen Frieden in der Hauptstadt zu genießen.

Der Staatsminister – auch in diesem Punkt seltsam veranlagt – stieß Freudenschreie aus, und es wurden Minuten lang Umarmungen und Küßchen verteilt.

Eine Abstimmung wurde dann vorgenommen und ergab – neben den Risiken der Demokratie –, daß eine große Majorität befürwortete, den Haferbrei durch ein Milchfrühstück mit Kuchen in der Konditorei »Schmalzgebäck« zu ersetzen.

Es war eine Orgie übelster Sorte.

Die Gesellschaft füllte das ganze Café. Teller auf Teller mit farbenfrohen, überladenen Torten und glasierten Schokoladenkuchen wurden herbeigeschafft und schmolzen so schnell dahin wie Butter in einem heißen Ofen.

Der Staatsminister saß mitten in der lärmenden Verköstigung und rief: »Eßt nur, eßt bis ihr kotzt!«

Ich selbst nahm im Schutz des Zeitungsständers zwei Zwieback und ein Glas Mineralwasser mit Kohlensäure zu mir.

Begleitet von einer schlichten Zeremonie am Ende der Mahlzeit überreichte ich meine Gabel. Der Vorgang wurde nur dadurch gestört, daß ich mich im Kind irrte und das Päckchen Mats in dem Glauben gab, er sei Karin, das richtige Geburtstagskind des Tages. (Ich begann meine Laufbahn als Onkel mit den besten Absichten. Aber als die Kinder in einem anscheinend nicht enden wollenden Strom regelrecht hervorsprudelten, stumpfte ich allmählich ab und verlor den Überblick. – Ich kann mich erinnern, daß ich nach dem siebten Kind die Fähigkeit zur sicheren individuellen Unterscheidung eingebüßt hatte. Und durch die modernen Frisuren bin ich auch in puncto Bestimmung des Geschlechts unsicher geworden.)

Anschließend wechselten wir in das für diesen Tag angemietete Kino Röda Uggla über, wo Filme vorgeführt wurden.

Der Staatsminister persönlich hatte das Programm zusammengestellt, das wohl seinen recht schlichten und wenig entwickelten Geschmack widerspiegelte. Man zeigte Zeichentrickfilme mit Tieren, die mit handfesten Scherzen angereichert waren, amerikanische Stummfilm-Klamotten mit niveauloser und schlüpfriger Komik und Cowboy-Szenen von gediegenem, volkstümlichem Charakter.

Das Programm fand indessen bei der breiten Masse Beifall, und die Filme mußten sämtlich zweimal wiederholt werden, davon einmal rückwärts. Der Staatsminister saß in der ersten Reihe, verputzte Süßigkeiten, gab Kommentare von sich und machte soviel Radau, daß es dem Kino-Hausmeister in den Armen zuckte.

Geplant war, daß die Kinder am Nachmittag hinaus nach Harpsund fahren sollten, um dort Saft zu trinken sowie Tiere und Politiker anzuschauen, doch der Staatsminister hatte unter dem Vorwand, er sei indisponiert, am frühen Morgen telefonisch alles wieder abgeblasen. Unerwartet feige, muß ich sagen – denn im späteren Verlauf des Tages wurde er von zuverlässigen Personen beim Spielen von mehreren Partien Kricket beobachtet.

Der Staatsminister führte statt dessen – in volle und grauenerregende Freizeitmontur gewandet – seine kleinen Gäste zur öffentlichen Badeanstalt, wo die größte und schrillste Attraktion eine fünf Meter hohe Rutschbahn war.

Auf dem Heimweg kaufte der Staatsminister einen Kiosk auf.

Es war keine spontane Transaktion, sondern eine Maßnahme aus rein praktischen Erwägungen. »Wollt ihr Süßigkeiten?« hatte er seiner Schar zugerufen, als sie diese Einrichtung passierten, und Sekunden später drückten sie sich die Nasen an der Fensterscheibe platt, während die Bestellungen auf ihn einhagelten. Zuerst versuchte er, den ältlichen Inhaber dazu zu bewegen, die gewünschten Waren auf laufende Rechnung abzugeben, doch dieser mochte zwar alt, aber nicht einfältig sein und weigerte sich schlichtweg. Und ich hatte für ihn vollstes Verständnis. Es kann nicht die Summe aus den Erfahrungen eines langen Lebens hinter dem Verkaufstresen sein, einem miserabel gekleideten Mann an der Spitze einer halb verwilderten Kinderschar Naschereien auf Kredit auszuhändigen.

Deshalb addierte der Besitzer Cola für Cola und übergab das Gewünschte an den Staatsminister, der bezahlte und unter den Kleinen hinter sich verteilte, die mampften und mampften und bestellten. Alles rief förmlich nach vereinfachter Verteilung. Und der Staatsminister, der im Unterschied zu vielen anderen Millionären immer gut bei Kasse war, schlug vor, den Kiosk zu einem Pauschalpreis zu kaufen.

Der alte Mann klammerte sich an den Tresen, machte eine schnelle Überschlagsrechnung, verdoppelte die Summe und kassierte den Betrag.

Dann ging alles sehr schnell.

Nach zehn Minuten blieben, abgesehen von der fest installierten Einrichtung, nur die Juni-Ausgabe von Bonniers Litterära Magasin übrig – inklusive einem neuen Prosa-Gedicht von Petter Bergman – samt zwei Päckchen Kautabak.

Der Inhaber stand mit gefalteten Händen und glänzenden Augen eines Menschen daneben, der zusieht, wie das Feuer seinen hoch, sehr hoch versicherten, schon lange unrentabel gewordenen Besitz verschlingt.

Die Szene wurde nur vom Staatsminister gestört, der in eine unwürdige Auseinandersetzung mit einem langhaarigen Sohn über den letzten eisgekühlten Saft geraten war. Der Jüngling war schließlich gezwungen, sich handfesten Argumenten zu beugen.

Als wir allmählich in Richtung Ortschaft weiterzogen, sah ich über der Schulter, wie der Alte ein in Druckbuchstaben geschriebenes Schild an die Luke hängte:

ALLES AUSVERKAUFT! FÜR HEUTE GESCHLOSSEN!

Auf dem Marktplatz sagte eine Versammlung geschlossen nein zu einem Mittagessen mit Fleischklößchen im Stora Hotellet.

Zwei Kinder mußten sich schon vor Besteigen des Busses übergeben. Der Tag war ein großer Erfolg.

Obwohl ich mich nicht nennenswert an den Ausschweifungen des Tages beteiligt hatte, stocherte ich im Hotel hauptsächlich im Fisch-Omelett herum. Der Staatsminister aß mit unvermindertem Appetit Wiener Schnitzel mit Salat und stark gesalzenen, braun gebrannten Pommes frites.

Als er erleichtert beim Eis mit Schokoladensoße und den akuten Ernährungsproblemen angekommen war, knuffte er mich in die Seite und nickte zu einem Tisch weiter hinten im Raum hin.

»Erkennst du den da?«

Ein großer, gut gebürsteter, schwarzhaariger Mann mit scharf geschnittenem Profil, die Hand an der Pfeife, lag mehr auf seinem Stuhl, als daß er saß. Als er den Kaffee bestellte, hörte ich, daß er mit fast unnatürlich schleppender Stimme sprach.

»Seine fünfte Kanne Kaffee!« flüsterte der Staatsminister, und Bewunderung schwang in seiner Stimme mit. »Das ist doch der Chef der Staatlichen Mordkommission, Dieter Lijk. Vielleicht löst er gerade jetzt das Rätsel um den Mord! Er geht mit Methode vor. Keine voreiligen Festnahmen, wartet immer, bis sich die Situation durch zumindest ein paar weitere Morde geklärt hat. Und dann bringt er den Mörder dazu, alles zu gestehen, indem er die darin verstrickten Personen aufeinanderhetzt. Einmal sollen sich sämtliche Anwesenden des Mordes für schuldig bekannt haben, außer einem, der bloß körperliche Mißhandlung gestanden hat, worauf der Tod ihn erwartete. Was für ein Mann! Was für ein Intellekt! Was für ein Magen – fünf Kannen Kaffee! Glaubst du ... würde es aufdringlich aussehen, wenn ich ihn um ein Autogramm bäte?«

Ich riet ihm mit den Worten ab, daß sein eigener Magen schließlich auch einiges vertrug – beim Intellekt sah ich keine Veranlassung, Parallelen zu ziehen –, und bat, er möge mich nach Hause bringen.

20

Als ich am nächsten Morgen aus dem Bett stieg, war der Staatsminister schon nach Harpsund abgefahren, um die Gesellschaft umzugestalten, und im Haus herrschte eine gesegnete Stille. Ich beschloß, den Tag mit Lesen zu verbringen, eine Beschäftigung, an die nicht zu denken ist, wenn man den Staatsminister – mit oder ohne Familie – um sich hat. Es versteht sich von selbst, daß es bei einer Umstrukturierung der Gesellschaft von Natur schnell laut zugehen kann; aber muß es denn gleich so *kolossal* laut dabei werden?

Unten im Garten sah es dicht belaubt und sonnig aus. Ich kramte eine Arbeit über Alexander den Großen aus der Reisebibliothek hervor – auch er machte zu seiner Zeit viel von sich hören, doch im stürmischen Verlauf der Jahrhunderte ist das alles erstickt worden, Staub hat sich daraufgelegt, und die Hufschläge sind verhallt. Es gibt Augenblicke, da mir Zweifel kommen, ob der Staatsminister selbst durch einige Jahrtausende zum Verstummen zu bringen wäre.

Der gestreifte Gartenstuhl hatte so einladend ausgesehen, wie er da in der Sonnenglut auf dem Rasen stand, aber wenn man erst einmal bequem darin saß, spürte man doch den Wind. Er kam von Norden, über den Bretterzaun, wirbelte in der Fliederhecke herum, streifte einen Weißdornbusch und traf mich mit unverminderter, eisiger Schwungkraft.

Zitternd zog ich mich auf die Lee-Seite des Hauses zurück. Als ich den Liegestuhl wieder auftakeln wollte, fiel er mir zwischen den Händen zusammen und lag platt wie eine Flunder neben der Feuerleiter. Der Stuhl war eine neumodische, kunstvolle Konstruktion und widersetzte sich eine Viertel Stunde lang allen Anstrengungen.

Vor dem Haus hatte ich gefroren. Hier an der sonnendurchfluteten Lee-Wand lief mir der Schweiß nach nur wenigen Seiten, obwohl ich den Mantel aufgeknöpft hatte.

Bis elf Uhr versuchte ich dann, ein Plätzchen zu finden, wo ich sitzen konnte, ohne zu frieren oder zu schwitzen. Während ich, den Stuhl wie ein riesengroßes, gespreiztes Vogelnest hinter mir her schleifend, im Garten herumlief – ich war nicht davon überzeugt, daß ich ihn wieder auf die Beine bekommen würde, wenn ich ihn wieder zusammenfaltete –, dachte ich, was für eine ausgemachte Hölle das Landleben in Verbindung mit dem Sommer darstellte.

»Herr Persson, was machen Sie da eigentlich? Ist es nicht schrecklich anstrengend, diesen alten Stuhl hinter sich herzuziehen?«

Olivia Lindberg muß mich durch das Fenster gesehen haben.

Ich sagte, wie sich die Sache verhielt, und sie schnappte sich den Stuhl und trug ihn mit starken Armen in ein üppig grünendes Etwas, das die Höhlung zwischen ein paar Fliederbüschen sein konnte.

»Hier drinnen sitze ich immer, wenn ich mich sonne. Genug frische Luft und kein Einblick!«

Ich bedankte mich bei ihr und sank abermals ins Gewebe zurück, das eine angenehme Stütze für den Rücken bot.

»Darf ich mich eine Weile dazusetzen?« fragte sie und hatte sich schon im Gras niedergelassen. »Nein, nein, behalten Sie um Himmels Willen Platz!«

Ich war einige Male symbolisch in der Rumpfmitte eingeknickt, um erkennen zu geben, daß der Geist zwar willig, das Fleisch jedoch schwach war, und die Signale wurden wohltuend schnell verstanden.

»Herr Persson, Sie sind doch Lehrer, oder? Wie sind die

Karriere-Aussichten? Ich erwäge nämlich, im Herbst an der Universität Sprachen zu studieren.«

Ich beäugte sie. Sie schien stark – in jeder Hinsicht. Und da die Kompetenz für den Lehrerberuf in Schulen unserer Zeit nicht so sehr eine Frage des Wissens und der intellektuellen Fähigkeiten ist als vielmehr der physischen Stärke und psychischen Körperkraft, konnte ich keine unmittelbaren Hinderungsgründe für sie erkennen, ihre makaberen Zukunftspläne zu verwirklichen.

»Wegen der Disziplin mache ich mir keine Sorgen«, kam sie mir zuvor und lächelte mit kräftigen, weißen Zähnen. »Als junge Studentin habe ich einige Wochen Vertretung in einer von Stockholms schlimmsten Schulen gemacht, und das war kein Problem. Jungs, die den Mund nicht halten konnten, habe ich am Haarschopf gepackt und hinausbefördert. Doch meistens hat es gereicht, wenn ich sie scharf angesehen habe. Mir hat die Arbeit gefallen, aber als es darauf ankam, wollte ich nicht so viele Jahre wie nötig studieren, deshalb bin ich statt dessen Krankenschwester geworden, das ging schneller. Und dann habe ich geheiratet.«

Sie seufzte nicht, doch etwas am Ton verriet mir, daß sie eine ihrer Meinung nach abfallende Laufbahn beschrieb.

»So, wie es jetzt aussieht, habe ich nicht viel zu tun. Um den Haushalt kümmert sich das Dienstmädchen, und Kinder haben wir nicht. Hin und wieder muß eine neue Bank-Filiale eingeweiht werden und dann die Jahresfeiern und all die Abend- und Mittagessen. Ich habe allerdings noch mit niemandem über diese Pläne gesprochen. Onkel Adolf hätte bloß geschrien, Frauen gehörten ins Haus, er war so altmodisch. Und Ejnar …«

Sie war auf den Beinen, wie von einer inneren Unruhe getrieben.

»Ich hasse dieses Leben … Ich will mich nicht als Anhang fühlen, ich will einen eigenen Beruf haben und ihm gewachsen sein. Aber ich bin wohl schon zu alt, um noch Studienbeihilfe zu bekommen …«

Ich schaute zu ihr auf, wie sie da über das Gras glitt wie ein gut gestriegelter Puma. Und dann fragte ich, in welchem Jahr sie geboren worden sei – die etwas weniger brutale Methode, das Alter eines Menschen in Erfahrung zu bringen.

»1935.«

»Die Altersgrenze liegt bei 40 Jahren«, erklärte ich, was ich auch schon früher hätte sagen können, ohne zu fragen, aber ich war schlichtweg schamhaft neugierig gewesen.

Sie schaute auf die Uhr.

»Viertel nach elf! Dann treffe ich mich mit Ejnar. Immer gibt es Uhrzeiten, die andere festgelegt haben, an die man sich halten muß! Aber irgendwann werde ich allein, nur ich allein über mein Leben bestimmen …«

Sie verschwand zwischen den Büschen, und ich kehrte wieder zu Alexander zurück.

»Hallo!« war ein junge Stimme aus dem Grünen zu hören, als ich gerade über den Hellespont zog.

»Hallo!« antwortete ich, da man mit der Jugend die Sprache der Jugend sprechen soll, wenn man es fertig bringt, dabei nicht in Vulgarität zu verfallen.

Lotta sank auf das Gras nieder. Sie trug ihre abgewetzten Jeans mit rotem Flicken auf dem Hintern und einen kükengelben Pullover. Sie war siebzehn und ganz entzückend. Aber dann dachte ich daran, wie es wohl wäre, wenn sie neunundzwanzig ebenso entzückende Freundinnen um sich gehabt und eine Klasse gebildet hätte, und das trieb mir einen kalten Schauer über den Rücken.

»Wie geht es Ihnen so?« fragte das Kind und klang, als interessiere sie die Antwort.

Für einen Augenblick erwog ich, ihr von meinen Leiden zu erzählen – vom Stuhl, der Sonne und dem Wind –, doch ich besann mich. Jugendliche haben so große Ansprüche an

Leiden, zumindest wenn es um die anderer Leute geht. Darum behauptete ich, es gehe mir gut. Sehr gut, fügte ich hinzu, hatte aber sofort das Gefühl, daß es ein Fauxpas war.

Doch Lotta kümmerte es nicht, daß ein altes Instrument etwas falsche Töne von sich gab.

Sie kaute auf einem Grashalm und hatte die Arme um die Knie geschlungen.

»Onkel Adolf war total reich, oder? Mehr als eine Million!? Eine Million ...«, murmelte sie und wickelte sich den Grashalm um den Finger, so daß er fest, fest wie ein Ehering an einem alten, geschwollenen Finger saß. »Wissen Sie, daß man für eine Krone ein Kind vor dem Verhungern retten kann? Als ich klein war und gehört habe, daß bei jedem Atemzug, den man macht, ein Mensch vor Hunger stirbt, da habe ich meinen Atem so lange angehalten, bis ich fast in Ohnmacht gefallen wäre ... Unser Geschichtslehrer hat erzählt, wie es hier in Schweden im 18. Jahrhundert war und wie die Leute am Wegesrand gestorben sind und wie schrecklich es war, daß die Reichen in ihren Kutschen vorbeigefahren sind und nur *geguckt* haben. Aber ich habe gesagt, daß es jetzt doch genauso schrecklich ist, wenn wir vor dem Fernseher sitzen und zugucken, wie in den Entwicklungsländern massenhaft Millionen vor Hunger sterben, und habe gefragt, wieviel er von seinem Gehalt der Entwicklungshilfe spendet. ›Da ist doch wohl trotzdem noch ein kleiner Unterschied, Lotta‹, hat er nur gesagt, aber das finde ich gar nicht. Wir sehen es doch im Fernsehen, und es dauert heutzutage nicht länger, nach Indien zu fahren, als im 18. Jahrhundert nach Stockholm.«

Der Finger war jetzt oberhalb des Grasbandes ganz weiß.

»Ich werde selbst hinfahren und dort arbeiten. Aber natürlich nicht jetzt. Zuerst muß man ja was gelernt haben. Aber nächstes Jahr, wenn ich mit der Schule fertig bin, will ich versuchen, Krankenschwester zu werden, und dann fahre ich los. Wichtig ist, daß man *was tut*. Aber ich muß auch Stefan mitnehmen. Ich finde es eklig, zuzugucken, wie sich fette, alte Leute mit Essen vollstopfen. Wissen Sie, daß wir 140 Millionen im Jahr für Katzen- und Hundefutter ausgeben? Der Fehler ist, daß es die Alten sind, die das Geld haben. Es müßte ein Gesetz geben, daß man mit fünfunddreißig oder vierzig das Geld verleihen darf, an seine Kinder oder so. Wie alt sind Sie? Ungefähr sechzig, oder? Onkel Adolf, der wäre achtzig geworden. Er konnte total fies sein. Und die Vorstellung war schrecklich, daß je länger er lebte und auf seinem Geld hockte, um so mehr Menschen verhungern mußten ... Aber zu Mommy war er total nett, und sie hat ihn geliebt. So ganz richtig, daß sie sich vor einen Zug geworfen hätte, um ihn zu retten. Ich finde es komisch, daß man einen so alten Menschen lieben kann ... Das werde ich nie können. Aber ich werde wohl auch nicht alt. Das Klima ist da unten so hart, sagt Stefan.«

»Mach' das Gras ab!« Ich muß geschrien haben. »Der Finger bekommt kein Blut, er ist blau angelaufen!«

Das Mädchen schaute auf, verwirrt und erschrocken. Sie verfolgte meinen Blick, und ich glaube, daß ihr erst da bewußt wurde, was sie getan hatte und was im Begriff zu geschehen war.

»Oh, es tut weh«, jammerte sie. »Kann ... ist es gefährlich?«

»... und hier sehen Sie den Garten! Pflegeleicht und von allen Seiten vor Einblicken geschützt!«

»Oh, wie schön! Ich habe mir schon immer einen üppigen, dicht belaubten Garten gewünscht!«

Die Stimmen drangen durch das Grün, wie es schien von der Treppe zur Terrasse.

Ich drehte mich um, doch Halswirbel und Stuhlstoff knackten, und ich bekam nur ein etwas verschwommenes Buschgrün ins Sichtfeld.

»Das ist Ejnar Lindberg mit einem Herrn und einer Dame, die ich noch nie gesehen habe!« zischte Lotta, die sich ungeachtet des Fingers und der Schmerzen zu einem besseren Beobachtungsposten herangerobbt hatte.

Mein erster Gedanke war, mich emporzuhieven, hervorzutreten und meine Gegenwart zu offenbaren. Aber der Stuhl war tief, und ein Gespräch, wenn auch ein noch so kurzes, mit dem fetten Bankdirektor war wenig verlockend. Und außerdem, so flüsterte mir ein kleiner Teufel ein, konnte an einer Unterhaltung auf der großen Treppe wohl kaum etwas Geheimnisvolles sein. Und wenn dem doch so wäre, dachte ich verbittert, was war schon eine hinter einem Fliederbusch belauschte Konversation für einen Mann, der kürzlich das Toilettenschränkchen eines Botschafters geöffnet und durchsucht hatte?

»Ja, dann sind wir uns wohl einig?« Eine tiefe, autoritäre Männerstimme unterbrach meine Grübeleien. »Wir bezahlen die halbe Kaufsumme, 125 000 Kronen, sofort und den Rest innerhalb eines Monats. Im Kauf ist sämtliches Inventar inbegriffen, ausgenommen ganz persönliche Gegenstände und Zierrat. Was die Nutzung betrifft, ist uns an einem schnellstmöglichen Einzug sehr gelegen. Mit drei lebhaften Kindern im Hotel zu wohnen ist kein Vergnügen, das wir oder die anderen Gäste unnötig verlängern wollen. Aber die alte Dame hat vielleicht …«

»Natürlich bestehen keine Hindernisse.« Ejnar Lindbergs Diskant war kaum von dem der Frau zu unterscheiden. »Meine Tante wohnt hier allein und ist froh, wenn sie so schnell wie möglich von hier fortkann. Das Haus ist groß und unbequem, ja, ich meine für einen alleinstehenden, alten Menschen. Sie können einziehen am Tag nach der … also am Dienstag. Das garantiere ich Ihnen. Können wir dann zu meinem Anwalt fahren und die Papiere unterschreiben, meine Frau dürfte jetzt schon dort sein? Der Weg durch den

Garten ist der kürzeste, glaube ich. All dieser Papierkram ... Ich sage ja immer ...«

Dann dieses gekünstelte, grollende Lachen ...

»Mein Gott, wie gemein!« Lotta rüttelte an der Armlehne, so daß der Stuhl und ich uns schüttelten. »Jetzt hat er das Haus verkauft und will Mommy am Tag nach der Beerdigung aus ihrem Zuhause werfen.«

Ich ging durch den Garten und folgte der Lillgatan hinunter zum Flußpark, wo ich mich zwischen Kleinkindern und Vögeln niederließ. Erst am späten Nachmittag, als dunkle Wolken über den Bäumen aufgezogen waren, machte ich mich auf den Heimweg.

Ein staatsministereigenes Auto war nicht in Sicht. Ich kramte den Schlüssel hervor und ging still durch die Diele.

Und dort, der erste Schritt auf die Treppe war schon getan, hörte ich die Stimme aus dem Wohnzimmer. Von Seelenqual zu unnormaler Höhe gepreßt, von Verzweiflung, losgelösten Schmerzen erfüllt, schrie sie die entsetzlichen, unwahrscheinlichen Worte heraus: »Du hast ihn umgebracht! *Du hast deinen eigenen Vater getötet!*«

Sie mußte ganz dicht an der Tür gestanden haben, und irgendwie machte es den Eindruck, als fiele sie dagegen. Das Gesicht war fahl, weiß, und jede Falte schien tief bis auf den Schädel eingeschnitten. Sie stolperte gleichsam durch die Diele, an mir vorbei und die Treppe hinauf, ohne Gruß, ohne Reaktion.

Doch unten fiel die Tür, die Mommy offengelassen hatte, von unsichtbarer Hand gestoßen, mit dem Krachen einer Steinplatte auf Marmorboden zurück ins Schloß.

»Und du hast dich wirklich nicht verhört?« fragte der Staatsminister zum zweiten Mal. »Ja, leicht kann man sich irren.

Das weiß ich aus eigener Erfahrung, und die Tür war auch zur Diele hin geschlossen, als sie ...«

Ich versicherte, nicht ohne erheblichen Nachdruck, daß selbst wenn ich mich unter Krämpfen gewunden hätte, ich trotzdem nicht taub geworden war und nur ein Tauber sich in dieser Sache irren konnte.

Mißtrauisch schüttelte er den Kopf.

»Ich kann mich nicht entsinnen, daß Mommy je gelogen hätte. ... Hat sie gesagt, Ejnar habe seinen Vater getötet, dann hat er es auch getan. Oder jedenfalls ist *sie* davon überzeugt, daß er es getan hat.«

»Aber erst gestern hat sie uns noch versichert, daß er niemals einen Menschen ermorden könne, am allerwenigsten seinen Vater.«

»Ja, ich denke gerade über ihre Worte nach«, murmelte der Staatsminister. »Aber ich glaube, sie würde es fertigbringen zu lügen oder sonst etwas zu machen, wenn es darum geht, jemanden, den sie liebt, vor großer Gefahr zu beschützen.«

»Aber liebt sie denn Ejnar ...?«

»Vielleicht hat sie in der Mordnacht gehört, wie er die Treppe hinuntergeschlichen ist, um das Glas auf dem Nachttisch seines Vaters auszutauschen, hat uns gestern aber belogen, um ihn vor dem Gefängnis zu bewahren. Doch kürzlich, als sie erfahren hat, daß er das Haus verkauft hat und gedenkt, sie nach der Beerdigung buchstäblich auf die Straße zu setzen, hat sie die Beherrschung verloren und ihm gesagt, sie wisse die Wahrheit.«

»Aber nach den Worten des Anwalts zu urteilen, hat sie doch schon vor dem Todesfall geahnt, was geschehen würde, wenn ihr Bruder vor ihr stürbe: ›Glauben Sie mir, mein Bruder liegt noch nicht einmal unter der Erde und schon bringt Ejnar mich ins Altersheim.‹ So ähnlich, glaube ich, hat er sie zitiert.«

»Vielleicht macht es einen Unterschied, etwas erst nur zu ahnen und dann plötzlich und vielleicht auf brutale Weise Bescheid zu wissen. Oder womöglich hat sie auch die Wahrheit gesagt, so wie sie sich für sie darstellt, gestern genausogut wie heute. Gestern hat sie geglaubt, Ejnar sei unschuldig, aber heute weiß sie, daß er der Schuldige sein muß. An einem Tag kann man viel sehen und verstehen ...«

»Mir gefällt es ganz und gar nicht, daß sie da oben in ihrem Zimmer allein sitzt. Geh du doch zu ihr hinauf und frage sie geradeheraus, was sie weiß. Wenn es jemanden gibt, der für eine solche Aufgabe geeignet ist, dann du. Du bist ihr kleiner Junge, ihr Kind.«

Der Staatsminister erhob sich.

»Ich muß zuerst etwas Luft schnappen.«

Wir gingen in den Garten.

Der Wind hatte nachgelassen, aber die Luft war abendlich kühl, und die Bäume warfen lange Schatten.

Der Staatsminister wanderte auf dem Rasen herum, die Hände in den Hosentaschen, bis er sich einbildete, irgendein seltenes Kraut mit gelben Blüten müsse ausgerottet werden. Er riß und rupfte in immer weiteren Kreisen und verschwand schließlich hinter meinen Fliederbüschen außer Sichtweite.

Und dann ertönte der Ruf, angestrengt, fast ängstlich.

»Vilhelm! Komm her, Vilhelm!«

Es dauerte eine Weile, ehe ich sah, was zu sehen ich gerufen worden war.

Er lag halb vom Gebüsch verdeckt, als habe er versucht, sich zu verkriechen und sich zu verstecken, es aber nicht mehr ganz geschafft hat. Oder als habe jemand in aller Eile und vor Schreck den kleinen Hundekörper fortgeworfen.

Er lag auf der Seite, die Augen waren geschlossen, und man hätte denken können, er schliefe.

Doch als der Staatsminister ihn hochhob, fiel der Kopf zur Seite und nach unten, wie ohne Gelenke, ohne Halt, und der

Kiefer klappte auseinander, und ich sah etwas Schaum an den Zähnen.

Er war tot.

21

Die sofort vorgenommene Obduktion ergab, daß der Hund an einer Arsenvergiftung gestorben war. Auch Reste des Schlafmittels wurden nachgewiesen. Er war, als wir ihn gefunden hatten, vier, fünf Stunden tot gewesen, und bei der Untersuchung des Mageninhalts stellte sich heraus, daß er kurz vor seinem Tod eine beträchtliche Menge Rinderhack gefressen hatte.

Der Staatsminister und ich wanderten auf menschenleeren Straßen um den Lilla Torget. Die Halbstarken lungerten am Kiosk auf dem Stora Torget herum, lehnten sich an ihre Mopeds und Mädchen, und die älteren Herrschaften waren in die Häuser geflüchtet und in die Betten des Altersheims getrieben worden. Die mittleren Generationen besuchten wahrscheinlich die Vorstellung des Filmtheaters oder warteten vor den Fernsehern erfolgreich darauf, daß die Senilität und der Tod sie in den eigenen vier Wänden ereilten.

»Lotta behauptet, sie habe ihn um ein Uhr in den Garten gelassen«, sagte der Staatsminister, »und es war sechs Uhr, als wir ihn gefunden haben. Aber das besagt nicht viel. Jedermann kann zu jeder Zeit im Lauf des Tages auf dem Bürgersteig vorbeigegangen sein und zum Beispiel einen Klumpen Hackfleisch über den Zaun geworfen haben, ins Gebüsch hinein, wo der Hund es dann gewittert hat, als er draußen war.«

»Jedermann? Aber es muß doch wohl derselbe gewesen sein, der den Fabrikdirektor getötet hat, oder? Denk einmal an das Arsen und das Schlafmittel!«

»Stimmt, ich wollte sagen, jedermann von unseren Verdächtigen. Und die scheinen heute alle in der Stadt gewesen zu sein. Der General, um Schweinefutter zu besorgen, und der Botschafter, um Zeitungen zu kaufen. Ganz genauso ... na ja, die Abendzeitungen waren bestimmt noch nicht rausgekommen. Und der Apotheker und Therese wohnen ja immerzu dort.«

»Aber warum, in Gottes Namen, sollte jemand so etwas tun? Wer kann ein Interesse daran haben, einen armen Dakkel umzubringen?«

Der Staatsminister warf ein Steinchen genau gegen einen Lichtmast.

»Natürlich besteht ein Zusammenhang zu dem Mord an dem Fabrikdirektor. Man muß nur herauszufinden, welcher. Wäre der Hund zuerst gestorben, dann wäre die Sache ganz klar, finde ich.«

»Ach, wirklich?«

»Ja, dann könnte man annehmen, der Mörder habe die Probe aufs Exempel gemacht, um herauszufinden, wie das Gift wirkt. Oder aber er wollte ein Tier aus dem Weg räumen, das ihm durch Bellen oder Beißen hätte gefährlich werden können, wenn ihm die Stunde schlägt. Aber warum – und das ist das große Rätsel –, warum hat er den Hund *nach* dem Mord getötet?«

»Vielleicht handelt es sich trotz allem um zwei Täter ...«, gab ich zu bedenken.

»Nein, nein und abermals nein!« schrie der Staatsminister, so daß ein noch immer frei herumlaufender Greis ganz unwillkürlich begann, mit dem Stock um sich zu fuchteln. »Wenn wir uns gesondert auf einen Fabrikdirektormörder und einen Dackelmörder konzentrieren müssen, dann werden wir verrückt! Es muß ein und derselbe Mörder sein! Glaub mir, es gibt eine natürliche Erklärung, eine ganz natürlich Erklärung – aus Sicht des Mörders. Wir brauchen nur in die richtige Richtung zu denken ...«

Zu Hause in der Diele lief uns natürlich der Bankdirektor über den Weg.

Während ich mir den Kopf zerbrach, wie man in passenden Worten sein Beileid zum Ableben eines ererbten Dackels ausspricht, sperrte der Staatsminister seinen breiten Schnabel auf und sagte: »Interessant, daß dieser Köter nun auch ins Gras gebissen hat.«

Der Bankdirektor, der offensichtlich im Begriff war, das Haus zu verlassen, stellte seine kleine, immerhin schweinslederne Tasche ab. Die tiefliegenden Äuglein flatterten unruhig in ihren eingefurchten Falten.

»Interessant? Ja, er hat wohl etwas Falsches gefressen, der Ärmste.«

»Stimmt. Arsen und Schlafmittel. Die gleiche schwerverdauliche Kost, die Ihrem alten Vater vor geraumer Zeit zum Abendessen serviert wurde. Wissen Sie, wie man Hackfleisch herstellt?«

»Nein ... doch ... man dreht das Fleisch durch einen Wolf ... Aber das ist doch wohl eine unerhörte Schlamperei! Verwendet man nicht Arsen als Unkrautvertilgungsmittel?«

»Doch, so ist es. Und Gärtner des alten Schlages nehmen es damit immer sehr genau und besprühen das Unkraut zuerst mit Schlafmittel. Dann müssen sie sich nicht quälen lassen, die zarten Pflänzchen, und dürfen sozusagen im Schlaf sterben.«

»Ha, ha! Herr Staatsminister, Sie machen wohl Witze! Aber die Polizei wird es schon herausfinden. Ich habe jedenfalls ... wie sagt man noch gleich ... ein Alibi. Ich bin kaum eine Sekunde allein gewesen, seit ich heute vormittag nach Hause gekommen bin und ... Wo ist Pelleman ... der Hund, jetzt? Mein Vater hat sehr an ihm gehangen, und ich kann mich noch erinnern, daß er einmal gesagt hat, er solle hier im Garten begraben werden, wenn seine Zeit gekommen ist.«

»Hier im Garten? Ja, Sie machen selbstverständlich, was Sie für richtig halten. Aber ist es nicht etwas ... wie soll ich sagen, unkonventionell? Obendrein bei fremden Menschen mit drei lebhaften Kindern? Da wird wohl nicht viel aus der ewigen Ruhe. Ach ja, da Sie gerade den Hund erwähnen! Wir können ihn vielleicht am Montag abholen, zusammen mit Ihrem alten Vater. Kommen Sie zur Beerdigung?«

»Selbstverständlich. Aber Mommy kümmert sich um alle Angelegenheiten, ich habe so unglaublich viele andere Dinge ... im Moment zu erledigen.«

»Ich weiß.«

»Sie wissen ...?«

»Mir ist natürlich Ihre Tätigkeit in der Bank bekannt.«

Jetzt war die Stirn vollkommen blank.

»Ich frage mich ... wollen Sie, Herr Staatsminister, nicht mit mir zu Mittag essen ... im Stadthotel vielleicht?«

»Danke, aber mein Bedarf für heute ist gedeckt.«

Die Schweinsäuglein irrten zwischen dem Staatsminister und mir hin und her. Ich bildete mir ein, er wollte dem Staatsminister etwas sagen, das zum Verzweifeln wichtig war, daß es ausgesprochen werden mußte, aber nicht in meinem Beisein geschehen konnte. Ich dachte an Mommy und das Haus und blieb stur.

»Würden Sie, Herr Staatsminister, möglicherweise ... ja, ich frage mich ...«

»Was fragen Sie sich?«

»Herr Staatsminister, fahren Sie nicht nach Stockholm? Ich könnte Ihnen in dem Fall eine Mitfahrgelegenheit anbieten, ha, ha! Nein ... ja ... dann auf Wiedersehen. Sie könnten vielleicht meiner Tante einen Gruß bestellen und ihr sagen, ich sei gezwungen, früher als geplant zurück nach Stockholm zu fahren? Danke, danke ...«

Die fette, schweißnasse Hand an der Tasche. Fummeln und zur Tür stolpern.

Eine Autotür wurde zugeschlagen. Aber kein Motor startete.

»Weißt du eigentlich, daß du den Fabrikdirektor als ›alten Vater‹ bezeichnet hast? Und daß du eine Menge anderer, äußerst vulgärer Ausdrücke von dir gegeben hast? Er hat zwar einiges verdient, aber ...«

Der Staatsminister sah nicht im mindesten schuldbewußt aus.

»In allen Krimis sagt man das so. In den Staaten zumindest. Ich habe einen Stapel Hefte ergattert, als wir den Kiosk ausgeplündert haben. Im übrigen habe ich eine bestimmte Absicht verfolgt, als ich mich so überheblich benommen habe. Ich wollte ihn testen, sehen, wieviel er sich gefallen läßt.«

»Und das Ergebnis?«

»Er läßt sich zuviel gefallen. Viel zu viel. Du kannst dir gar nicht vorstellen, wie schneidig Bankdirektoren immer sind. Dieser hier hat Angst, Todesangst. Er hätte mir eine aufs Maul geben müssen. Ich frage mich, warum ...«

»Ein Mörder kann er jedenfalls nicht sein. Dafür hat er viel zu schwache Nerven.«

»Mein Lieber«, sagte der Staatsminister, als er zugleich einen imaginären Drink schwenkte und den ehrgeizigen Versuch unternahm, die rechte Jackett-Tasche auszubeulen, »es sind die ängstlichen Menschen, die zu Mördern werden. Und die Allerängstlichen, Allerfeigsten morden mit Gift ...«

Olivia Lindberg trat auf die Treppe.

Das Kostüm umspannte straff ihre Hüften und Oberschenkel, und das war gut so.

»Ist das Taxi noch nicht da?«

»Nein«, antwortete der Staatsminister.

Die schrägen Augen blitzten ihn an, als sei er der Minister für Kommunikation und habe im Reichstag gerade einen nicht zufriedenstellenden Interpellationsantrag gestellt.

»Aber Ihr Mann wartet bestimmt draußen im Auto auf Sie. Wollen Sie nicht …?«

An dieser Stelle wurde es richtig ernst.

»Seien Sie so freundlich und erwähnen Sie diesen Mann mir gegenüber nicht mehr! Und glauben Sie nicht, ich werde mit diesem Schurken fahren! Ihn habe ich endgültig satt. Ich fahre jetzt nach Stockholm, allein, und reiche bei einem Anwalt die Scheidung ein, ich habe nicht vor, mich in seine selbstverschuldete Katastrophe hineinziehen zu lassen, da können Sie ganz sicher sein! Und wenn ich am Montag wiederkomme, um seinen alten, verrückten Vater zu begraben, dann nur wegen Mommy. Oh, in diesem verdammten Nest bekommt man noch nicht einmal ein Taxi …«

Dann kam zum Glück eines.

22

Zu Abend aßen wir mit Mommy und Lotta im Eßzimmer.

Jetzt waren Laken über Sofas und Schränke gebreitet worden, und wir saßen wie zwischen eingehüllten Leichen.

»Ja, Sie müssen schon entschuldigen«, sagte Mommy, »daß es hier etwas ungemütlich ist. Aber ich will vor der Beerdigung alles erledigt haben. Ich wußte nicht, daß das Haus so bald wieder bewohnt werden würde und daß auch alle Möbel weitergegeben werden ... Ja, Sie halten mich bestimmt für eine alte Närrin, die in dieser Woche Dinge geordnet und geregelt hat, die mich nichts angehen und die andere hätten erledigen sollen. Aber sehen Sie, auch ich habe meinen Stolz, genau wie andere Leute. Ich habe mein ganzes Leben in Häusern und Haushalten gearbeitet, und ich will meinen letzten Arbeitsplatz nicht anders hinterlassen als die anderen. Ja, ich bin vielleicht dumm und altmodisch, aber so ist es jedenfalls für mich. Aber mein Junge, du ißt ja gar nichts! So, hier hast du noch etwas, Kartoffelmus hast du als Kind doch immer so gern gemocht!«

Ihr Schmerz war groß und herzzerreißend, und sie konnte ihn nicht verbergen. Wir bewegten uns zwischen den Gesprächsthemen wie mit nackten Füßen auf steinigem Boden, bemühten uns, das zu sehen und zu umgehen, das sie quälen und martern würde. Lotta war uns eine große Hilfe. Sie sprach, begeistert und begeisternd über ihre zukünftige Arbeit, in einem so unermeßlichen Leid, daß sich daneben selbst großer Kummer klein ausnahm.

»Die liebe Lotta ist mir besonders in diesen letzten Tagen

eine große Stütze gewesen«, erklärte Mommy, als das Mädchen hinaus in die Küche verschwunden war, um die Sahne für den Nachtisch zu schlagen. »Praktisch und flink ist sie und scheut sich nicht, richtig mit anzupacken.« Sie senkte die Stimme. »Aber manchmal wünschte ich, sie würde das Leben etwas weniger ernst nehmen! Sie ist noch so jung, erst siebzehn, und da soll man sich amüsieren und auch glücklich sein und nicht immer an das denken, was in der Welt verkehrt, schwierig und ungerecht ist. Wißt ihr, daß sie einen Tag in der Woche fastet, um ihr Mitgefühl mit all denen auszudrücken, die hungern? ›Das kann niemals gesund sein‹, sage ich dann immer, ›du wächst doch noch und brauchst jeden Tag ordentliches Essen.‹«

Lotta kehrte mit einem in Sahne gehülltem Etwas auf einem Teller wieder zurück.

»Wie gern hätte Pelleman an dem Kotelettknochen da draußen genagt ...!«

Sie errötete leicht.

Aber Mommy lachte über ihre Verwirrung und tätschelte ihr die Hand.

»Ja, und wie er geknurrt hätte, wenn wir versucht hätten, ihm den wieder wegzunehmen! Nur dann hat er die Zähne gefletscht – wenn er einen Knochen hatte. Er war so lieb, unser Pelleman, hat mit dem Schwanz gewedelt, sogar wenn der Schornsteinfeger gekommen ist, deshalb war er auch als Wachhund nicht zu gebrauchen. Der einzige, mit dem er nicht auf gutem Fuße stand, das war der General. Oh, was haben wir gelacht, wenn er ihn angekläfft hat! Vielleicht lag es am Stallgeruch, ich weiß es nicht. Wie schön du den Butterkuchen garniert hast, Lotta! Es ist ja eine richtig Torte daraus geworden ...«

Dann kümmerte sich Lotta um den Abwasch, während wir im Wohnzimmer Kaffee tranken, und dabei enthob Mommy den Staatsminister einer schweren Aufgabe.

»Herr Persson, Sie fragen sich natürlich, was ich für eine hysterische Alte bin? Ja, mir ist klar, daß Sie die schrecklichen Worte gehört haben müssen, als ich heute zu Ejnar gesagt habe, daß er seinen Vater getötet habe. Und es waren wirklich durch rein gar nichts zu rechtfertigende Worte. Keine Ahnung, was in mich gefahren ist. Aber ich war so müde, und es war so warm, und ich schlafe jetzt nachts so schlecht; da sagt man wohl manchmal Dinge, die man nicht so meint. Und kurz vorher habe ich erfahren, daß ... daß die neuen Besitzer schon am Dienstag hier einziehen. Ja, ich sage nichts dazu, daß Ejnar das Haus verkauft hat, das habe ich schon immer gewußt, daß er das tun würde, und das ist sein gutes Recht. Es ist nur, daß ich geglaubt habe, ich hätte noch ein paar Tage vor mir, zum Aufräumen und um meine wenigen Habseligkeiten zu ordnen ... Nein, macht euch keine Sorgen um mich! Therese ist so lieb gewesen und hat mich gebeten, ich solle so lange bei ihr wohnen, wie ich will ... Aber jetzt wollen wir nicht den ganzen Abend damit verderben, daß wir von einer alten Frau sprechen! Stellen Sie sich einmal vor, als mein Junge noch klein war, da hat er immer ...«

Es war nach elf Uhr, als wir ins Bett kamen.

An der Grenze von Wachen zu Schlafen hörte ich den Schuß.

Er kam aus dem Zimmer zu meiner Rechten, dem Zimmer des Staatsministers.

Und dann noch ein Schuß.

Ich fummelte die Tür auf, und der Flur dahinter war menschenleer. Ich hätte Angst haben müssen, aber ich kann mich nicht erinnern, daß ich welche gehabt hätte.

Seine Tür war nicht abgeschlossen, und ich öffnete sie.

Das Fenster stand offen, und für einen Augenblick wirbelten die Gardinen im Wind hoch wie ein Schleier oder ein Leichentuch um den Staatsminister, der mit dem Rücken zur Tür über dem Schreibtisch lag.

Der Kopf war so weit auf die Tischplatte gefallen, daß die Stirn auf der Schreibunterlage und dem Revolver zu ruhen schien. Ich packte ihn an den Schultern.

23

Er schrie auf und fuhr hoch.

»Verdammt noch mal, was habe ich mich erschreckt! Warum klopfst du nicht an? Genau wie Erlander, kommt einfach reingerauscht! Schnupper mal, wie komisch es riecht!« Er sank auf den Stuhl nieder und senkte sein Gesicht auf den Revolver und schnüffelte wie ein alter Fuchs. »Ich habe ihn neulich mit der doppelten Menge Knallpulver ausprobiert, und es hat wunderbar geknallt! Ich habe ihn Johan am Geburtstag weggenommen. Kinder sollen mit solchen Dingern nicht herumlaufen, jedenfalls nicht in Ortschaften. Sie können damit ja die Leute erschrecken. Kinder haben kein so ausgeprägtes Urteilsvermögen. Ein überempfindlicher, alter Mensch könnte wirklich von dem Knall einen Herzinfarkt kriegen ...«

Der überempfindliche, alte Mensch schleppte sich hinaus.

Wenn der Infarkt eintrat – und daß er eintreten würde, davon war ich in dem Augenblick überzeugt –, wollte ich wenigstens in meinem Bett liegen.

Als ich am nächsten Tag nach dem Mittagessen im Flußpark umherschlenderte, um Beinen und Herz die empfohlene Dosis Bewegung zu verschaffen und den Anblick all der Kinder zu genießen, die ich nicht erziehen, und der Enten, die ich nicht füttern mußte, begegnete ich dem Botschafter.

Er sah alles andere als vergnügt aus, schaute mich ungefähr so an, als betrachtete er einen Darmvirus, und ich verstand ihn. Unser letztes Zusammentreffen fand in diesem schrecklichen Haus in dieser schrecklichen Nacht statt, und an solche Begegnungen erinnert man sich weder gern noch mit einem Lachen auf den Lippen und dem Schalk in den Augen – dazu muß man schon Oberstudienrat oder dialektkundiger Botschafter sein.

Er erkundigte sich nach dem Staatsminister – vorsichtig, aber zugleich wißbegierig, so als frage man den Tierpfleger nach dem Käfig des menschenraubenden Gorilla-Männchens. Dann erging er sich in rascher Folge in einer ganzen Reihe von undiplomatischen Äußerungen über den Geisteszustand des Staatsministers und schloß mit den Worten: »Wenn dieser Mann nur ein bißchen intelligenter wäre, dann wäre er ein Halbidiot.« Ich widersprach ihm nicht, das tue ich in solchen Fällen nie. Ich lebte gewiß nicht in dem Glauben, der Staatsminister sei ein Halbidiot, obwohl, manchmal bin ich mir sicher, daß er einer ist, aber wenn ich meine Meinung rechtfertigen soll, weiß ich nie so recht, worauf ich mich berufen soll.

»Ich gehe hier spazieren, weil ich auf die Abendzeitungen warte, auf ›Die Stockholmer Pest‹, wie ich sie immer nenne«, fuhr der Botschafter mit einer Assoziationskette fort, zu deren Verständnis man nicht den Abschluß an einem höheren psychologischen Institut gemacht haben mußte. »Bin gespannt, was sie über den Hund schreiben. Sagen Sie, ist auch er wirklich durch Arsen gestorben? Ach, tatsächlich? Ja, es muß ein Verrückter sein, der hinter den Verbrechen steckt. Daß ein normaler Mensch den Fabrikdirektor umbringen will, kann man zur Not noch verstehen – er war reich und grob in ganz verlockender Verbindung –, aber wer, außer einem Geistesgestörten, kann einen Grund haben, seinen Hund zu töten? Des Menschen bester Freund ist der Hund, das traf in diesem Fall zu. Ja, man hat Ihnen bestimmt erzählt, wer dem Fabrikdirektor den Hund geschenkt hat? Als vor fünf Jahren die Schwester meiner Frau Welpen bekam –

ja, natürlich ihre Hündin –, wußte sie nicht wohin damit und hat mir einen geschickt, ohne darüber nachzudenken, daß ich bei meinem Beruf kaum einen Hund gebrauchen konnte – die Quarantäne-Bestimmungen sind außerordentlich streng. Deshalb habe ich ihn an den Fabrikdirektor weitergegeben, und zuerst hat er natürlich gefaucht, etwas davon geschrien, daß weder er noch Mommy ihm die Brust geben könnten, aber nach ein paar Tagen war er in den armen Teufel ganz vernarrt. Aber wie gesagt, wer kann einen Grund gehabt haben, einen Hund zu töten?«

Er beugte sich zu mir, und für die Bruchteile einer Sekunde hatte ich den Eindruck, ich sähe etwas hinter der formvollendeten Fassade der weichen Haarpracht und den halb geschlossenen Augenlidern – etwas Faszinierendes, vielleicht auch etwas Erschreckendes ...

»Glauben Sie mir, hier läuft ein Wahnsinniger frei herum! Kein harmloser Idiot wie der Staatsminister, sondern ein gefährlicher, unberechenbar Verrückter. Wäre ich an Ihrer Stelle, dann würde ich sofort abreisen. Ich glaube nicht, daß jemand, sei es Mensch oder Tier, noch eine Stunde länger in diesem Haus oder womöglich in der Stadt sicher ist. Mommy können Sie bestimmt nicht überzeugen, aber versuchen Sie, heute den Staatsminister und das Mädchen mitzunehmen. Ich habe Angst, sehen Sie, richtig Angst ... Und ich glaube, es ist Eile geboten.«

Aber es war schon alles vorbei.

Die Frau im Zeitungskiosk hatte angefangen, die Schlagzeilen des Tages aufzuhängen. Die Schlagzeilenplakate flatterten stolz gegen ihre bleichwangigen morgendlichen Kollegen an.

Für einen kurzen, herzzerreißenden Augenblick glaubte ich, Krieg sei ausgebrochen.

Aber dann schmolzen die Buchstaben zu Worten und zu Zeilen zusammen. Zu entscheidenden Worten, Worten ohne

Rückhalt und Fluchtmöglichkeiten und zu absolut kohärenten Worten:

SOHN DES ERMORDETEN VERHAFTET!
BANKDIREKTOR GESTEHT!

24

Hatte man die äußere Schicht abgetragen – was nicht so leicht war, denn die Redakteure hatten nichts unversucht gelassen, persönliche Details, gespickt mit Zwischenmenschlichem und tendenziöser Berichterstattung, ausfindig zu machen –, kam klar und deutlich zum Vorschein, daß Ejnar Lindberg, geschäftsführender Direktor der Provinzbank, am selben Morgen in seinem Haus in Danderyd unter dem dringenden Tatverdacht der groben Unterschlagung verhaftet worden war. Er war sodann zusammengebrochen und hatte ein Geständnis abgelegt. Von Beträgen zwischen einer und fünf Millionen Kronen war die Rede. Das Geld war zur Finanzierung von mißglückten Aktienspekulationen und für hohe Einsätze beim Pferderennen ausgegeben worden.

Die Polizei bestritt, daß ein Verdacht wegen Mordes vorliege.

Der Botschafter hatte beide Blätter vom Tresen an sich gerissen und flog zwischen den Rubriken und Seiten hin und her, fort von der Welt und der kleinlichen Dame, die ihn durch die Verkaufsluke aufforderte, ihr sofort den Preis der geraubten Zeitungen in voller Höhe zu erstatten – was nicht schwer gewesen sein dürfte.

Ich selbst hielt mich abseits und rief in Harpsund an. Ich hatte das Gefühl, daß der Staatsminister bei seiner geliebten Mommy sein sollte, wenn der dickste Skandal in der Geschichte von Ädelsta vor der Tür stand und die mittagsschläfrige Ortschaft wachrüttelte …

Sie hatte schon bei unserer ersten Begegnung am Abend müde ausgesehen. Jetzt, nach einer Woche voller tragischer Ereignisse, schien weniger ihr Körper als vielmehr ihr starker Wille sie aufrecht zu halten. Die kleine Gestalt war vielleicht nicht gebeugt worden, sondern eingeschrumpft, tiefer in die Falten und Spitzen ihres Kleides gesunken.

Wir saßen im Wohnzimmer beisammen, und Lotta war bei uns.

»Ja, meine Lieben, ich weiß seit fast einem Monat davon und habe es schon länger geahnt. Seht ihr, es kommt nicht zum ersten Mal vor, ich bedauere, das sagen zu müssen. Vor fünfzehn Jahren, da war er erst Buchhalter und hatte sich Geld aus der Kasse geliehen. Er ist zu mir gekommen – zu seinem Vater traute er sich nicht –, und ich habe ihm meinen Spargroschen gegeben. Der hatte für das eine Mal gereicht, und er konnte zurückzahlen, was er sich genommen hatte, und es wurde nie entdeckt. Ja, ich habe auch sogar mein Geld zurückbekommen. Es lag an seiner bedauerlichen Schwäche für Spekulationen an der Börse, die ihn dazu getrieben hatte. Und ich kann nicht sagen, daß sein Vater vollkommen unschuldig an den Dingen war, die geschehen sind. Schon als Ejnar noch ein Kind war, hat er mit ihm immer über Geld und Anlagen geredet, und es kann nicht gut sein, kleinen Jungen so etwas beizubringen, und das habe ich ihm auch oft gesagt. Ja, Ejnar hat damals mein Geld bekommen, aber auch einen ordentlichen Rüffel, und er hat geweint und hoch und heilig für die Zukunft Besserung gelobt, so daß ich geglaubt habe, er hat seine Lektion gelernt. Und alles schien danach so gut zu laufen, er hat immer schönere Titel bekommen, und im vorigen Winter ist er zum Direktor der ganzen Bank ernannt worden. Und ich habe gedacht, ich würde es nie zu bereuen brauchen, daß ich ihm geholfen habe, sein Leben in Ordnung zu bringen.

Doch vor einiger Zeit habe ich festgestellt, daß ihn schwere Sorgen quälten; kennt man einen Menschen gut und hat man Augen im Kopf, dann merkt man so etwas schnell. Er war rastlos, nervös, und die Besuche hier zu Hause wurden immer seltener und immer kürzer. Und vor einem Monat hat er aus Stockholm angerufen und so seltsam geklungen und gesagt, er müsse mich sehen. Ich habe natürlich geantwortet, er solle herkommen, aber es war vollkommen unmöglich. Egal wo, aber nicht hier. Also haben wir uns in Thereses Wohnung getroffen. Nein, sie war so rücksichts- und verständnisvoll und hat einen langen Spaziergang gemacht. Und bei ihr hat er von all den entsetzlichen Dingen erzählt. Wie er mit Hilfe eines Strohmannes auf Kredit Forstaktien gekauft hat, wie die Aktien auf weniger als die Hälfte des Wertes gefallen sind, wie der Kredit geplatzt ist, wie er die Bücher der Bank frisiert hat und daß er Geld haben mußte, sofort sehr viel Geld. Um im letzten Versuch wieder zurückzugewinnen, was er verloren hat, hat er mit Pferdewetten angefangen, aber das war vollkommen schiefgelaufen. Ich habe gefragt, wieviel er brauche, und er antwortete: ›Mehr als eine Million.‹ Ich war wie vor den Kopf geschlagen und habe gesagt, er müsse verstehen, daß ich soviel Geld nicht habe, und da hat er dieses fürchterliche Lachen gelacht, das er sich zugelegt hat und gesagt, er verstehe es, wollte aber, daß ich mit seinem Vater sprach und ihn vorbereitete und ihn um Geld bat. Aber das habe ich entschieden abgelehnt. ›Das ist eine Angelegenheit, die nur du allein erledigen kannst, das mußt du verstehen‹, habe ich gesagt. Und dann hat er Worte ausgesprochen, von denen es mir kalt den Rücken hinuntergelaufen ist. ›Wenn Vater nur sterben würde, dann würde vielleicht alles ins reine kommen!‹ Ich bin ihm davongelaufen, ja, auf die Straße hinaus, und ich glaube, ich bin auch den ganzen Weg nach Hause gelaufen. Nein, der Polizei habe ich keine Silbe davon erzählt. Therese nicht und keinem Menschen, außer jetzt euch. Das einzige Wesen, dem ich etwas anvertrauen konnte, das war die alte Missan!«

Die hörte ihren Namen, sprang Mommy auf den Schoß, schmiegte sich an sie und schob schließlich ihren Kopf unter die Spitzen der Halskrause.

Und Mommy beugte sich über sie und weinte, weinte ihre Verzweiflung über ein Schicksal hinaus, das so unbarmherzig das Heim zerstört hatte, in dem sie ihre Aufgabe und ihr Glück gefunden hatte.

Eine Stunde später zwängte sich Therese Doolck-Carlsson den Gartenweg entlang.

Die weißen Strähnen flatterten wie eine schlampige Stola um die kräftigen, sackgeschmückten Schultern, sie atmete schnaufend durch die Nase und war in jeder Hinsicht ganz unangenehm die alte.

»Wie hat sie es aufgenommen? Die arme Mommy, wie hat sie es aufgenommen? Was für ein Schmarotzer, was für ein Schweinehund! Aber ich habe schon oft gedacht, daß es so ein Ende mit ihm nehmen würde!«

Mommy, die sich nach ihrem Ausbruch des Kummers und der Verzweiflung zusammengerissen hatte, tauchte aus den ewigen Verrichtungen in der Küche auf, allein, um in Thereses Umarmung zu verschwinden, Ziel lautstarker Seelenergüsse und hochtrabenden Mitleids, aber auch barscher Vorwürfe für erwiesene Freundlichkeit gegen den Verdammten. Die Schriftstellerin echauffierte sich ausgiebig und ließ die absurde Situation aufkommen, daß Mommy ihre Trösterin beruhigen und sie fast aufs Sofa nötigen mußte, wo sie allmählich einen Zustand erreichte, den man mit etwas gutem Willen und ohne große Ansprüche als relatives geistiges Gleichgewicht bezeichnen konnte.

Mommy jedoch mußte abermals von ihren aufreibenden Begegnungen mit dem Neffen berichten. Als sie damit fertig war, fing der Lumpenhaufen in der Sofaecke von neuem Feuer.

»Oh, war das der Grund, warum er an diesem Tag das Haus für sich allein haben wollte? Aber du hättest mir doch ein Wort davon sagen können, dann hätte ich ihn mir einmal vorgeknöpft. Ich weiß, wie man mit Saukerlen umgeht!«

Sie schlug mit der Faust auf den Tisch, aber Mommy ging Kaffee aufsetzen. Kaum war sie aus der Tür, da beugte sich Therese schon zum Staatsminister und fragte mit tiefer, atemloser Stimme: »Hat er den Dackel wirklich auch mit Arsen umgebracht?«

Sie bekam eine, wie ich fand, unnötig ausführliche Schilderung dessen geboten, was dem Tier widerfahren war, jedoch ganz offensichtlich war keines der Worte an sie verschwendet. Der Blick war wie auf dem Gesicht des Staatsministers festgenagelt und als er bei einer Gelegenheit Anzeichen zeigte, ein anatomisches Detail könne ihm entschlüpfen, pochte die Schriftstellerin auch in diesem Punkt auf klare Auskunft.

»Vierundfünfzig Menschen und einen nicht ausgetragenen Embryo habe ich umgebracht«, murmelte sie. »Aber ein Tier habe ich noch nie getötet. Ich frage mich …«

Sie erhob sich und trampelte eine Weile in dem Zimmer auf und ab, verschwand dann aber im Eßzimmer außer Sichtweite.

»Liebe Therese, geh nicht in Adolfs Zimmer! Dort ist jetzt alles hergerichtet!«

Es lag nicht die Spur eines Vorwurfs in der Stimme, doch als die Schriftstellerin zusammen mit Mommy wieder auftauchte, war sie rot im Gesicht wie ein kleiner Junge, den man ertappt hatte, wie er bei den Mädchen in die Toilette gespäht hatte …

»Vergiß nicht, daß du morgen nach der Beerdigung zu mir ziehst!« sagte Therese beim Abschied im Kommandoton zu

Mommy. »Ich habe schon das Gästezimmer eine Treppe höher zurechtgemacht, das mit dem Blick auf den Fluß. Ich bin doch zu dumm! Du willst natürlich am liebsten deine eigenen Möbel mitnehmen. Ich bestelle einen Umzugswagen. Du kannst übrigens den Flur da oben auch möblieren, stell' dir mal vor, wie gut sich Adolfs Sekretär zwischen dem Fenster und der Treppe machen würde!«

Aber Mommy lächelte, wie man über den Einfall eines Kindes lächelt, und sagte, es sei später noch genug Zeit, um alles zu besprechen. Und dann begleitete der Staatsminister die Schriftstellerin an die Tür zum Garten, da sie am nächsten war, und sie trottete zwischen den Büschen davon.

Doch die Tür ließ er für den Sommer offen ...

Mommy machte sich an ihre Arbeit, und ich knarrte hinauf in mein Zimmer, um mich vor dem Essen etwas auszuruhen. Ich streckte mich auf dem Bett aus, machte es mir mit dem Kissen gemütlich und dachte, daß ich bei diesem Lebensrhythmus bestimmt schon im Herbst den vorzeitigen Ruhestand erreicht haben würde ...

»Hoch mit dir! Los jetzt!«

Mir war klar, daß Feuer ausgebrochen sein mußte, und rappelte mich hoch. Jemand warf mir das Jackett über und zog mich in den Flur.

Die Treppe knarrte in der Tat sehr bedrohlich ...

Doch als wir durch die Diele und das Wohnzimmer ins Eßzimmer gingen, hörte ich keine Schritte; wir beide waren ganz offensichtlich auf Strümpfen unterwegs.

»Nein«, murmelte ich, »nicht dahin! Mommy will nicht, daß jemand da hineingeht ...«

Doch der Staatsminister hatte bereits die Tür geöffnet.

Und erst da wurde ich richtig wach.

Der gewaltige Sekretär war von seinem Platz an der Wand abgezogen worden.

Daneben kniete Therese Carlsson.

»Jetzt«, zischte der Staatsminister, als er der Frau in dem Zimmer den Weg versperrte, »jetzt verlange ich eine Erklärung! Warum sind Sie ins Schlafzimmer des Fabrikdirektors eingedrungen, und was haben Sie mit dem Sekretär vor? Und warum laufen Sie seit dem Tod des Fabrikdirektors hier wie eine Hyäne herum, die Aas gewittert hat? Die Wahrheit bitte und keine literarischen Phantasien!«

Die Frau im Stuhl lachte schrill und leicht gackernd.

»Ich fürchte, Sie mit Ihrem vertrockneten Technokratenhirn werden die Wahrheit gerade als das auffassen, was Sie als ein Produkt der literarischen Phantasie bezeichnen. Aber Sie sollen sie selbstverständlich zu hören bekommen! Das Ganze ist sehr einfach. Schon an jenem Morgen, als der Alte gestorben ist, habe ich die Idee gehabt, was es für eine ausgezeichnete Anfangsszene in einem Buch abgeben würde: der unbeliebte und reiche Achtzigjährige, der am Morgen seines Geburtstages tot in seinem Bett gefunden wird! Und seitdem habe ich natürlich versucht, den Fall so genau wie möglich zu verfolgen und zu studieren. Wie Sie hätten wissen können, wenn Sie nicht der wären, der Sie sind, lege ich in meinen Büchern immer außerordentlich viel Wert auf eine genaue und ganz wirklichkeitsgetreue Beschreibung des Milieus. Ich will dem Leser eine absolut realistische Schilderung jedes einzelnen Aspektes liefern. Aus diesem Grund wollte ich mir den Sekretär genauer ansehen. Ich muß selbst die Feder zum Geheimfach in Augenschein nehmen, sie berühren und untersuchen, wie der Mechanismus funktioniert. Und wenn Mommy mich nicht läßt, dann muß ich es eben heimlich machen. Nicht zum ersten Mal verschaffe ich mir auf diese Weise Aufschluß.«

Der Staatsminister erklärte, er sei in diesem Punkt bereit, ihr zu glauben.

»Und«, fuhr er fort, »in einem Jahr liegt also eine Schilderung der tragischen Ereignisse in diesem Haus in allen Buchhandlungen des Landes? Sie zeichnen den Fabrikdirektor, sein Heim und seine Familie so nach, daß ganz Ädelsta alles wiedererkennt?«

»Ich verwende natürlich andere Namen und nehme im übrigen eine Menge für den Zusammenhang unbedeutende, aber verwirrende Änderungen vor. Sie glauben gar nicht, wie blind die Leute für das sind, was man ihnen nicht direkt auf die Nase bindet. Außerdem liest man hier meine Bücher nicht.«

Es klang wie das endgültig vernichtende Urteil über die moralischen und kulturellen Maßstäbe der Einwohner von Ädelsta.

»Aber was ist mit Mommy? Soll sie etwa alles noch einmal durchmachen müssen?«

Die Frau zuckte die Schultern.

»Ich fürchte, eine Künstlerin kann derart extreme Rücksichten nicht nehmen. Würden wir Schriftsteller ständig auf alle schielen, die sich irgendwie unangenehm berührt durch unsere Werke fühlen könnten, dann würden nur sehr wenige Bücher erscheinen.«

»Und wie weit sind Sie mit dem Buch?«

»Wie ich schon erwähnt habe, als Sie zu Besuch waren, arbeite ich immer noch an dem Buch, das im Herbst herauskommt. Aber mitten in all der Plackerei, den Text zu schreiben und ihm den letzten Schliff zu geben, betreibe ich wie gewöhnlich Gehirn-Jogging, indem ich mir den Plot für das nächste Buch zurechtlege. Und das wird in Ädelsta spielen. Das Milieu und die Personen sind fertig – ja, ich fürchte, von Ihnen konnte ich nicht gerade ein sympathisches Porträt entwerfen. Und was die Intrige angeht, sind nur noch Details auszuformulieren.«

»Dann wissen Sie wohl auch, wer der Mörder ist?«

»Natürlich.« Sie beugte sich zum Staatsminister vor, schnüffelte an ihm, atmete ihn gleichsam ein. »Glauben Sie, daß ich, die ich mich seit dreißig Jahren mit der Psychologie des Mordes und des Bösen beschäftige, in dieser Geschichte nicht den Durchblick habe? Natürlich weiß ich, wer der Mörder ist … Oh, wie sind Sie doch blind, so blind!«

Die kühle, würzig frische Abendluft tat mir gut.

Welchen Duft ein Garten entfalten kann, wenn es im Sommer regnet!

Aber Lotta mußte den Rasen mähen, und diesmal durfte sie nicht das Gras bei der Hecke vergessen. Wenn es nicht schon zu lang war …

Mir war schwindelig, und ich wäre hingefallen, wenn die Hand nicht am Zaun Halt gefunden hätte.

Es war also wahr … wahr … wahr …

Daß Tiere sich verkriechen, wenn sie spüren, daß der Tod nahe ist.

Aber der Dackel war nur imstande gewesen, halb unter den Busch zu kriechen.

Missan war es nicht gelungen, sich zu verkriechen, auch ihr nicht, weder vor ihrem Mörder noch vor dem Tod. Und sie war auch nicht sehr viel weiter gekommen als ihr Spielkamerad, den Körper angesichts des Todes zu bedecken.

Der helle, fast weiße Bauch leuchtete da unten zwischen den Blättern wie eine Schar Buschwindröschen im Moos.

Die Pfoten waren ausgestreckt, wie an ein unsichtbares Kreuz genagelt.

Ich brauchte sie nicht anzufassen oder mich hinunterzubücken, um zu wissen, daß sie tot war.

25

»Es klingt verrückt, ich weiß«, murmelte er, »aber vielleicht hat der Mörder Angst gehabt, die Tiere hätten ihn irgendwie verraten oder uns zu ihm führen können. Hat der Dackel nicht in der Nacht, als sein Herrchen gestorben ist, vor dem Zimmer des Fabrikdirektors geschlafen? Vielleicht hat er ...«

Wir saßen oben im Flur, und die Dämmerung fiel durch die Fenster.

»Nein«, widersprach ich, »hier ist für einen vernünftigen oder logischen Gedanken kein Platz. Wir haben es mit einem Verrückten zu tun, mit einem unberechenbaren und gefährlichen Verrückten. Ich habe meine Sachen gepackt und ziehe noch heute abend ins Hotel. Und ich möchte dir raten, mitzukommen.«

Doch er schien mich nicht gehört zu haben.

»Vielleicht kann das bloße Wissen, daß es *jemanden* gibt, auch wenn es nur ein Tier ist, das beobachtet hat, wie er mit dem Gift ins Zimmer und ans Bett geschlichen ist, zu Handlungen führen, die wir als Ausdruck von Wahnsinn einstufen müssen? Ein Mensch, der unter unglaublichem psychischem Druck steht ... Wer weiß, wie er in seiner Angst denkt und handelt ... Wer zieht in so einem Fall die Grenze zwischen Wahnsinn und planmäßigem Handeln?«

»Na«, sagte ich, »jetzt ist immerhin Ejnar Lindberg vom Verdacht des Mordes befreit.«

»Warum? Er hat doch gestern abend hier das Haus verlassen und ist heute morgen in Stockholm festgenommen worden. Aber er kann doch gestern das Gift ins Hackfleisch gemischt haben – und wie raffiniert, diesmal das Gift in Fisch zu tun! Und beim Hinausgehen im Dunkeln hat er es irgendwo hingeworfen, wohin am Tag die Sonne nicht scheint.«

Er trat ans Fenster, stand dort etwas eingesunken und schaute in den Garten.

Und dann fielen die Worte, die ich nie mehr vergessen kann, weil sie mich mit so elementarem, uraltem Schrecken, mit so absolutem Grauen erfüllten.

»Vielleicht«, sagte er wie zu sich selbst, »vielleicht sind wir auf dem Holzweg gewesen, von Anfang an ... Wir haben nach jemandem gesucht, der einen Vorteil vom Tod des Fabrikdirektors hat, nach jemandem, der ihn so unsagbar gehaßt hat, um ihm nach dem Leben zu trachten. Aber vielleicht hätten wir statt dessen versuchen sollen, den Menschen zu finden, der *Mommy* haßt, und sie so unbeschreiblich, jenseits aller Vernunft haßt, daß er sich nicht mit weniger zufrieden gibt, als bis er ihr alles genommen hat, das für sie im Leben Inhalt und Glück bedeutet: den Bruder, das Haus, die Tiere. Jetzt ist sie einsam, Vilhelm, vollkommen einsam! Und ist dem so, und jetzt glaube ich es, dann ist dieser Mann wahrhaftig ein Teufel. Nicht unbedingt verrückt, bei aller Versöhnlichkeit, die dennoch das Handeln eines solchen Menschen hat. Aber haßerfüllt, boshaft, teuflisch, so unfaßbar teuflisch ...

Er drehte sich um.

»Ich habe Angst ...«

Die Stimme drang wie ein Flüstern aus der Dämmerung am Fenster an mein Ohr.

»Ich habe Angst, in dieses Gesicht zu blicken ...«

Und dann kam der Montag und mit ihm die Beerdigung, und von neuem und zum letzten Mal versammelten sich im Haus des Fabrikdirektors die Menschen, die seine kleine Welt ausgemacht hatten. Und ich dachte bei mir, daß es bestimmt auch das letzte Mal war, daß sie überhaupt zusammenkamen, diese Leute, die bloß die eine Gemeinsamkeit verband, daß sie von dem Mann angezogen oder an ihn gebunden waren, der am Ende von einem von ihnen getötet worden war und den sie jetzt gemeinsam zu Grabe trugen ...

Der Akt der Beerdigung war schön gewesen. Aber woran ich mich erinnere, wenn ich daran zurückdenke, das sind die fremden Personen. Sie waren uns auf dem Weg zur Kirche gefolgt, sie füllten das kleine Heiligtum, und sie warteten davor auf uns. Am besten erinnere ich mich an ihre Gesichter, ihre Augen: neugierig, lüstern, mitleidig. Und man mußte schließlich Verständnis haben: Ein ermordeter Mann wurde zur letzten Ruhe gebettet, und das letzte Geleit gab ihm auch sein Sohn, der so hoch gestiegen und so tief gefallen war. »Warum hat er es getan? Wo ist das Geld geblieben? Was hätte der Vater gesagt, und wie hätte er heute ausgesehen? Und warum wurde der Alte gerade jetzt aus unserer Mitte gerissen, da wir einmal etwas anderes als Stolz und Hochmut in seinem Gesicht hätten lesen können ...?«

So wie sie sich da in dem alten Haus sachte um den Tisch bewegten, kam mir der Gedanke, daß einer von ihnen ein gefährlicher und rücksichtsloser Mörder sein sollte, wirklichkeitsfremd vor. In ihrem warmen Sonntagsstaat und mit ihren blanken Gesichtern erinnerten sie an Kinder, die sich für eine Prüfung feingemacht hatten. Unschuldig in der Hauptsache, etwas besorgt, sie könnten die letzte Prüfung und die letzte Aufführung nicht bestehen, voller Erwartung auf die Freiheit da draußen und danach.

Aber einer von ihnen hatte die Serie von grausamen und schrecklichen Ereignissen ausgelöst, die soviel aufgerissen hatten, das hätte verborgen bleiben sollen, und die soviel an die Oberfläche gezerrt hatten, das dort in der Tiefe hätte weiter ruhen sollen, und uns alle in diese Situation und zu dieser Versammlung geführt hatten und die trotz allem nicht der Schlußpunkt der Geschichte sein konnten und durften ...

Einer von ihnen.

Wer von ihnen?

Der kleine General, der so taktvoll, so besorgt war, er könnte sich am Tisch vordrängeln?

Der Botschafter, der im Frack schön gemeißelt, weltgewandt, selbstsicher, aufmerksam gegenüber seinen Mitgästen, würdevoll gegenüber den Trauernden war?

Der stiernackige Apotheker, der so sehr in seinem steifen, schwarzen Panzer schwitzte und so eifrig an seinem kleinen Arzneifläschchen fingerte, wie um etwas aus dem sicheren Alltag mit in die ungewohnte, seltsame Umgebung hinüberzuretten?

Therese Carlsson, die schwer an ihrer schwarz gewandeten Körperfülle trug wie ein mit Trauerflor behängtes Gardepferd, scharfäugig, äußerst aufmerksam bei allem und jedem, mit dem Gesicht dicht an anderen Gesichtern, als wolle sie jede Veränderung, jede Reaktion ablesen und deuten und, wenn möglich, sich auch einverleiben und die Seele, die Gedanken packen und sie in Besitz nehmen, um sie dann auf den noch weißen Seiten ihres neuen Buches auszubreiten? War sie es?

Ejnar Lindberg, diskret beobachtet von dem fremden Herrn, der ihm auch in der Kirche nicht von der Seite gewichen war, der ihn von Stockholm begleitet hatte und ihn bald wieder zurückbringen sollte; die zentrale Gestalt, der nächste trauernde Angehörige, der nervös Lachende, mit dem Fett, naß vor Schweiß, und dem angeklebten Haar? Konnte er es sein?

Oder Olivia, die ganz geschickt immer jemanden zwischen sich und ihren Mann plazierte, demonstrativ und trotzig lautstark, aber mit fahrigem Blick und gekünsteltem Lachen?

Oder Lotta, in einem Minirock, so schwarz wie er kurz war, leichenblaß unter dem Sonnenbrand, mit den ruhigen, großen, ernsten Augen?

Und zwischen ihnen bewegte sich Mommy, noch einmal die Gastgeberin im Hause des Bruders: dünn, fast ausgemergelt, jenseits des menschlichen Vermögens geprüft, mit dem noch großen Ehrgeiz, daß niemand von dieser letzten Versammlung in dem alten Haus hungrig heimgehen sollte.

Wir brachen kurz vor den anderen auf.

Der Staatsminister mußte zum Abendessen in Stockholm sein, und die Fahrt sollte über Harpsund gehen.

Mommy weinte in der Stunde des Abschieds nicht, aber sie umarmte ihn lange und sagte, er solle vorsichtig fahren und gut auf sich aufpassen. Und er versprach, bald wiederzukommen und erklärte, sie werde es bei Therese ruhig und schön haben und daß sie sich ausruhen und etwas einnehmen solle, damit sie nachts schlafen konnte, und Mommy antwortete, daß alle so lieb zu ihr seien, kürzlich habe sie Tabletten zum Schlafen bekommen, und daß ihr Junge sich ihretwegen keine Sorgen zu machen brauche, sie sei zufrieden und würde es gut haben.

Und damit waren wir draußen und im Auto und auf der Straße weg von Ädelsta.

Das Geheimnis hatten wir nicht gelüftet, des Rätsels Lösung hatten wir nicht gefunden ...

Der Staatsminister drehte sich um und warf einen letzten Blick zurück auf das alte Haus.

Wir sprachen nicht viel. Der Staatsminister fuhr ruhig und ein wenig geistesabwesend und mir war klar, daß er in Gedanken immer noch bei Mommy und Ädelsta war.

Die Aktentaschen wurden in Harpsund geborgen, Gespräche geführt, und dann zeigte der Kühler in Richtung Stockholm.

»Ist es nicht so«, begann der Staatsminister im großen

Wald, »daß man alte Grabfelder finden kann, die unter der Erde und dem Gebüsch verborgen sind, wenn man von der Luft aus danach sucht? Daß man aus großer Höhe Veränderungen in der Vegetation und der Erdoberfläche erkennt, die jemandem nicht auffallen, der unten auf dem Boden geht? Es ist die Höhe, der Abstand, die das bewirken ... Vielleicht verhält es sich mit unserem Rätsel auch so, es gibt eine Kontur, ein Muster, aber wir brauchen Abstand, um es zu entdecken ... Was ist nun das wieder?«

Es war eine Hochzeit. Den kleinen, mit Kies bestreuten Fleck vor den Kirchhofpforten füllten fröhliche, winkende Menschen. Das Brautpaar wollte gerade in der offenen Kutsche Platz nehmen, und als Schutz vor dem Nieselregen spannte über ihnen ein kleiner, fetter Mann einen Regenschirm auf. Er war wirklich sehr klein und sehr fett, und er mußte sich auf die Zehenspitzen stellen, und das sah sehr lustig aus. Doch am meisten schaute ich die Braut an. Ihr Kleid war ein Traum aus Spitzen und Tüll, und sie selbst war gerade so jung und so reizend, wie eine Braut im Sommer auf dem Lande nur sein konnte ...

Aber das Auto hatte viel zu hohes Tempo!

Und es folgte einer Bahn, die uns direkt in die Steinmauer führen mußte.

Ich schrie ihn an.

Aber er starrte ungerührt vor sich hin.

Ich schlug die Hände vors Gesicht und in dem Augenblick spürte ich, wie die Bremsen arbeiteten und die Gurte sich über Brust und Hüfte strafften, und er vollführte eine ungestüme Drehung mit dem Lenkrad, durch die der Wagen auf die rechte Straßenseite geworfen wurde und an den Menschen so nahe vorbeiglitt, daß wir ihre Kleider gestreift haben mußten.

Ich erinnere mich an einen offen Mund und ein vor Schreck aufgerissenes Paar Augen.

»Wie fährst du! Wie fährst du!«

Die Worte waren zwar meine, doch die Stimme war die eines Fremden.

Er saß stocksteif hinter dem Steuer, und das Auto, das wieder auf der richtigen Fahrbahn war, rollte langsam zwischen den Feldern dahin.

»Du hättest uns beide umbringen können!«

Die Angst stieg in Wellen hoch.

Der Wagen kam zum Stillstand, und jetzt drehte er endlich den Kopf um, und ich erkannte an seinem Blick, daß er mich nicht gehört hatte.

»Ich hätte es sehen müssen«, flüstere er. »Ich hätte es sehen müssen ... Es ist doch alles ganz klar. Das Muster, man sieht es ja so deutlich jetzt, von hier oben ...«

»Was faselst du da? Was siehst du?«

Das Auto wurde wieder gestartet und krängte über die Straße. Die Räder rollten vom Asphalt, rutschten im Kies, kamen aber vorwärts.

Wir befanden uns auf dem Rückweg.

Es war zwischen fünf und sechs Uhr am Nachmittag. Vor zwei Stunden hatten wir Ädelsta verlassen und waren 300 Kilometer davon entfernt.

Er murmelte vor sich hin, und seine Worte waren unzusammenhängend, finster, entsetzlich ...

»Wir kommen zu spät. Ich weiß es, wir kommen zu spät ... Ich bin blind gewesen, blind, blind ... Obwohl ich darauf gekommen bin, daß es etwas mit Mommy zu tun haben mußte! Aber ich habe gedacht, der Mörder wollte sie am Leben und leiden lassen. Und keine der verschwundenen Schlafmittelkapseln ist mehr übrig, alle vier sind verwendet worden, für den Hund, für die Katze ... Aber das hat nichts zu bedeuten ... Vielleicht ist noch Zeit. Vielleicht soll es erst heute abend geschehen, wenn es Zeit ist, ins Bett zu gehen ... Oh, Mommy, Mommy! Sie stirbt, Vilhelm, sie stirbt, weil ich so blind gewesen bin ...«

26

Von der Rückfahrt nach Ädelsta habe ich nicht mehr allzuviel in Erinnerung.

Ich entsinne mich des Regens, der in Strömen goß und in solchen Sturzbächen die Windschutzscheibe überflutete, daß die Wischblätter kaum in der Lage waren, für eine leidliche Sicht zu sorgen.

Und ich entsinne mich des Gefühls von ohnmächtiger Wut, von Entsetzen, aber zugleich vitalisierenden Hasses gegen den schattengleichen, bösartigen Menschen, der jetzt auch seine Hand nach Mommy ausstreckte.

Aber von meinen Gedanken weiß ich nur noch wenig.

Endlich bogen wir in die Lillgatan ein.

Im selben Augenblick sah ich, wie die Tür zu Mommys Haus geöffnet wurde und eine Gestalt hinauswankte, fast stürzte.

Durch das überströmte Glas der Windschutzscheibe beobachtet, verlor sie ihre Konturen, zerfloß zu einer unscharfen, verwischten Masse und was nicht im Regen verschwamm, das verbargen die Kleider: die Stiefel, der lange Mantel und die übergezogene Kapuze.

Doch darunter mußte sich Stärke und Kraft befunden haben, da sie trotz des kräftigen Windes, der ihr anfangs ins Gesicht schlug, auf der Treppenkrone zwar zunächst zurückfederte, aber dann mit langen, weit ausholenden Schritten rasch gegen Wind und Regen anlaufen konnte.

Doch der Staatsminister verfolgte sie nicht. Denn für ihn gab es jetzt nur eine Sache, die wichtig war.

Er schien schon ausgestiegen zu sein, noch ehe das Auto zum Halten gekommen war, und lief die Treppe zur Tür hinauf, die immer wieder gegen die Hauswand schlug.

Windfang und Diele waren menschenleer.

Und das Wohnzimmer ...

Nein, jemand weinte da drinnen, hicksend, hysterisch und so laut, daß es durch das Geprassel an Fenstern und Wänden zu hören war.

Aber wo ...?

Auf dem Sofa.

Ich sah einen blauen Rücken mit einem roten Flicken und konnte nur denken: »Nicht sie! Bloß nicht sie!«

Der Staatsminister aber war schon bei ihr und schrie seine Frage heraus: »Wo ist sie?«

Doch er bekam keine Antwort, bloß ein krampfhaftes, gellendes Weinen. Und er hob den kleinen Körper von den Kissen und schüttelte und rüttelte ihn und schrie: »Wo ist sie? Wo ist sie?«

Und dann hob sie die Hand, zeigte nach oben und keuchte durch die Tränen: »Oben ... da oben ... Therese ist losgelaufen ...«

Keine Ahnung, wie ich ihm die Treppe hinauf gefolgt bin, aber wir standen gleichzeitig oder fast gleichzeitig vor Mommys Tür, und der Staatsminister riß sie auf.

Ich glaube, mir war schon auf der Schwelle klar, daß wir zu spät gekommen waren.

Das Rollo war heruntergezogen, aber die Dunkelheit in dem Zimmer war nicht so stark, als daß wir uns nicht hätten sehen und bewegen können.

Sie lag auf dem Bett.

Jemand hatte sie mit einer Decke zugedeckt und sie so weit hochgezogen, daß sich die Fransen mit dem weißen Haar vereinigten.

Sie ruhte auf der Seite, und die Hand war zur Bettkante

und zum Nachttisch ausgestreckt, auf dem das Wasserglas stand …

Jetzt kniete er vor dem Bett, und eine Hand war unter das Plaid geglitten, um den Puls zu suchen. Er holte einen kleinen Spiegel hervor und hielt ihn ihr vor das Gesicht.

Dann sackte er in sich zusammen, und der Kopf lag beim Kissen, und er strich über das fast weiße Haar und flüsterte: »Kleine Mommy, kleine Mommy, ich habe doch versucht, rechtzeitig zu kommen! Aber ich habe es nicht geschafft … Dein dummer, kleiner Junge, der immer zu spät kommt …«

»Ist sie … tot?«

Aber ich kannte die Antwort schon.

Und dann: »Wer hat das getan? Du weißt, wer es getan hat!«

Er hob den Kopf und schaute zu mir hin, die Augen blank vor Tränen, und stieß die unfaßbaren, entsetzlichen Worte aus: »Aber begreifst du denn nicht …? Verstehst du nicht … Sie selbst hat sie doch getötet, alle zusammen. Sie hat ihren Bruder getötet… und Pelleman … und Missan … Und jetzt ist sie ihnen gefolgt …«

27

Der Brief war zwischen Bett und Nachttisch gefallen.

Er war an den Staatsminister gerichtet, und er las ihn laut vor, mit einer Stimme, die ihm mehrmals versagte.

»Mein liebster Junge! Wenn du diese Zeilen liest, bin ich tot. Jedenfalls hoffe ich inständig, daß es so kommt. Ich sitze hier und schreibe diesen Brief spät am Abend und bin so müde und weiß kaum, wie ich schreiben und wo ich anfangen soll. Aber ich muß versuchen, mich kurz zu fassen.

Zuerst, und das ist das Allerwichtigste, will und muß ich gestehen, daß ich meinen Bruder Adolf Lindberg umgebracht habe. Ich habe es allein getan, und niemand hat von meiner Absicht gewußt, und danach habe ich mich niemandem anvertraut.

Wie ich dir bereits erzählt habe, weiß ich seit einem Monat, daß Ejnar in seiner Bank viel Geld veruntreut hat. Und es war an dem Nachmittag bei Therese, als er es mir anvertraute, womit all das Schreckliche seinen Lauf genommen hat.

Als ich von diesem Treffen nach Hause lief, konnte ich nur noch einen klaren Gedanken denken: ›Nie, nie darf Adolf es erfahren!‹

Ejnar bedeutete Adolf so unendlich viel, das war dir bestimmt schon an dem einen Abend aufgefallen, den du ihn kennengelernt hast. Seine Gedanken kreisten ständig um ihn und in Gesellschaft konnte er kaum ein anderes Gesprächsthema finden. Ejnar war sein einziger Sohn und sein einziges Kind, und er war rührend, grenzenlos stolz auf ihn und seine

Erfolge im Leben. Er hatte gute Examina abgelegt, mein Bruder Adolf hatte nur die Volksschule besucht, und Ejnar hatte es zum Chef einer großen Bank gebracht. Er verdiente sehr viel Geld und kannte viele berühmte Leute, und in den Zeitungen war oft sein Foto zu sehen, und all solche Dinge waren für Adolf wichtig und Zeichen wirklichen Erfolgs. In seinem grenzenlosen Vaterstolz erkannte er nie, daß Ejnar in vieler Hinsicht ein schwacher Mensch war. Für ihn war er der vollkommene Sohn, der beste, den ein Vater sich wünschen konnte, und er gab seinem Leben Sinn und Inhalt. Er selbst hatte keine Arbeit mehr und kaum noch echte Freunde. Seine scharfe Zunge schreckte wohl viele ab und diejenigen, die er gehabt hatte, sind tot. Die Bridge-Herren kamen wohl hauptsächlich, um einem alten Menschen eine Freude zu machen. Vielleicht hatten sie sich auch Geld geliehen. Mich hatte er bestimmt sehr gern, aber ich bedeutete ihm nicht viel, war wohl eher jemand, an den er sich gewöhnt hatte und von dem er in rein praktischen Dingen abhängig war. Nein, durch und für Ejnar lebte er in diesen letzten Jahren. Wie hätte ich ihn da wissen lassen können, daß sein Sohn in so grober Weise das große, in ihn gesetzte Vertrauen enttäuscht hatte und ein Betrüger, ein Verbrecher war, der ins Gefängnis gehen mußte? Das hätte ihn nicht umgebracht, sein Herz war stark, sagte der Doktor immer, aber es hätte ihm alle Freude genommen und hätte das, was er vom Leben noch gehabt hätte, zu einer einzigen langen Qual werden lassen.

Aber mir war auch klar, daß Ejnar, als er am Rande der Verzweiflung war und als die Aufdeckung seiner Tat kurz bevorstand, allen Mut zusammennehmen und seinem Vater alles gestehen und um Hilfe betteln würde. Aber was hätte mein Bruder Adolf tun können? Es handelte sich schließlich um eine unglaublich hohe Geldsumme. Er hätte sich zu niemandes Nutzen an den Bettelstab gebracht. Denn soviel Ahnung habe ich von den Gesetzen und der Welt, daß keine

Bank es sich leisten kann, ihrem Direktor einen Prozeß und eine Bestrafung zu ersparen, bloß weil es ihm gelingt, einen Teil dessen, was er sich ergaunert hat, zurückzuzahlen.

Ich hatte den entsetzlichen Tag vor Augen, an dem sich die Nachricht in ganz Ädelsta herumsprechen würde, daß der Sohn des Fabrikdirektors ein Schwindler großen Stils sei, nichts Besseres als ein einfacher Dieb – der Sohn, den er immer als gutes Beispiel hingestellt und mit dem er so geprahlt hatte, daß es sogar seinen Freunden schon zu den Ohren herauskam. Ich hatte all die Schadenfreude vor Augen, all das Gelächter, den Hohn und das falsche Mitleid, das um Adolf aufgesprudelt wäre, ihn beschmutzt, ihn ertränkt hätte. Und die Qual hätte nicht nur *einen* Tag gedauert, sie wäre für immer geblieben. Die ganzen Enthüllungen durch die Ermittlung, der Prozeß, das Urteil – es hätte nie ein Ende genommen. Nicht so lange er lebte, denn in einer kleinen Ortschaft wie Ädelsta vergißt man nicht, wenn Zeitungen vergessen, und hier kann man sich nicht verstecken. Er wäre hier herumgegangen wie die ständige Erinnerung an Ejnars Verbrechen und Schande, man hätte hinter seinem Rücken getuschelt, ihn Fremden und Neuhinzugezogenen mit dem Finger gezeigt. Man hätte über ihn gelacht, ihn belächelt, man hätte ihn bemitleidet und – glaube mir, denn ich kenne die Menschen – man hätte sich hinter vorgehaltener Hand zugeflüstert, er habe das Unglück seines Sohnes durch sein ewiges Gerede von Aktien und Geld verschuldet, und gemeint, er habe bestimmt gewußt, was der Sohn vorgehabt hatte. Adolfs Leben wäre eine einzige Qual, ein Alptraum gewesen.

Aber was konnte ich tun, um ihm diese unsagbare Last zu ersparen? Tags zerbrach ich mir den Kopf und nachts lag ich wach, aber ich konnte keinen Ausweg finden. Und im Grunde meines Herzens wußte ich schließlich, daß es keine Lösung gab. Eine Straftat konnte man nicht ungeschehen machen. Am Ende all dieser Tage und Nächte voller Grübeleien und Seelenpein hatte ich nur noch einen Wunsch – dem Ganzen durch den Tod zu entrinnen. Aber es hätte bedeutet zu fliehen und ihm, der übrigblieb, eine doppelt schwere Bürde aufzuerlegen. Doch der Gedanke an den Tod blieb. Und eines Nachts wußte ich, was ich zu tun hatte.

Ich mußte Adolf sterben lassen dürfen, ehe er von Ejnars Verbrechen erfuhr.

Ich war immer der Meinung, ein Mord aus Barmherzigkeit sei zu rechtfertigen, wenn es keinen anderen Ausweg mehr gibt. Und hält man es für Recht, einen Menschen zu töten, um ihn von einer großen und sinnlosen körperlichen Qual zu befreien, würde man da zögern, wenn man ihn vor endlosen seelischen Qualen retten kann?

Doch hier wie andernorts muß man die Konsequenzen seines Handelns tragen. Tötet man aus Barmherzigkeit einen Menschen, der einem lieb ist, dann muß man auch, das ist meine Überzeugung, bereit sein, ihm zu folgen – sofern man niemanden hat, der abhängig davon ist, daß man am Leben ist. Für mich war dieser Anspruch nicht schwer zu erfüllen. Ich hinterlasse keine Angehörigen und weiß keinen Menschen, der Schaden oder großen Kummer durch meinen Tod erleiden würde.

Aber wie konnte ich Adolf bei dieser Last helfen? Ich wußte nur, daß es schnell und ohne Schmerzen gehen mußte, am besten im Schlaf. Mir fiel ein, daß der Apotheker immer Witzchen über das Arsen in seinem Giftschrank machte, und in der Bibliothek fand ich ein Buch, in dem ich über das Gift las. Und beim nächsten Mal, da wir bei ihm Karten spielten und er wie immer sein Jackett weggehängt hatte, stibitzte ich ihm den Schlüssel aus der Jackentasche und schlich in die Apotheke, wo ich fand, was ich suchte.

Dann leerte ich das Schlafpulver aus einer von Adolfs Kapseln und füllte sie mit Arsen. In eine andere Kapsel preßte ich das poröse Schlafmittel so fest, daß ich in den frei gewordenen Raum den Inhalt der geleerten Kapsel unterbringen konnte. So würde Adolf an seinem letzten Abend genausoviel Schlafmittel wie gewohnt einnehmen, aber in einer Kapsel statt in zwei, und ich war überzeugt, davon würde er genauso schnell wie immer einschlafen, noch ehe das Gift in der anderen Kapsel zu wirken begann. Diese zwei Kapseln und zwei weitere für den eigenen Bedarf nahm ich aus dem Gläschen, das Adolf seit vierzehn Tagen benutzte, und er merkte natürlich nicht, daß ein paar Kapseln fehlten.

Dann zerbrach ich mir den Kopf, wie ich die Kapseln so legen konnte, daß er genau diese beiden nahm, wenn die Zeit gekommen war. Am Ende probierte ich es, indem ich zwei ganz normale Schlafkapseln, die ich kaum sichtbar markiert hatte, oben auf den Wattebausch in das Gläschen legte. Am nächsten Morgen entdeckte ich, daß er gerade diese zwei eingenommen hatte.

Jetzt wußte ich, daß ich für uns beide einen Weg aus dem Leid gefunden hatte. Doch hier begann eine andere, genauso schwere Seelenpein. Wann mußte ich ihm das Gift geben? Wann konnte es nicht mehr länger hinausgeschoben werden?

Durch Ejnar hatte ich begriffen, daß Betrug jederzeit aufgedeckt werden konnte. An jedem beliebigen Tag konnte er deshalb auch kommen, um seinen Vater um Hilfe zu bitten. Ich hatte ihm das Versprechen abgenommen, es nicht eher zu tun, bis er wieder mit mir gesprochen hatte, doch ich begann zu befürchten, er könne das Versprechen nicht halten, würde bei einem Telefongespräch zusammenbrechen oder ihm davon schreiben. Als er am Nachmittag vor dem Geburtstag anrief und sagte, er werde am nächsten Tag in aller Frühe kommen, da wußte ich, daß es soweit war, daß wir uns, Adolf und ich, an diesem Abend für immer trennen sollten. Doch die Angst und Seelenpein hatte so lang angedauert und war so schwer gewesen, daß es mir fast wie eine Erleichterung vorkam, daß jetzt der Zeitpunkt gefunden war. Ejnar versprach, vor dem Abend des Geburtstags kein Wort darüber zu verlieren, länger konnte er dieses Mal nicht in Ädelsta bleiben.

Und kurz nach dem Abendessen, ehe die Bridge-Gäste eintrafen, ging ich in Adolfs Schlafzimmer und legte die beiden Kapseln zuoberst auf den Bausch in seinem Gläschen. Doch zuvor schüttelte ich zwei weitere Kapseln für mich und zwei für Pelleman und Missan in die Hand. Denn mir war klar geworden, daß ich die beiden wehrlosen Tiere nicht allein zurücklassen konnte. Wer sollte sich um sie kümmern, wenn ich nicht mehr war?

Als ich Adolf an dem Abend gute Nacht gesagt hatte und zu mir hinaufgegangen war, wußte ich, daß ich ein schweres Verbrechen begangen hatte, aber ich konnte keine Reue empfinden. Mein geliebter Adolf durfte glücklich sterben, voller Erwartung auf den Geburtstag und stolz auf seinen Sohn, er würde nach einem langen Leben im Schlaf sterben, am Tag bevor das Unglück und das Leid kommen würden, um bei ihm zu bleiben. Nun durfte er *einmal* sterben, hätte er leben dürfen, dann wäre er tausend Tode gestorben und hätte dennoch leben müssen. In dieser Nacht schlief ich nach langer Zeit zum ersten Mal wieder. (Ja, ich belog dich, mein Junge, als ich behauptete, ich hätte wach gelegen und gehört, daß niemand die Treppe hinuntergegangen sei. Das habe ich aber gesagt, damit Ejnar keinen Verdacht schöpfte, was ich getan hatte.) Hätte ich gewußt, daß Ejnar seine Meinung geändert hatte und kurz nachdem ich zu Bett gegangen war hier eintraf, weiß ich nicht, was ich getan hätte. Doch zum Glück hatte er sein Versprechen gehalten, seinem Vater vor dem Geburtstag nichts von der Veruntreuung zu sagen.

Was dann geschehen ist, brauche ich dir nicht zu erzählen. Pelleman tat ich das Gift ins Hackfleisch, das ich in den Garten gelegt hatte. Ich konnte es nicht ertragen, die Tiere hier im Haus sterben zu sehen. Missan habe ich erst heute getötet, ich wollte sie so lange wie möglich bei mir haben.

Aber es gab noch eine Sache, die ich erledigen mußte, ehe ich Adolf folgen durfte. Ich mußte dafür sorgen, die Beerdigung nach seinen Wünschen auszurichten. Das wollte ich weder Ejnar oder jemand anders überlassen. Und ich mußte hier zu Hause alles in Ordnung bringen und unsere Angelegenheiten regeln, auch davor konnte ich nicht einfach weglaufen. Ich glaube, ich kann jetzt sagen, daß alles erledigt ist.

Nun ist es Zeit für mich zu versuchen, etwas zu schlafen, damit ich morgen die Beerdigung und die Menschenansammlung hier überstehe. Und dann kommt die Reihe an mich, einzuschlafen und Frieden zu finden. Die Kapseln habe ich in eine Falte unter den Spitzen meines Kleides eingenäht. Wäre ich von der Polizei oder jemand anders meines Verbrechens überführt worden, hätte ich ausgesagt, was ich hier aufgeschrieben habe. Aber niemand hätte mich daran gehindert, meine Kapseln einzunehmen und Adolf zu folgen.

Ja, mein Junge, es tut mir leid, daß du in all das hineingezogen wurdest. Dafür bitte ich dich um Verzeihung. Aber du sollst wissen, es war ein großer Trost für mich, dich in dieser schweren letzten Woche hier bei mir zu wissen. Alles Gute der Welt wünsche ich dir

Deine dich liebende alte Mommy.«

Lärm und Stimmen unten in der Diele. Schritte auf der Treppe. Therese und der Arzt und die Polizisten, die sich über das Bett beugten. Die Fragen.

Alles schien so unwirklich ... so weit fort ...

»Als Sie und die anderen gegangen waren, habe ich Mommy geholfen, da unten alles aufzuräumen und in Ordnung zu bringen.«

Lotta hatte sich in eine Sofaecke gekauert. Das hysterische Weinen und der Schrecken hatten nachgelassen, doch sie sah verzweifelt jung und verlassen aus.

»Ich habe doch gesehen, wie schrecklich müde sie war, ganz weiß im Gesicht, deshalb habe ich gesagt, sie soll sich hinlegen, und ich würde schon allein mit dem Abwasch fertig. Sie hat kurz protestiert, aber wohl selbst gemerkt, daß sie nicht mehr konnte, und dann hat sie sich bei mir für die Hilfe bedankt und mir einen Kuß gegeben und gesagt, sie würde jetzt ein bißchen schlafen. Therese wollte um halb sechs kommen und dann mußte sie wieder aufstehen. Ja ... dann ist sie gegangen ... Ich konnte doch nicht wissen ... Und als Therese gekommen ist, da ist sie die Treppe hochgetrampelt, und dann habe ich sie rufen gehört und bin hinauf gerannt und ...«

Die Lippen begannen zu zittern.

»Dann ist sie durch den Regen zum Doktor gelaufen, und ich bin ganz allein hier geblieben und hatte solche Angst und war so traurig und mir ging es schlecht und jemand hat mich geschüttelt und ...«

Sie lächelte wie im Versuch, sich etwas Mut zu machen.

»Aber jetzt geht es mir besser. Ach, du lieber Himmel, ich muß ja in zehn Minuten bei Stefan sein! Kriege ich das Mofa nicht in Gang, glaubt er bestimmt, ich habe Schluß gemacht! Wie sehe ich nur am Kopf aus ...«

Es war dunkel, als wir nach Stockholm fuhren.

Er war still und traurig, und der Regen weinte die Scheiben naß.

»Ich glaube nicht, es wäre besser gewesen, wenn du rechtzeitig dagewesen wärst«, sagte ich. »Sie wollte sterben. Und hätte sie weiterleben müssen ...«

»Ja, ja. Aber verstehst du, ich bin viel zu spät gekommen. Ich hätte schon vor vielen, vielen Jahren kommen müssen ...«

Etwas später: »Aber wie hatte sie Ejnar anschreien können, daß er seinen Vater getötet habe? Ich habe es doch mit eigenen Ohren gehört, und das war keine Verstellung.«

Jetzt kam Leben in die Stimme.

»Denk doch einmal nach! Wochenlang hat sie seinetwegen in Angst gelebt, sie war müde, am Ende, fertig. Sie hatte vielleicht gerade das Gift für Pelleman ausgelegt. Und wer hatte sie von allen getrennt, die sie geliebt hat? Wer hatte sie dazu gezwungen, so zu handeln, wie sie es tat? In dem Augenblick stand Ejnar so selbstverständlich, so logisch vor ihr als derjenige, der Adolf getötet hatte. War es da ein Wunder, daß sie es in einem Augenblick rief, in dem sie die Beherrschung verloren hatte?«

Wir passierten die Kirche und die Steinmauer.

»Wie bist du darauf gekommen, daß es Mommy sein mußte? Was hast du hier an der Kirche gesehen?«

»Ich hatte soviel nachgedacht und alles hin und her gewendet. Und dann plötzlich war mir klar, wie es gewesen sein mußte ... Als ich die Braut sah, diese junge, verliebte Braut und das Brautkleid ...«

»Du meinst ... ›Arsen und Spitzenhäubchen‹?«

»Nein, nein. Aber vielleicht ›Geheimnisvolles Gift‹ ... Therese hat gestern gesagt, sie kenne sich bestens in der Psychologie des Bösen aus und daß ein solches Wissen notwendig war, um das Rätsel um einen Mord zu lösen. Sie hatte bestimmt recht, daß ein böser Wille hinter den meisten Morden steckt. Aber nicht in diesem Fall. Hier fehlte es uns an anderem Wissen, am Wissen über die Psychologie der Liebe ... Ich erinnere mich, du hast erzählt, wie Lotta gesagt hat, Mommy liebe Adolf, so wahrhaftig, daß sie sich vor einen Zug werfen würde, um ihn zu retten ... Hat sie nicht genau das am Ende getan? Geheimnis und Arsen, Liebe und Arsen ...«

*

Der Staatsminister lieferte mich wieder in der Bastugatan ab und fuhr sofort weiter zur Familie nach Lindö.

Ich hatte alle Angebote abgelehnt, ihm Gesellschaft zu leisten.

Der nächste Tag war keineswegs angenehm. Ich las die Schlagzeile in der Zeitung und tigerte danach in der Wohnung auf und ab. Als ich am Westfenster stand und den Hals reckte, konnte ich hoch oben im Himmelsblau die drei goldenen Kronen des Rathauses schemenhaft erkennen.

Der Anblick muntert mich sonst immer auf, aber nicht an dem Tag.

Ich schlich in den Flur und schaute in den Briefkasten, der leer war. Das Mittagessen nahm ich in der Küche zu mir, doch die Wärme trieb mich zurück ins Wohnzimmer, wo ich mich neben dem Telefon niederließ.

Ich fragte mich, wie es dem Staatsminister gehen mochte. Sollte ich ihn vielleicht in Lindö anrufen?

Eins von den lieben Kleinen nahm den Hörer ab.

»Kann ich mit deiner Mama sprechen?«

»Mama ist auf dem Boot.«

»Kann ich dann mit deinem Papa sprechen?«

»Papa ist auf dem Klo.«

Ein kurzer Kampf folgte, und ein anderer Junge übernahm den Hörer; jetzt war es einer aus der Mitte.

»Hallo, Onkel Ville! Willste herkommen? Mach das! Hier isses total toll! Gestern haben wir uns fünf Stunden lang geprügelt, und dann haben wir uns aus dem Bettzeug auf dem Dach eine Höhle gebaut, und jetzt machen wir einen Wettkampf, wer am lautesten schreien kann, und wir sind seit heute morgen dabei, und Mama ist ganz allein auf den See hinausgerudert, und die Köchin zieht aus und packt gerade, und ein Typ aus Papas Regierung, der, der immer im Fernsehen kommt, der war hier, aber er ist nach einer Viertel Stunde wieder abgedüst, er hat Schmerzen im ganzen Körper, hat er gesagt, und wir haben ein neues Brüderchen gekriegt und ...«

Der Hörer in meiner Hand vibrierte. Nein, dachte ich, es ist einfach nicht möglich, biologisch nicht möglich, nicht einmal in dieser Familie ...

»Ein neues Brüderchen?« hörte ich mich sagen. »Aber ... aber du hast doch erst im April ein neues Brüderchen bekommen ... oder war es ein Schwesterchen ... und es dauert immer ... ich meine, der Storch kann doch nicht schon wieder ...«

»Tsssss! Onkel Ville, du meinst wohl, Mama braucht neun Monate, um ein neues Baby zu machen, nachdem Papa sie befruchtet hat. Aber verstehste, diesen Bruder haben wir nicht selbst gemacht, den haben wir adoptiert, und er kommt aus Korea und ist schon total fertig ... Jetzt ist Papa hier!«

»Hallo, du kommst her? Ich kann dich mit dem Hubschrauber abholen, sitze selbst hinter dem Steuerknüppel! Und ich habe ein Mini-U-Boot bekommen, mit dem bin ich heute den ganzen Morgen unterwegs gewesen. Wenn du hier bist, drehen wir in der Gegend ein paar lange Runden. Es ist zwar eigentlich nur für eine Person gedacht, aber wir haben beide Platz, wenn wir ein bißchen zusammenrücken. Man liegt der Länge nach ausgestreckt auf dem Boden und ... Nimm einfach deine Badehose mit, Tauchanzug und Sauerstoffgerät kannst du dir von mir leihen ... Hallo! ... Hallo! ...«

Mir war der Hörer aus der Hand gefallen.

Der Staatsminister bedurfte ganz offensichtlich meines Beistandes und meiner Gesellschaft nicht.

Und ich spürte, daß die Einsamkeit bisweilen schwer zu ertragen war, aber auch, daß es einen Preis gab, den zu zahlen ich nicht bereit war, damit ich dieser Bürde enthoben wurde. Im übrigen, dachte ich, sind alle Menschen einsam. Einige haben bloß viele Leute um sich, so daß es ihnen nie auffällt ...

Ich blätterte mich weiter durch die Zeitung.

DIE OPER GIBT HEUTE ABEND
MASKENBALL

Vielleicht war er noch frei, mein Platz ganz links außen in der ersten Reihe, wo die Streicher nicht in den mächtigen Klängen der Blechbläser untergehen.

Ich nahm den Hörer ab und wählte die Nummer.

Glossar

Petter Bergman	schwedischer Schriftsteller (1934–1986)
Herren Bonnier	einer der Herren Bonnier, schwedische Verlegerfamilie
Camilla Odhnoff	sozialdemokratische Staatsministerin
Ingvar Carlsson	sozialdemokratischer Staatsminister, später Ministerpräsident
Tage Erlander	schwedischer Ministerpräsident von 1946 bis 1969
Lennart Geijer	sozialdemokratischer Staatsminister und Justizminister
Gunnar Heckscher	Parteivorsitzender der Rechten, später schwedischer Botschafter in Indien
Gunnar Hedlund	Parteiführer des Bauernverbandes, später Ministerpräsident
Olof Palme	schwedischer Ministerpräsident von 1969 bis 1976 und von 1982 bis 1986
Bosse Ringholm	sozialdemokratischer Politiker (heute Finanzminister)
Gunnar Sträng	sozialdemokratischer Finanzminister von 1955 bis 1976
U. Thant	Generalsekretär der UN von 1962 bis 1971
Marc Wallenberg	Sprecher der führenden Finanzfamilie Schwedens
Gustav Wasa	schwedischer König von 1523 bis 1560
Krister Wickman	sozialdemokratischer Industrieminister